CUORCODE

Grazia Cioce

Cicatrici di cristallo

CAIRO

Questo libro è un'opera di fantasia. Nomi, personaggi, luoghi correlati agli avvenimenti sono frutto dell'immaginazione dell'autrice o sono usati in maniera fittizia. Qualunque somiglianza con fatti, luoghi o persone, reali, viventi o defunte è del tutto casuale.

ISBN 978-88-309-0568-9
Prima edizione: ottobre 2025

CICATRICI DI CRISTALLO

Anche le cose apparentemente perfette
presentano delle crepe.
E sono quelle crepe a renderle
davvero perfette.

A Tonietta
Per tutto quello che hai fatto per noi.
Per le parole, le canzoni – una per ogni occasione –
e per la sciapenga.
Soprattutto per la sciapenga.

E a te, che osservi le tue cicatrici con timore.
Sei un'anima unica. Sei forte.
E sei preziosa.
Ogni parte di te è colma di luce e bellezza.
Non c'è niente, niente, di sbagliato in te. Sei perfetta.
Non dubitarne mai.
E, se lo farai, ripeti queste parole come un mantra.

«Ma di cosa sei fatta tu?»
«Di quello che ami,» disse lei «più l'acciaio.»

Ernest Hemingway, *Isole nella corrente*

Prologo

A dodici anni avevo sviluppato la bizzarra idea di essere la protagonista di un romanzo. Ne ero davvero convinta: un'eroina incompresa dei tempi moderni con un'esistenza complicata, che si faceva largo tra innumerevoli vicissitudini con un'indefessa forza di volontà, sorrisi come scudo e amici che la tiravano fuori dai pasticci. Il romanzo in questione, *La mia vita*, non era un libro qualsiasi, ma uno di quelli che scriveva mio padre.

Papà era un famoso scrittore di narrativa, però da quando era morta la mamma aveva problemi con le sue storie. Una volta avevo sentito la sua agente dirgli che la vena gotica che stavano prendendo le sue trame non piaceva ai lettori né tantomeno all'editore. Da allora aveva avuto sempre complicazioni con la consegna dei manoscritti e le relative scadenze, perché il materiale che presentava andava visto e rivisto per limarlo ed evitare morti cruente e depressione generale. All'epoca non sapevo cosa fosse una vena gotica, così avevo chiesto informazioni al mio miglior amico, Alec, che aveva un cellulare perché era un po' più grande di me e perché i suoi genitori se lo potevano permettere. Sì, non si vive granché bene di libri di narrativa con risvolti depressivi, un genitore vedovo, una nonna dedita ai campi, zii chiassosi che ti fanno da rete di protezione e pochi amici. Scoprimmo che una vena gotica è un misto tra romanticismo e horror e, a ben vedere, delineava pressoché perfettamente quella che era la nostra vita all'epoca. Pensate che stia esagerando? Be', forse un pochino. A dodici anni si ha la tendenza a vedere le cose in maniera esasperata, soprattutto se tua madre è morta e tuo padre vive in un mondo tutto suo e si dimentica di venire alle tue recite o ai colloqui scolastici.

In ogni caso, pensavo proprio di essere una delle protagoniste dei romanzi di mio padre, ma non uno di quei best-seller scritti quando ero ancora piccola, piuttosto uno dei manoscritti incompiuti di cui non sapeva che fare, che lasciava a prendere polvere in attesa di un'intuizione o semplicemente di cestinarli.

Iniziava ad abbozzare una trama, poi abbandonava il manoscritto lì, impilato sulla scrivania insieme ad altri su cui apponeva una frase con la sua grafia disordinata e a tratti illeggibile: «Bozza di libro, da completare». Le idee non gli mancavano, non c'è che dire, ma aveva perso la costanza che fa di un autore uno scrittore di successo. Ecco, a volte mi sentivo proprio così, una bozza di libro da completare. Non sapevo ancora se a finirlo doveva essere mio padre, che da qualche anno era del tutto assente pur condividendo lo stesso tetto, mia nonna, che portava avanti con instancabile lavoro il podere in Puglia nel quale vivevamo, oppure l'esistenza stessa che avrei vissuto. Forse tutte queste cose insieme. Eppure mi fu presto chiaro che se non avessi impugnato da sola la penna della mia vita, il mio libro sarebbe rimasto lì, impilato nella polvere e incompiuto proprio come i manoscritti sospesi di papà. Era quella la mia paura più grande a quel tempo e forse le cose non sono poi molto cambiate negli anni. Sentivo il bisogno di scoprirmi, di essere qualcuno. Non Elisabetta, la dolce bambina che scorrazzava tra i vitigni e gli ulivi, non più Bettina, la cocca di mamma, o Betta, dimenticata a scuola, o ancora Bessy, come mi chiamava Alec solo perché sapeva che odiavo quel soprannome, che stava fuori casa quasi tutto il tempo per evitare di marcire sotto strati di polvere e silenzio. Volevo essere Elisabetta e basta, e trovare la mia strada nel mondo.

Oggi, a ventidue anni, mi chiedo ancora: mi sono davvero trovata? No. Ed è per questo che ho deciso di fare quello che mi ero ripromessa di non fare mai, cioè tornare indietro, a casa, per chiudere quel capitolo della mia vita fatto di desideri, progetti fantasiosi e troppi cassetti pieni di sogni proiettati nel futuro ma tutto sommato fermi nel passato. Impugnare davvero quella penna per scrivere la mia vita. L'unico modo per farlo era tornare indietro prima di andare avanti. Troppe cose erano rimaste cristallizzate nella mia casa natale e troppi rimpianti dovevano trovare la giusta conclusione. Il problema era che per fare questo viaggio nel passato avevo bisogno di Alec.

Perché, in un modo o nell'altro, lui era il mio tassello mancante. Aveva la chiave per aprire lo scrigno dei ricordi che mi avrebbe permesso di lasciarmi, finalmente, il passato alle spalle e vivere con serenità. No, «scrigno dei ricordi» non è una metafora. Il fatto è che Alec aveva davvero la chiave della nostra cassetta dei ricordi, una sorta di scatola del tempo che avevamo ideato e poi sepolto da ragazzi, e quella scatola aveva cominciato a ossessionare i miei sogni nell'ultimo anno perché conteneva tutto ciò che ero stata e tutto ciò che mi ero ripromessa di essere. Aprire quello scrigno significava conoscere la verità su chi ero e andare avanti. E Alec Reed era il mio filo rosso, quello che mi avrebbe riportata indietro attraverso il labirinto del mio passato. Speravo che quel filo non fosse troppo aggrovigliato, alla fine del nostro viaggio, perché avrei avuto una gran necessità di andare verso quel futuro che tanto agognavo da ragazzina e che invece mi aveva fagocitata così velocemente da perdermi nel labirinto della mia esistenza.

Ma facciamo un passo indietro.

Per capire la mia storia devo raccontarvi di papà, di nonna Lucia, di zio Cecco, di Alec e dei signori Reed, di Villa Fiorita, del podere abbandonato, di un ulivo chiamato Excalibur, della lettera sigillata e di una magica estate tra le campagne pugliesi e le rive di un mare tanto profondo quanto i segreti che nascondeva.

PRIMA PARTE

«Un paese ci vuole,
non fosse che per il gusto di andarsene via.
Un paese vuol dire non essere soli,
sapere che nella gente, nelle piante, nella terra,
c'è qualcosa di tuo,
che anche quando non ci sei resta ad aspettarti.
Ma non è facile starci tranquillo.»

Cesare Pavese, *La luna e i falò*

1

«La più mite estate dell'ultimo secolo» ripeteva in televisione la giornalista ogni volta che annunciava il meteo. Niente afa che ci aveva afflitti l'anno prima, nessun temporale improvviso con grandine. Era la *mia* estate perfetta, meteorologicamente parlando. La nostra famiglia viveva da sempre ai margini della città, sia in senso territoriale che sociale. Villa Fiorita, il grande podere al centro del quale avevamo la nostra casa, si trovava nella periferia di Giovinazzo, un paesino della Puglia affacciato sul mare. Da casa si respirava il profumo della salsedine in ogni stagione, sospinta dal vento di tramontana o dal caldo scirocco che spesso portava con sé una sabbiolina rossa che si depositava sulle auto. Da luglio a settembre le buganvillee fiorivano sulla facciata della grande casa in pietra bianca, fino ad arrampicarsi sui muri laterali, donando un colore rosa acceso all'intero ambiente. Da qui il nome «Villa Fiorita».

I miei amavano una vita tranquilla, fatta di lavoro e sogni da realizzare. Mamma era un'insegnante e adorava i suoi bambini. Mi aveva chiamata Elisabetta in onore di Elizabeth Bennet, una delle sue protagoniste letterarie preferite, contravvenendo all'usanza pugliese di tramandare il nome dei nonni. Non so se sia stato quello il motivo del litigio con i suoi genitori, so solo che praticamente non conoscevo i miei nonni materni, con i quali si era creata una spaccatura che, a quanto pareva, era impossibile risanare. Mamma, invece, era di larghe vedute: amava la sua terra ma si era spostata molto per lavoro durante i primi anni di insegnamento, tra Torino e la sua provincia perlopiù, prima di vincere la cattedra nel nostro paese. Questo l'aveva aperta al mondo, mi diceva. Durante le feste di Natale, casa nostra si trasformava in una specie di enorme laboratorio nel quale affluivano genitori e bambini per lavoretti o festeggiamenti. Per lei ogni scusa era buona per passare del tempo con i suoi piccoli alunni e io ero sempre circondata da grida, musica, pennarelli e risate. La cosa non mi dispiaceva per nulla. Papà era perlopiù un fattore, aiutava i suoi genitori nel podere che produceva olio e frutta da quando lui era poco più che un bambino. Avevamo operai addetti a molte di queste mansioni, soprattutto stagionali, in estate o in autunno ma, da quando era morto il nonno, la direzione dei lavori era affidata esclusivamente alla mia instancabile nonna, Lucia, che aveva ereditato a sua volta questo appezzamento dai suoi genitori e lo aveva reso una fattoria redditizia.

Nel tempo libero papà scriveva. Quando era ragazzo aveva pubblicato una serie di best-seller della cui rendita ancora viveva; si era fatto un nome nell'ambito della letteratura moderna e noi tutti eravamo fieri di lui. Ma con la morte della mamma le cose erano cambiate, aveva smesso di aiutare la nonna per chiudersi in un dolore solido come il muro che divideva la nostra casa da un podere abbandonato nel quale amavo girovagare in cerca di avventure. Come quel muro, anche il suo dolore aveva dei varchi, nei quali intravedevo la persona che era stata e che forse era ancora. Ma erano brevi momenti e presto avevo cominciato a dimenticare la mia vita da bambina, nonostante avessi solo undici anni, relegandola in un passato lontano. Mamma se n'era andata in fretta, in meno di tre mesi, consumata da un male che ai miei occhi l'aveva cambiata. Non più florida, con i capelli scuri lunghi, ma emaciata e fragile come una bambina. Vederla spegnersi ci aveva segnati tutti.

Alec Reed era comparso nella mia vita l'estate successiva alla morte di mia madre, come richiamato dalla mia solitudine. Mi ero nascosta in casa per mesi e, a un certo punto, dalla finestra della mia camera, che si affacciava sul podere abbandonato, avevo visto passare un ragazzino. La cosa era abbastanza insolita perché Villa Fiorita era in periferia rispetto al paese, nella campagna oltre il passaggio a livello ferroviario, e da quella strada transitava solo chi doveva fare delle consegne alla nonna o abitava nelle poche altre ville limitrofe. Senza contare che quel ragazzino era entrato nel podere abbandonato, cosa che era assolutamente vietata dagli adulti. Okay, io contravvenivo a quella regola, ma sapevo muovermi nella campagna e quello era un po' il mio giardino privato da quando ero rimasta sola. I miei amici si erano presto volatilizzati, respinti dalla mia tristezza, e l'estate si prospettava lunghissima e pesante. Fino a quel momento.

Alec aveva saputo che vicino casa sua viveva una ragazzina più o meno della sua età ed era stato mandato dai suoi genitori a familiarizzare munito di un sorriso e un cestino di muffin. Nonna, che non era abituata a quelle finezze, aveva strabuzzato gli occhi e aveva detto: «È arrivato il marchesino! Bettina, scendi!». Lo aveva guardato con sospetto per mesi, prima di capire che si poteva fidare a lasciare la sua unica nipote con quello strano ragazzino dagli occhi verdi, la parlantina sciolta e un vago accento straniero.

I suoi erano medici. Suo padre era statunitense, si era trasferito a Torino dopo la laurea per un dottorato di ricerca gemellato con l'Italia e lì aveva conosciuto sua madre. Alec era nato e cresciuto a Torino, poi la mamma aveva ricevuto un importante incarico al Policlinico di Bari e la famiglia si era trasferita per seguirla. I Reed erano stati sulla bocca di molti dei miei compaesani per mesi e mesi, troppo originali in un paese come il nostro per non far parlare di sé. Gli *stranìr*, venivano chiamati, che in dialetto significa stranieri. Era impossibile non notarli, sempre vestiti in modo impeccabile, mostravano una sorta di altezzosità che teneva alla larga la gente comune. Io li avevo conosciuti e non erano affatto altezzosi, erano solo diversi da noi. E io con la diversità ci convivevo da sempre, visto che il fratello di mamma, mio zio Francesco, detto Cecco, era autistico. Forse per questo, quando tutti gli altri vedevano nei Reed la diversità, a volte esotica a volte solo eccentrica, io vedevo semplicemente tre persone che volevano essere felici. Era un ragazzo socievole, Alec Reed. Bastavano poche parole e un suo sorriso a conquistarti. Conquistò anche me e trascorremmo l'intera estate insieme, tra la spiaggia della Torretta, il nostro posto preferito per fare il bagno all'alba, la campagna e il paese.

Erano passate tre estati da allora e le cose non erano cambiate. Conoscevamo la nostra terra meglio degli adulti. Mentre nonna sapeva perfettamente se uno dei nostri ulivi era sano o malato, io conoscevo tutti i luoghi segreti delle nostre campagne o della costa. Luoghi che esploravo da sola in bicicletta o nelle mie avventure con Alec. Sapevo che in inverno nel litorale a sud del paese, sulla spiaggia della Cappella, potevo trovare dei sassolini trasparenti di ogni forma e colore che amavo collezionare. Alec mi aveva spiegato che in origine quei sassi erano semplice vetro che le onde avevano poi trasformato in altro. La cosa mi affascinava. Un giorno sarei diventata come uno di quei meravigliosi sassolini? Da vetro scheggiato e informe, sarei diventata qualcosa di unico e prezioso anche io, affinato dal potere del tempo? Mi piaceva immaginarlo. Quando un pomeriggio lo dissi ad Alec non mi prese in giro come mi sarei aspettata. Mi guardò a lungo e poi annuì con convinzione. «Certo che lo diventerai» rispose con semplicità sollevando le spalle. Non glielo dissi mai, ma quella conferma fu un dono prezioso per me e la mia autostima poco coltivata. Gliene fui grata. Alec Reed mi aveva salvata tante volte, in quegli anni, ma lui non lo sapeva.

L'estate era nostra, da trascorrere tra progetti e ozio, in maniera piacevolmente alternata. Costruimmo anche una specie di zattera con una vecchia porta mezza marcia trovata nel podere abbandonato accanto a Villa Fiorita, ma al primo tentativo di ammaraggio affondò miseramente con noi sopra. Ci divertimmo parecchio, ma da allora decisi che non avrei più incoraggiato gli strambi progetti del mio amico che aveva sempre un'idea per rendere i miei pomeriggi movimentati e, alla fine, per farmi sgridare da mio padre. Perché mio padre poteva anche essere assente per tutto il tempo, ma se qualcuno del paese veniva a bussare alla nostra porta per fargli presente la pericolosità dei giochi nei quali mi imbarcavo, be'... allora l'istinto paterno del mio unico genitore si svegliava.

«Mi ha messa in punizione!» stavo dicendo ad Alec, sdraiata sugli scogli della spiaggia della Torretta, con il muretto in pietra alle nostre spalle che ci faceva ombra. Ci andavamo sempre molto presto al mattino, prima che i vacanzieri o gli abitanti la affollassero, per poter fare il bagno da soli e goderci l'acqua limpida.

«Per cosa?» chiese Alec stiracchiandosi al sole, seduto sul suo asciugamano dai colori sgargianti.

«Lo sai… mi ha beccata ieri sera quando sono rientrata a casa.» Alec era passato sotto casa alle otto di sera e aveva lanciato un sassolino alla mia finestra. Era il nostro codice segreto: se non dormivo, allora scendevo di nascosto per chiacchierare in giardino. Quando mi ero affacciata aveva detto che si annoiava perché i suoi erano di turno in ospedale e non aveva voglia di restare a casa con la sua domestica che, puntualmente, si addormentava sul divano non notando quasi mai che Alec faceva quello che gli pareva. Un po' invidiavo la sua libertà. Così ero sgattaiolata fuori. Cecco mi aveva vista passare davanti la sua camera, ma mi aveva fatto l'occhiolino e aveva messo il dito sulle labbra, come aveva ormai imparato a fare quando uscivo di nascosto. La nonna aveva fatto finta di non vedermi, borbottando uno «*Famm ste' cit!*», Fammi stare zitta, che mi aveva fatto reprimere una risata. Così ero tornata indietro, l'avevo abbracciata e le avevo detto che non avrei tardato. Papà dormiva con la testa sulla sua scrivania, aggirarlo non era stato difficile. Quando ero tornata non ero stata così fortunata, però.

«Dici sempre che non ci tiene a te, ma se ti mette in punizione vuol dire che ci tiene» rispose Alec senza staccare gli occhi da quello cui stava lavorando in quel momento: una specie di cassetta di un azzurrino sbiadito con le cerniere cigolanti. Alec le stava oliando, ma con scarso successo, considerando il rumore che emettevano quando le muoveva.

«Non capisco la logica della cosa. Non è che se mi mette in punizione mi ama, Alec! La realtà è che mi mette in punizione solo perché ce l'ha con me. E poi,» risposi accigliata guardandolo e alzandomi a sedere «se lo faccio arrabbiare si distrae dal suo lavoro di scrittore!» Mentre dicevo l'ultima parola mimai delle virgolette con le dita. Scrivere, per papà, era diventata una strana forma di ossessione. Sebbene non pubblicasse più come prima, sia in qualità che quantità, passava intere giornate, e spesso nottate, sulla sua macchina da scrivere. Il ticchettio dei tasti era diventato per me un sonnifero potente, tanto ero abituata a essere cullata da quel suono. Eppure, ultimamente, quel ticchettio era diventato in qualche modo più feroce. Come se i suoi polpastrelli cercassero di scavare le lettere per imprimerle su carta e dare loro un qualche valore.

«Che melodrammatica che sei! Non ce l'ha con te.» Alec pronunciò l'ultima frase con una certa dose di titubanza che non mi sfuggì. «Bessy... tuo padre tiene ancora quella bottiglia sulla scrivania?» Alec si era girato a guardarmi, il cacciavite in una mano e l'olio lubrificante nell'altra, in attesa di una mia risposta. A volte mi trattava proprio come una bambina, ma non ero poi così piccola rispetto a lui e capivo perfettamente cosa fosse quella bottiglia e che conseguenze avesse sulla nostra vita. La nonna gliela nascondeva sempre e lui, sempre, la ritrovava. Sospirai e visualizzai la bottiglia, il bicchiere e l'odore penetrante del suo respiro quando distrattamente mi diceva di andare a letto.

«Sì, ma non è come pensi.» Non so perché volessi difendere mio padre. Lo amavo, anche se da quando la mamma non c'era più si era trasformato in uno dei personaggi dei suoi libri, burberi e con la testa tra le nuvole. Ne avevo letto qualcuno, i primi della sua carriera, e li trovavo avvincenti, con storie appassionanti e vive. Quella vita pareva averlo abbandonato, un po' alla volta. Ero delusa da lui.

Alla morte della mamma ognuno di noi si era rifugiato nel suo mondo. La nonna si era buttata a capofitto nel lavoro in fattoria, si alzava alle cinque del mattino e, tra direzione dei campi e cucina, la rivedevo la sera tardi, quando si assopiva sulla poltrona con un libro in mano e la tazza di camomilla sul tavolino accanto. Papà si era rintanato nella sua scrittura, nei mondi fantastici che creava per fuggire dalla realtà. Io avevo solo voglia di stare fuori casa, parlare della mamma con Cecco e andare nella sua stanza a respirare il suo profumo quando mi mancava. Papà si era praticamente trasferito nello studio e dormiva sul divano, non aveva più rimesso piede nella loro camera. E poi c'erano le mie storie. Come papà, anche io scrivevo per fuggire. Me lo aveva insegnato proprio lui, quando ero piccola.

«Crea una storia che somigli solo in parte a quella che hai vissuto e sviluppala come vuoi tu. Crea il tuo finale!» mi diceva entusiasta.

«Tu fai così, papà?»

«Spesso, sì» mi aveva confidato, stringendo gli occhi e sorridendo.

Immagino che alla morte della mamma si sia messo a scrivere di una vita felice in cui noi tre eravamo insieme, a ridere di una delle barzellette pietose di Cecco, mentre mamma ci coccolava con lo sguardo come solo lei sapeva fare. In ogni caso presi l'abitudine di scrivere un breve racconto anche io, ogni volta che qualcosa mi turbava. Ultimamente accadeva spesso e dovetti chiedere alla nonna di acquistare per me un nuovo quaderno, anche se la scuola era finita. Oggi penso che se noi tre avessimo provato a stare insieme, invece di fuggire, forse il nostro dolore sarebbe stato più sopportabile.

Alec posò i suoi attrezzi e mi si avvicinò. Aveva i capelli nerissimi e gli occhi verdi come il mare quando era agitato, un po' acquosi e sfuggenti quando voleva ottenere qualcosa, oppure penetranti quando voleva leggerti dentro. Ci riusciva quasi sempre, era il suo superpotere.

«Bessy...» disse con il tono che una volta usava la mamma quando voleva consolarmi. Mi tirò i capelli ancora bagnati con delicatezza.

«Non chiamarmi Bessy, sai che lo odio! Sembra il nome di un animaletto...» replicai mettendo il broncio.

Alec scoppiò a ridere e mi scompigliò i capelli resi più chiari del loro castano naturale dal sole estivo.

«Sei un animaletto, di quelli indomabili però!» ridacchiò riprendendo in mano lo scrigno e aprendolo. Stranamente le cerniere avevano smesso di cigolare in modo sinistro.

«Ce l'hai fatta!» dissi sorridendo.

«Certo! Ora non mi resta che trovare un lucchetto per poterlo chiudere.» Mi dedicò uno di quegli sguardi che promettevano avventure a perdifiato e, di conseguenza, epiche punizioni. Ne ero ammaliata e impaurita al tempo stesso.

«Che vuoi farci con un lucchetto?» chiesi ignorando l'occhiata. A volte funzionava per farlo desistere dai suoi piani. Ma solo a volte. Tutte le altre, Alec Reed era troppo annoiato per rinunciare. I suoi genitori lavoravano fuori città per dodici ore al giorno, erano medici nel vicino ospedale di Bari, e lui aveva imparato presto a cavarsela da solo anche se sotto la sorveglianza, molto debole a dire il vero, di una domestica che gli lasciava fare quello che voleva purché rientrasse sano e salvo a casa. E che a volte chiudeva un occhio sulle sue uscite serali.

«Cosa vuoi che ci si faccia con un lucchetto, Bessy?» mi riprese lui. «Sto creando una cassetta dei ricordi, piccoletta» continuò ben sapendo che, oltre a Bessy, l'unica altra cosa che mi dava fastidio era che mi chiamasse così.

«Se io avessi la tua età non starei qui a costruire strambi oggetti o a organizzare cose con una ragazzina di quindici anni...» Alec ne aveva diciassette e, all'epoca, quella per me era un'età carica di promesse e vicina alla libertà.

«E, sentiamo, cosa faresti?» Si alzò per sgranchirsi e mi guardò con occhi maliziosi. Era da qualche mese che quello sguardo mi metteva a disagio. Non sapevo cosa stesse avvenendo nel mio corpo, ma la vicinanza di Alec a volte mi stordiva in modo strano e mi provocava una specie di sfarfallio allo stomaco che cercavo, il più delle volte, di ignorare. Maria Stasi, a scuola, mi aveva detto che era il primo sintomo dell'amore, ma io non le credevo. Che ne sapeva, in fondo, Maria Stasi dell'amore? Aveva la mia stessa età! Sebbene una sorella più grande le confidasse cose davvero strane che secondo me inventava per poterla prendere in giro e anche un po' spaventare.

«Uscirei con i ragazzi della mia età, andrei a Cassano al centro commerciale in pullman, per dirne una!» replicai sicura di me. Lo guardai in attesa della sua risposta. Sapevo di averlo provocato, ultimamente non facevo altro, ma volevo che rispondesse che non sarebbe andato con i ragazzi della sua età, lasciandomi a vegetare sulle rive del mare mentre lui beveva Cola ghiacciata in un centro commerciale.

«I ragazzi della mia età sono noiosi e nei centri commerciali non c'è nulla che mi interessi particolarmente» rispose strappandomi un sorriso che nascosi con prontezza girandomi verso il mare. Alec non se la bevve e lo sentii ridacchiare alle mie spalle. Aveva una risata particolare, Alec Reed, capace di farti sorridere anche se fuori pioveva e tu eri rimasta chiusa in camera tutto il giorno in punizione.

«E comunque,» aggiunsi in fretta per cambiare argomento «cosa cavolo sarebbe una scatola dei ricordi?» Una lieve brezza prese a soffiare scuotendo i suoi capelli che lasciava crescere d'estate e tagliava puntualmente d'inverno.

«Una scatola dei ricordi è un posto magico dove inseriremo, insieme, i nostri ricordi più speciali» disse. E non so se fu per la parola «insieme» sottolineata con una pausa o perché l'estate era appena iniziata e mi aspettavano meravigliosi giorni come quelli, pigri di quella dolce indolenza che la campagna sa donare, e allegri come il mare mosso dal vento, ma rabbrividii di piacere.

«I nostri ricordi?» gli feci eco, immediatamente eccitata dall'idea.

Alec si sedette di nuovo e io mi avvicinai, accomodandomi sul suo telo dai colori vivaci. Aprì lo scrigno azzurrino scolorito e ci guardò dentro. Era vuoto e per questo sembrava pieno di promesse. Restammo a fissarlo per alcuni secondi in assoluto silenzio, come se entrambi stessimo immaginando cosa ci avremmo messo all'interno.

«Posso proporre una variazione al tuo progetto?» chiesi colta da un'idea.

«E ti pareva!» rispose lui. «Dici sempre che sono io a metterti nei guai, ma la verità è che le tue variazioni ai miei progetti sono la mia rovina!» Lo disse in modo serio, ma io sapevo che si divertiva con me, altrimenti avrebbe trascorso il suo tempo con i ragazzi della sua età. «Il marchesino non ha paura di niente!» diceva sempre la nonna, apostrofando Alec con il suo soprannome. La verità era che se io ero temeraria, un po' lo dovevo a lui che mi spingeva sempre oltre i miei limiti.

«Le mie variazioni apportano colore alle tue idee a volte grigie» dissi con convinzione. Scoppiammo a ridere entrambi; la nostra risata era l'unico suono esistente in quella mattina, oltre al rumore delle piccole onde che si infrangevano sugli scogli dinanzi a noi.

Tutti pensano che il mare abbia solo due sfumature, quella tempestosa e quella calma, ma la verità è che, se sai ascoltare, il mare emette un'infinità di piccolissimi suoni che spesso fanno da eco alle emozioni di chi li ascolta. In quel momento quelle onde erano speculari al nostro buonumore, sembravano risatine di ragazzini felici.

«So che me ne pentirò, sei la mia rovina, Bessy...» disse ripetendo la solita frase «ma okay, sentiamo questa variazione al mio progetto.»

Non era estate se io e Alec non la trascorrevamo insieme, di solito imbarcandoci in improbabili avventure. L'anno prima avevamo partecipato a una caccia al tesoro svoltasi in tutto il paese con i ragazzi della parrocchia di Sant'Agostino. Era stato divertente, soprattutto quando avevamo deviato il gioco, portandolo nel podere abbandonato.

«Allora, che ne dici se oltre i ricordi di quest'estate ci mettiamo anche i nostri sogni futuri?» chiesi piena di entusiasmo. Se c'era una cosa che accendeva il mio entusiasmo era l'idea del futuro. Il passato era un vago ricordo, il presente lo masticavo con difficoltà, ma il futuro... Oh, il futuro era carico di promesse! Era dolce come l'idea di un gelato che avrei assaporato per sfuggire alla calura e denso come la cioccolata che ti scalda d'inverno. Il futuro era la mia promessa di riscatto e felicità.

«Sogni futuri?» mi fece eco Alec guardandomi con interesse. Forse non pensava che una ragazzina potesse avere dei sogni? Be', io ne avevo, e anche tanti.

Sbuffai, a volte era proprio limitato. «Sì, ci scriviamo cosa vorremmo diventare, dove vorremmo vivere, sai, quelle cose lì!» gli spiegai in imbarazzo.

«E tu? Cosa vorresti diventare? Dove vorresti andare?» mi chiese, e i suoi occhi brillavano di quell'interesse che avrei tanto voluto vedere in mio padre.

«Il mio posto è qui» risposi. Per me era una cosa scontata, sapevo fin da piccola che avrei ereditato dalla nonna la fattoria, le mani immerse nella terra, il profumo del mosto in autunno, l'odore delle olive acerbe, la pelle bruciata dal sole. Era scontato e confortante al tempo stesso. Era la mia terra, mi apparteneva e mi reclamava.

Alec mi passò la mano tra i capelli, in un gesto di cameratismo che avrebbe potuto fare con un suo compagno di giochi. Mi scostai a disagio. «Allora?» chiesi sulle spine. «Lo facciamo?»

Mi incatenò ai suoi occhi per alcuni secondi. Parlavano spesso gli occhi di Alec, in una lingua che non riuscivo sempre a decifrare, come un codice segreto che in alcuni casi mi permetteva di leggere, e mi raccontavano tante cose: curiosità per il mondo e, a volte, per me, come in quel momento.

«Certo che lo facciamo, Bessy. Una scatola dei desideri e del tempo... sì, mi piace!» Chiuse con uno scatto lo scrigno e me lo porse.

Lo presi ipnotizzata dallo strano colore del legno, una tonalità di azzurro che mi ricordava il cielo in primavera, e dal carico che quel contenitore stava per rappresentare per me. Una nuova avventura! Ne avevo davvero bisogno, quel giorno papà aveva messo da parte un nuovo manoscritto, ciò significava che sarebbe stato scontroso per almeno una settimana. Avevo bisogno di sogni cui aggrapparmi. Sogni e speranze.

2

Il pomeriggio in cui comprammo il lucchetto per il nostro scrigno me lo ricordo come fosse ieri. Ero sgusciata fuori casa senza farmi notare: nonna era al lavoro in cucina, riuscivo a sentire l'odore dell'impasto della focaccia in lievitazione diffuso nell'aria e papà batteva così forte sui tasti della sua macchina da scrivere che, quando la porta d'ingresso si chiuse, non si accorse della mia fuga non autorizzata. Immaginai stesse scrivendo un horror. In teoria ero stata reclutata in cucina quel giorno, avrei dovuto aiutare nonna a preparare le focacce da vendere alla sagra che si sarebbe tenuta nel weekend; in realtà lei mi aveva guardata con un sorriso benevolo e mi aveva sussurrato che ero libera. Una volta mi disse che nel mio broncio vedeva quello della mamma quando si arrabbiava per qualcosa, immagino che per questo non sapesse resistere al mio faccino contrariato dalle ingiuste punizioni di papà e mi aiutava ad aggirarle, in un modo o nell'altro. Cecco come al solito era nei nostri campi con gli operai: quando non era rintanato in camera sua immerso nel mondo della fantasia – prediligeva i romanzi di avventura e i fantasy – amava stare all'aria aperta con le mani nella terra e adorava vedere crescere le cose. Poteva sfinirmi per ore raccontandomi l'intera storia di un albero di albicocche dal seme alla fioritura e fino alla raccolta della frutta. Aveva imparato a cavarsela da solo, in generale, ma aveva bisogno che qualcuno gli ricordasse di continuo di fare le cose più elementari, come andare in bagno o mangiare. A volte persino dormire. E spesso si concentrava per ore su cose assurde, come una singola foglia caduta da un albero o la funzionalità del rubinetto del lavandino della cucina. Erano cose di poco conto, perché era un ragazzone meraviglioso, e io gli volevo bene. I suoi occhi, sempre vigili, mi ricordavano quelli di mamma e spesso sfruttavo la sua memoria per ascoltare racconti su di lei, la sua infanzia e la sua adolescenza. Me la faceva sentire ancora vicina.

In ogni caso, erano le cinque del pomeriggio e avevo appuntamento con Alec alla ferramenta del signor Amoruso, giù in paese. Presi la mia bicicletta, che ormai era un po' sottodimensionata per la mia età, e cominciai a pedalare sotto la calura di giugno. Cercavo il lieve riparo degli alberi lungo la strada e il vento che mi sferzava la faccia per la velocità era piacevole, anche se caldo. Nell'aria percepivo il profumo delle albicocche e delle prugne mature. Nei nostri poderi la raccolta era iniziata da qualche giorno per la rivendita ai mercati. Attraversai il passaggio a livello che separava la zona nella quale vivevo dal paese e pedalai fino in centro: nei pressi della grande piazza c'era una ferramenta molto fornita di tutto ciò che poteva servire per il fai da te. Trovai Alec fuori dal negozio in attesa che io arrivassi.

«Sei sempre in ritardo, Bessy» mi rimproverò socchiudendo gli occhi. Eppure il suo tono non era aspro, piuttosto divertito. Avevo l'impressione che Alec Reed si divertisse molto con me, anche se, come avevamo avuto modo di constatare più volte, sapevo essere un'autentica rompiscatole. Lanciai letteralmente la bicicletta sul marciapiedi e mi tolsi lo zaino dalle spalle. Ero così sudata che fu un sollievo. «Lo hai portato?» chiese Alec, sbirciando le mie mani che si muovevano veloci sul fondo dello zaino, mentre me ne stavo accucciata per cercare il nostro magico oggetto. Glielo porsi con un gran sorriso. In quei giorni mi ero presa cura dello scrigno con attenzione quasi ossessiva, come se fosse una cosa viva. Per me un po' lo era, a dire il vero. Stavamo per introdurci dentro il cuore pulsante delle nostre fantasie e questo lo rendeva più vivo di molte persone che conoscevo.

«Se continui a lucidarla perderà tutto il suo colore» commentò Alec girando tra le mani la scatola di legno che, in effetti, aveva perso un po' della sua tinta originale. Ogni volta che ci passavo uno straccio per pulirla, un po' di quell'azzurro restava impigliato sulla pezza. Adesso aveva un colore che mi piaceva molto di più, comunque. Era azzurro sbiadito e sotto si intravedeva il legno chiaro di cui era fatta. Le cerniere poi erano lucidissime, ci avevo passato dell'olio d'oliva diverse volte in quei giorni, trafugandone una bottiglietta dalla cucina della nonna. Alec aveva inserito due piastre di alluminio sul davanti, cui si sarebbe agganciato il lucchetto che stavamo per comprare. Aprì lo scrigno per un'ulteriore ispezione e vi trovò dentro alcune foglie. «E queste cosa sono?» chiese inarcando leggermente le labbra in un accenno di sorriso. Mi piacevano quegli accenni, promettevano risate e un'attesa di felicità che mi faceva formicolare le guance.

«Foglie di limone! Servono per purificare l'interno e dargli un buon odore! Annusa!» risposi spingendo appena lo scrigno verso il suo naso. Alex chiuse gli occhi in un gesto istintivo e inspirò l'odore dei limoni della nostra fattoria. Sapevano di libertà e corse tra gli alberi e di pungenti fragranze che mettevano allegria. Fecero lo stesso effetto su di lui perché aprì gli occhi e mi sorrise. «Buono, mi piace! Ottima idea, Bessy!»

Gongolai qualche secondo, amavo ricevere dei complimenti, tuttavia non ero abituata e mi lasciavano un senso di imbarazzo che non sapevo gestire bene.

«Entriamo?» chiesi impaziente di fuggire al suo sguardo.

«Certo.»

La ferramenta del signor Amoruso era la più grande del paese e aveva ben quattro corsie dedicate a tutto ciò che si può trovare in negozi simili. Ci ero stata un paio di volte con papà, anni prima, quando lui si dedicava con maggiore impegno alla fattoria, e mi ero persa in quegli strani scaffali che odoravano di legno e ferro.

Il signor Amoruso ci salutò con un cenno della testa e interruppe la sua conversazione con un cliente per chiederci di cosa avessimo bisogno. Forse non si fidava di avere due ragazzini nel suo negozio. Alec gli disse che cercavamo un lucchetto e lui ci indicò il reparto in cui lo avremmo trovato. Quando fummo davanti alla zona dei lucchetti ci guardammo sorridenti. A distanza di anni sorrido ancora a quell'immagine. Due ragazzini annoiati che avevano un grande progetto. Il lucchetto sembrava proprio il tassello mancante per la nostra avventura e per questo la scelta del pezzo giusto durò parecchio. Non potevamo sbagliare. Quando il signor Amoruso si liberò di due clienti venne a vedere che stavamo combinando e noi gli raccontammo che ci serviva un lucchetto per la nostra scatola dei ricordi e del tempo. Era un uomo moderno, il signor Amoruso, perché non rise come di solito fanno gli adulti dei progetti fantasiosi dei ragazzini, non criticò e non biasimò la nostra spensieratezza. Forse sapeva che alla nostra età i sogni sono vitali, oppure semplicemente voleva venderci un lucchetto. Con il suo aiuto, comunque, scegliemmo quello giusto. Lo pagammo a metà – era nei nostri accordi, perché la scatola era di entrambi –, ringraziammo il signor Amoruso per il tempo che ci aveva dedicato e uscimmo dal negozio.

«E ora?» chiesi eccitata saltellando da un piede all'altro.

«E ora non ci resta che pensare a cosa metterci dentro» rispose Alec, facendo spallucce. Come al solito era più pragmatico di me. Tuttavia la scelta non fu così semplice. Trascorremmo intere settimane a parlare, e a volte a litigare, su cosa inserire nella scatola. Non potevamo metterci tutto quello che volevamo, lo spazio era davvero esiguo, e non fu semplice scegliere solo alcuni dei ricordi da conservare tra i tanti che avevamo. Io poi ero molto impaziente e avrei voluto riempirla, chiuderla e passare subito al passaggio successivo che mi affascinava quanto se non più del contenuto della scatola stessa: seppellirla in un luogo sicuro. Alec però rimandava sempre perché secondo lui sceglievo le cose sbagliate da mettere nel cofanetto. Diceva che per la fretta di chiuderlo sceglievo con impulsività. Forse aveva ragione. Quindi decidemmo che avremmo lasciato trascorrere del tempo e avremmo seppellito la scatola quando saremmo stati pronti. La decisione mi lasciò triste per qualche giorno, come se tutto l'entusiasmo provato per il nostro progetto si fosse sgonfiato.

«È proprio questo il punto!» mi spiegò Alec con pazienza. «Dobbiamo ragionarci bene! Una volta chiuso e sotterrato apriremo lo scrigno tra qualche anno.»

«Qualche anno?»

Alec rise della mia espressione allarmata. «Lo apriremo quando avrai ventuno anni.»

«Cosa?»

«Be', da dove vengo io, in America, a ventuno anni sarai maggiorenne. Per noi è un'età importante...»

«Ma qui diventerò maggiorenne a diciotto anni!»

Alec mi fissò, perso nei suoi pensieri. «So che hai fretta di crescere, piccoletta...»

Non aggiunse altro, ma mi guardò come non mi aveva mai guardata prima. Non come una piccola rompiscatole che gli stava sempre attaccata, ma come una... ragazza.

«In qualsiasi parte del mondo ci troveremo, torneremo qui e riapriremo insieme lo scrigno. Il giorno del tuo ventunesimo compleanno, a mezzanotte in punto» mi disse.

La prospettiva era eccitante. Spesso, seduti nel giardino comunale con una granita al limone tra le mani, parlavamo di quello che ci sarebbe successo negli anni che ci separavano dall'apertura del nostro scrigno. Era un tempo davvero lungo. Tutto poteva accadere. Alec sognava di trasferirsi in città e diventare un avvocato. Per lui gli anni dei sogni puerili erano finiti, non sognava di diventare un calciatore o un attore come molti dei miei compagni. Aveva progetti, ambizioni, ne parlava con i suoi genitori e pianificava. Invidiavo la sua determinazione. Io sapevo che avrei seguito le orme di nonna e avrei tenuto in vita la nostra proprietà, ma non sapevo ancora come e non mi ponevo grandi domande. Eppure c'era qualcosa nel lavoro di papà che mi affascinava moltissimo. Perdersi in mondi di pura fantasia e non vivere perennemente aggrappati alla realtà aveva un che di favolistico che mi ammaliava. Per questo avevo cominciato a scrivere, ma di nascosto. Non so perché, ma l'idea che papà potesse leggere i miei lavori mi imbarazzava molto. Forse temevo le sue critiche, che negli ultimi anni si erano rese puntuali e sferzanti. E scrivere era un hobby che mi rilassava, per cui non volevo sporcarlo con rimproveri o correzioni. Scrivevo di regni paralleli e avventure prodigiose.

Rileggo con un sorriso quegli scritti infantili e penso che siano stati il mio inizio. È partito tutto da quelle pagine. Poi, anni dopo, trafugai un manoscritto incompiuto di papà. Sentivo che me lo doveva e avevo bisogno di un nuovo inizio dopo quello che era successo con Alec. Ma quel giorno, usciti dalla ferramenta del signor Amoruso, carichi di sogni da chiudere in uno scrigno, non sapevamo ancora cosa ci avrebbe riservato il futuro e quanto diverso sarebbe stato da quello che volevamo.

Ma il futuro è così. Imprevedibile, come un manoscritto lasciato in sospeso che può diventare qualunque cosa tu voglia.

3

L'estate successiva all'ideazione del nostro progetto successero molte cose. Intanto eravamo cresciuti, Alec più di me. Certo, il tempo era passato nella stessa maniera per entrambi, tuttavia in lui sembrava aver lasciato delle tracce diverse. Avevo notato che la sera aveva un filo di morbida barba ed era diventato alto e forte. La sua voce aveva assunto delle note più profonde che ricordavano più quelle di un adulto che non quelle di un ragazzo. D'altra parte, anche io ero cresciuta, indossavo il mio primo reggiseno, scelto in un imbarazzante pomeriggio con la nonna alla merceria del paese. E i miei capelli avevano perso quella fastidiosa abitudine di incresparsi in ispidi ricci per essere, invece, un po' più soffici, merito anche del balsamo che mi aveva comprato la nonna. Ora li portavo lunghi e spesso acconciati. La nonna amava farmi le trecce, ci metteva tanto di quel tempo che, molte volte, mi alzavo e fuggivo mentre lei mi urlava di tornare indietro e Cecco rideva a crepapelle.

Papà non era granché cambiato, invece. Una sera litigò con la nonna che gli aveva chiesto maggiore aiuto in fattoria e volarono parole forti e pesanti, spesso accompagnate dal mio nome sussurrato affinché io non ascoltassi. Ma avevo ormai sedici anni e certo non ero più una bambina da tanto tempo. «Depressione» era la parola che aleggiava già da un po' nella nostra casa, ma mai nessuno aveva avuto il coraggio di pronunciarla a voce alta, come se il dirlo la materializzasse di fronte a noi, rendendola reale e al tempo stesso un mostro invincibile. Eppure, quel giorno, la nonna scagliò quella parola contro papà, la fece rimbalzare più e più volte contro le pareti della nostra casa e persino contro la porta della mia camera che avrebbe dovuto restare completamente chiusa. Papà non rispose. Non negò né confermò di convivere con quel mostro, si voltò e tornò semplicemente alla sua scrivania. Dal piano superiore io ascoltai il tonfo della bottiglia e poi quello del bicchiere e immaginai che si fosse versato dell'alcol. Poi rumore di vetri rotti e un silenzio successivo che mi spaventò più delle urla o dei fracassi. Corsi giù per le scale a perdifiato, quasi inciampai, ma mi sorressi al mancorrente di legno. Quando arrivai in soggiorno la nonna e papà erano l'uno di fronte all'altra e un forte sentore di alcol impregnava la sala. Tossii quando il pungente odore raggiunse le mie narici, ma loro due rimasero immobili ancora qualche istante. Credo che non dimenticherò mai lo sguardo di mio padre in quel momento. La nonna era rossa in viso, stringeva e apriva i pugni come volesse trattenersi dal fare qualcosa di avventato, sbuffava nervosismo in modo evidente. Papà invece… papà era vuoto. Nulla di più dell'involucro di ciò che era stato. Non lo riconoscevo più da tempo e il tradimento del suo cambiamento mi pesava sempre di più, a mano a mano che comprendevo che non faceva nulla per tornare indietro, per ripercorrere i passi che lo avevano portato lì, di fronte alla nonna, con quello sguardo così privo di emozioni che mi provocò la pelle d'oca.

«Papà…» sussurrai. Lui si voltò di scatto verso di me in un movimento così sorpreso che fui compiaciuta di aver scatenato in lui una qualche reazione. «Papà, la nonna ha ragione. Devi farti aiutare» aggiunsi con voce tremante fissando i suoi occhi che tornavano a spegnersi. Sapevo cosa stava pensando. *Nessuno può aiutarmi.*

Lo sapevo perché lo aveva detto una volta, anni prima, subito dopo il funerale della mamma, quando un amico gli disse che voleva essergli d'aiuto. Quella frase mi colpì molto, soprattutto perché i miei mi avevano sempre insegnato che chiedere aiuto è sano e appoggiarsi ad amici e parenti è giusto. Gli amici non passavano più a trovarci da anni ormai, immagino che si fossero stancati di essere allontanati. Gli unici che ci facevano visita erano i signori Reed, i genitori di Alec, ma papà sembrava avere uno strano rapporto con loro. Li respingeva con odio e, più lo faceva, più loro tornavano, come se quella fosse una loro missione da assolvere a ogni costo. Si intrattenevano spesso con la nonna e chiacchieravano con me, chiedendomi sempre se avessi bisogno di qualcosa e se Alec mi trattasse bene. Lui sbuffava per quelle domande, ma da come li guardava capivo che li amava molto e che era loro grato per l'affetto disinteressato verso la sua amica. E i parenti… be', restavamo solo noi tre, qui in questa stanza, e zio Cecco di sopra, che mi augurai stesse dormendo, tutti ancora persi nelle nostre solitarie e personali forme di dolore. Mi domandavo spesso quando questo dolore ci avrebbe abbandonati e le cose sarebbero cambiate. Ma non cambiò molto, quel giorno. La nonna raccolse i cocci della bottiglia, papà la sostituì con un'altra, io tornai in camera a sognare il futuro prossimo.

«*Na mamme càmbe cìnte figghie e cìnte figghie non gàmbene na mamme*» sentii borbottare la nonna in cucina. Una mamma aiuta cento figli e cento figli non aiutano una mamma. Quando era nervosa nonna attingeva a piene mani al dialetto per esprimersi e aveva una sua raccolta personale di proverbi che cercava di tramandare a me, come fossero insegnamenti antichi che dovevo apprendere per vivere. Mamma, invece, non voleva che venisse parlato il dialetto in casa. Voleva che io imparassi l'italiano e temeva che parlare il dialetto potesse influenzarmi troppo. Ma capii cosa disse la nonna quel giorno e la sua solitudine mi sembrò un po' più simile alla mia. Io però avevo Cecco, Alec e i miei sogni per il futuro. Andai in cucina e la abbracciai, inspirando a fondo il suo profumo. Sapeva sempre di frutta e pane, nonna Lucia. «Ti aiuto io, nonnina» sussurrai contro il suo petto il diminutivo con cui la chiamavo quando ero piccola. Pensai non avesse ascoltato e sollevai lo sguardo. I suoi occhi velati di lacrime parlarono in un codice che compresi benissimo, nonostante la mia giovane età. Mi accarezzò la testa e fece quello che faceva sempre quando voleva consolarmi: mi preparò da mangiare. Solo che questa volta apparecchiò la tavola per due e, insieme, mangiammo in silenzio le sue friselle con i pomodorini. Mai un piatto mi era sembrato più buono. So che dopo cena le piaceva intingere i taralli nel vino rosso, ma quella sera non lo fece. Non lo fece mai più.

La nostra vita domestica non cambiò realmente fino a quando nonna non assunse una persona che l'aiutasse a gestire la tenuta. Il signor Nicola aveva poco meno di quarant'anni e idee innovative. Si era laureato in Agraria e aveva gestito altre aziende, prima della nostra. Da quando si era sposato cercava una stabilità che nonna gli promise in cambio della crescita della nostra attività. I filari dell'uva del nostro podere attiguo furono ben presto convertiti in zona a uso vinicolo e l'anno dopo il suo arrivo avremmo avuto il nostro primo vino imbottigliato e pronto da vendere. Quando nonna ci annunciò che avrebbe chiamato il vino come la mamma, Elena, papà si alzò da tavola tirando indietro rumorosamente la sedia e tornò alla sua scrivania. Quella sera non udimmo rumori di tasti sulla macchina da scrivere ma sul tardi, quando andai a dormire, lo sentii piangere sommessamente e chiamare mia madre. La ferita che lei aveva lasciato nella nostra famiglia non si sarebbe mai rimarginata, ma lui non faceva nulla perché ciò avvenisse.

«Non piangere, Alberto» gli disse zio Cecco passando accanto a lui. Papà non rispose e Cecco iniziò a raccontare una barzelletta, cosa che faceva spesso quando vedeva qualcuno triste. Doveva aver letto da qualche parte che, quando sei addolorato, una barzelletta può risollevarti il morale, perché ogni volta che ci vedeva tristi cominciava a raccontare decine di barzellette e non smetteva finché non ridevi davvero. E si accorgeva se fingevi, santo cielo! Non ho mai capito come facesse a distinguere una risata finta da una vera! Forse sapeva leggerci dentro molto meglio di quanto facessimo noi.

«Cecco, vieni, raccontala a me» gli dissi senza toccarlo perché non amava il contatto fisico.

«No, no» scosse il capo con forza. «Questa è per Alberto!» rispose con foga. Sapevo che quando si metteva in testa una cosa era quasi impossibile farlo desistere.

Nonna gli sussurrò che gliela avrebbe raccontata solo un po' più tardi e lui cedette, accasciando le spalle. Nonna era l'unica che esercitava un ascendente su Cecco, soprattutto nei suoi momenti di crisi. Ero contenta che avesse desistito perché papà era diventato una bomba a orologeria e temevo sempre potesse esplodere contro il più debole tra noi. Non glielo avrei mai perdonato. Negli ultimi mesi avevo sviluppato una sorta di astio rancoroso nei suoi confronti, alimentato anche dal fatto che vedevo le mie compagne di classe sempre supportate dalla loro famiglia mentre, in definitiva, io sembravo una di quelle povere orfanelle dei libri che leggevo. Se non fosse stato per la nonna, che mi preparava i pasti e mi comprava ciò di cui necessitavo, sarei assomigliata a Pippi Calzelunghe, che se ne andava in giro con abiti vecchi e mal abbinati tra loro a raccattare cibo dagli amici. Al contrario di Pippi, però, io non avevo quel sorriso perenne dettato dall'ottimismo. In casa mi sentivo oppressa, a scuola ero brava, ma sola, senza grandi amici. In paese, le voci su mio padre si erano sparse rapidamente e qualcuno mi prendeva in giro chiedendomi se anche io bevevo o se scrivevo fesserie come le sue. Papà aveva pubblicato un romanzo poco prima, finito a gran fatica, che era stato un enorme flop. Lui non ne parlava, ma avevo sentito la sua agente dirgli che doveva cambiare rotta altrimenti non ci sarebbe stato un prossimo libro. Da quel giorno, papà aveva cominciato a riprendere i vecchi manoscritti, quelli incompiuti, alla ricerca – presumo – di una verve artistica depositata in quei fogli e ormai persa. In ogni caso, proprio come Pippi Calzelunghe, non mi lasciai mai abbattere da quelle voci e attendevo con ansia l'ultimo giorno di scuola per poter trascorrere la mia nuova estate con Alec. Ci incontravamo spesso, durante l'anno, in paese o nei pressi della fattoria, perché lui aveva cominciato a fare jogging prima di cena lungo il tragitto tra casa sua, casa mia e i campi circostanti. Lo seguivo con lo sguardo tutte le sere, nascosta dietro le tende della mia cameretta e quando attraversava il podere abbandonato aprivo la finestra per salutarlo. Lui si fermava, saltellando sul posto, e chiacchieravamo qualche minuto della scuola, degli avvenimenti del paese, ma soprattutto della nostra scatola. Quando passava il treno, sui binari antistanti la casa, restavamo in silenzio a fissarci, in attesa di poter riprendere il nostro discorso, e quei minuti di silenzio mi sembravano un dono. Alec mi scrutava per tutto il tempo e a me accadeva una cosa stranissima: riprendevo a respirare. Non che non respirassi durante tutto il giorno, ma in quei momenti prendevo un gran respiro e mi sentivo viva. Viva *davvero*, elettrizzata e pronta a qualsiasi avventura. Sapevo che non era il treno a fare quella magia, ma il mio migliore amico.

Nei weekend Alec veniva spesso a pranzo da noi, quando i suoi genitori erano di turno in ospedale. I pasti con Alec erano sempre allegri. La nonna cucinava cose buonissime quando c'era lui, perché sentiva forte il dovere dell'ospitalità e, puntualmente, Alec tornava a casa con buste e contenitori di cibo avanzato. I suoi genitori ne erano contenti, comunque, perché amavano la cucina della nonna. Tutti amavano la cucina di nonna Lucia. Solo che io e Alec a tavola eravamo parecchio indisciplinati. Nonostante avessimo ormai io quasi sedici anni e Alec quasi diciotto, quando ci sedevamo a tavola regredivamo a cinque anni ciascuno. La nonna ci guardava sorridendo, mentre parlavamo a bocca piena e scherzavamo, ironizzando sul tipo che passava vicino casa alle sei del mattino vendendo «ova!» con il megafono e svegliandoci tutte le volte, oppure sul carretto con le angurie proponendone la «prova». Alec non si capacitava di queste stranezze, per lui essere svegliato da uno che urlava «melone alla prova» era come essere finito in un circo o in un paese straniero senza un traduttore al suo fianco. Così mi chiedeva di tradurre ogni cosa e, quando io lo prendevo in giro, lui mi puniva a suo modo. Tipo lanciandomi un tarallino in fronte mentre mangiavamo. I nostri pranzi si concludevano sempre con battaglie di cibo che la nonna disapprovava. Per lei il cibo era sacro e non andava in alcun modo sprecato. E quindi alla fine dei nostri pranzi ci trovavamo di solito a dover lavare i piatti per punizione. Sospetto che la nonna mettesse a tavola pane e taralli solo perché sapeva che li avremmo usati come armi e poi lei avrebbe potuto evitare di lavare i piatti.

«Smettila di lanciarmi il cibo, sai che alla nonna non piace!» sussurrai ad Alec allungandogli un bicchiere insaponato. Lui lo passò sotto l'acqua e lo posò sul ripiano accanto al lavello.

«E tu smettila di tradurre in modo sbagliato questa lingua strana che chiami dialetto! Ieri ho chiesto al panettiere un *calasciaun*, perché mi avevi detto che si chiamava così quel dolce che mi piaceva e che mi hai fatto assaggiare domenica scorsa e lui mi ha sbattuto fuori dal negozio! Immagino che *calasciaun* non sia un dolce!» disse arrabbiato, guardandomi. Evitai il suo sguardo e repressi una risata: me lo immaginavo che dava dello stupido al panettiere pensando di ordinare un sospiro al limone.

«E non ridere!» Alec mi diede una gomitata e mi schizzò con l'acqua insaponata.

«Avrei voluto vedere la tua faccia!» scoppiai a ridere e ricambiai il gesto, spruzzandolo a mia volta.

«Piccola impertinente, cosa mi hai fatto chiedere al signor Giuseppe?» chiese schivando il mio colpo e guardandomi. Sapevo che non era davvero arrabbiato, Alec non riusciva a tenermi il broncio per più di pochi secondi. Era nella sua natura essere allegro.

«Gli hai dato dello stupido...» dissi ridendo. Alec aprì la bocca e poi la richiuse. Decise che a volte un gesto vale più di mille parole e mi riversò una pentola di acqua in testa. Urlai furiosa e feci lo stesso con lui. Quando la nonna entrò in cucina, richiamata dalle nostre risate, la trovò quasi completamente allagata. Passammo tutto il pomeriggio a lavare i pavimenti e poi, per farci imparare la lezione, lavammo anche tutto il portico esterno. Due volte. Per tutto il tempo soffocammo le nostre risate per non farci sentire dalla nonna ed evitare che ci raddoppiasse la punizione.

Quando ci passò vicino la sentimmo sussurrare: «*L'megghie chmpagn, le megghie pèt!*».

«Cosa significa? E questa volta traduci bene...» intimò Alec. «E poi tua nonna ha un proverbio per ogni cosa?» chiese ridendo.

Ridacchiai e annuii. Sì, la nonna era un compendio di tradizioni e modi di dire cui attingeva quando voleva insegnarmi qualcosa. Ora che Alec era di famiglia, nonna voleva insegnare qualcosa anche a lui. Alec mi guardò in attesa di una traduzione e io alzai gli occhi al cielo.

«Forse dovresti applicarti di più, marchesino, non avrai sempre qualcuno che ti copre le spalle.» Ma sapevamo entrambi che non era vero e che ci saremmo stati sempre l'una per l'altro. Alec inarcò un sopracciglio e io sbuffai.

«I migliori amici si lanciano le migliori pietre...» risposi facendo spallucce.

«E che significa?» chiese fermandosi, con la scopa tra le mani.

«Ma che ne so...» replicai ridendo. Il fatto che sapessi tradurre non significava che capissi tutto quello che nonna diceva.

«Lo capirete, *picciuedd'*!» urlò nonna dall'interno della casa. Una cosa era certa, a nonna non sfuggiva nulla.

Finalmente passò l'inverno e passò la primavera. L'ultimo giorno di scuola era stato lungo e il caldo non aveva aiutato la mia impazienza.

«Allora, sei pronta?» mi chiese Alec una sera, scostando un ciuffo di capelli dalla fronte bagnata di sudore, fermandosi sotto la mia finestra. Annuii con entusiasmo. Ero più che pronta, quell'attesa era stata lunga e io di certo non avevo la sua pazienza.

«Questa volta so cosa metterci!» risposi seria. Volevo che capisse che non avevo dubbi e dovevamo assolutamente procedere con il piano dello scrigno, non avrei atteso la prossima estate per quell'avventura. Sentivo che quello era il momento giusto.

Alec fece il suo sorriso accennato e annuì.

«Sabato prossimo, solito posto solita ora?» chiesi. Erano ormai diverse estati che il sabato successivo all'ultimo giorno di scuola ci incontravamo alla Torretta, sulla spiaggetta del litorale nord del paese, e davamo ufficialmente inizio alle nostre vacanze.

«Sabato non posso, vado a fare compere con mia madre perché in serata facciamo la cena di fine anno scolastico con i compagni di classe...»

«Domenica?» aggiunsi senza lasciarlo finire.

«Domenica ho un appuntamento» disse. Indietreggiai staccando le mani dal telaio della finestra. Un appuntamento? Con chi? Volevo chiedere, ma ovviamente non potevo espormi. Quindi finsi indifferenza. Se Alec notò una mia reazione non lo diede a vedere.

«Che ne pensi del sabato successivo?» propose.

«Certo, va bene.» Ma immaginai che avrei dovuto cominciare a dividere il suo tempo con amici e ragazze. Alec Reed era davvero cresciuto più di me, mentre io ero ancora una ragazzina che sognava a occhi aperti. Pensai che avrei dovuto crescere più in fretta per stare al suo passo e non lasciarmi dimenticare. Ero già stata dimenticata nella mia vita, non volevo riprovare quella sensazione. Non era piacevole.

Quella domenica mi misi un bel vestitino e andai in paese con Cecco. Gli avevo promesso che lo avrei portato a prendere un gelato e a passeggiare in piazza. Il problema era che quando iniziavamo a passeggiare, avanti e indietro come facevano tutti nella piazza al centro del paese, con la fontana dei tritoni in bronzo che divideva il lato dei ragazzi da quello degli adulti, non potevamo smettere prima di aver percorso un numero di giri che fosse un multiplo di quattro. Quindi in genere li contavo e all'ottavo gli dicevo che potevamo rientrare. Quel giorno ero distratta dalle luminarie e dal profumo dello zucchero filato nell'aria che mi solleticava le narici. Era delizioso, ma non mi piacevano gli sguardi dei ragazzi della mia età puntati su me e Cecco, quindi non vedevo l'ora di rientrare oppure deviare sul lungomare per una passeggiata più rilassante. Le uscite con Cecco erano stancanti, ma lui non aveva nessun amico e io... be', in fin dei conti neppure io, a parte Alec che quella sera aveva un *appuntamento*. A volte, seguendo il filo dei suoi pensieri, che perlopiù ci erano ignoti, Cecco mi raccontava storie della mamma di quando era piccola. Erano storie divertenti e amavo come le arricchiva di dettagli al punto che a volte mi sembrava di essere lì, insieme a loro. Subito dopo dovevo sorbirmi una decina di barzellette perché le storie sulla mamma mi mettevano sempre una dolce malinconia che Cecco leggeva puntualmente sul mio viso. Non ho mai incontrato nessuno che sapesse leggere i volti delle persone come lui. Per cui quando tre ragazzini poco più grandi di me ci si pararono davanti e Cecco sussurrò «Sono cattivi» non esitai a credergli. Del resto, i loro sghignazzi non promettevano nulla di buono. Presi Cecco per un gomito con delicatezza e provai a scansarli per completare il nostro nono giro della piazza, ma quelli si spostarono ridendo e di nuovo ci fecero fermare. Cecco cominciò a camminare sul posto. Immaginai che nella sua mente non era prevista alcuna sosta prima del dodicesimo giro.

«Fateci passare» dissi al ragazzo che stava al centro, fronteggiandolo con il mio migliore sguardo arrabbiato. Lui mi ignorò e diede una gomitata a uno dei suoi compagni. «Guarda, l'*ar'gnet* e *u' ciò-ciò*!» Gli altri due risero e io sobbalzai all'udire come ci avevano soprannominati. Avevo già sentito quelle parole, a scuola, ma sempre bisbigliate, mai dette davanti a me. Mi guardai attorno in cerca di aiuto. Forse se qualche altro ragazzo, o magari qualche adulto, ci avesse visti in difficoltà... nessuno incrociò il mio sguardo. La gente era pronta a bussare alla nostra porta per spifferare a papà le mie uscite non previste, ma quando c'era da intervenire tra beghe di ragazzini fingevano di non vedere.

«Che volete?» chiesi con la voce un po' tremante. Non temevo per me, ma sapevo che se avessero portato Cecco all'esasperazione saremmo stati nei guai.

«Parlare *cu' ciò-ciò*!» disse ridendo uno dei tre, quello davanti a Cecco. Non so se lui aveva capito quelle parole, ma vide la mia espressione e mi chiese se poteva raccontarmi una barzelletta.

«Non ora, Cecco» gli sorrisi per tranquillizzarlo. «Dopo.»

«Raccontala a noi, *ciò-ciò*!»

«Sì, *muvt'*! Racconta!» lo esortarono ridendo e pregustando di deriderlo.

Cecco rimase spaesato per alcuni secondi, non vedeva tristezza nei loro volti quindi immaginai che, secondo la sua scala di valori, non poteva raccontare alcuna barzelletta. Cominciò a ondeggiare confuso sul posto. Sapevo che non avrei più potuto toccarlo e che stava per raggiungere un punto di non ritorno e mi agitai.

«Vi prego, lasciateci passare...» implorai con gli occhi lucidi e le guance infiammate. Un'esplosione di Cecco in piazza avrebbe solo aumentato le dicerie sul suo conto e forse anche sul mio. Non tutti amano la diversità, o la comprendono.

«Tu puoi passare, *ar'gnet*, ma *ciò-ciò* no!» rispose quello che doveva essere il capo di quella banda malandata, guardandomi con cattiveria e usando i soprannomi che ci aveva cucito addosso come fossero i nostri nomi propri. Io potevo anche essere una solitaria, chiusa a riccio in me stessa, ma definire «scemo» Cecco mi fece infuriare. Non era scemo, era solo diverso, con un suo mondo interiore immenso. Solo che non avevamo ancora trovato la chiave per entrarci. Forse non l'avremmo trovata mai, ma quel mondo c'era. Scossi la testa per diniego mentre notai con la coda dell'occhio che il dondolio di Cecco su se stesso stava aumentando.

«Bessy.» La sua voce bassa e ferma mi giunse alle spalle e il mio corpo si rilassò all'istante, come se mi avesse messa in una rete protettiva.

«Alec.» Lo guardai avvicinarsi e mettersi alla sinistra di Cecco. I tre sussurrarono «*Ste' pure u' stranìr!*», c'è anche lo straniero, ma a voce bassa.

«Bessy, che significano le parole con cui hanno chiamato te e Cecco?» mi chiese Alec, anche se aveva lo sguardo puntato sul ragazzo che stava al centro. Mi chiedeva ancora la traduzione di alcune parole dialettali e io ero la sua interprete, ma in quel caso mi vergognavo troppo per dirgli cosa significavano quei termini con cui ci avevano marchiati. Come se la colpa fosse la mia, come se quei vocaboli potessero appiccicarcisi addosso e non venire più via.

«Bessy» mi sollecitò Alec sotto lo sguardo divertito di quei tre.

«Mi chiamano "la solitaria", perché sto sempre da sola...» risposi.

«Tu non stai da sola. Stai con me» replicò Alec come a voler spuntare una casella su una risposta multipla e risolvere un problema.

«E com'è che avete chiamato Cecco?» chiese al ragazzo che stava di fronte a me.

Quello rimase spiazzato per qualche secondo, come a voler capire le intenzioni di Alec, poi rispose: «*Ciò-ciò*, perché lui è così!». Risero, forti del loro numero, mentre Cecco continuava a dondolare e a sussurrare: «Barzelletta! Barzelletta!». Finché non l'avesse detta e non avessimo completato i nostri ultimi giri in piazza non avrebbe smesso.

«Così come?» insisté Alec. Davvero non capiva? Perché non la smetteva?

«Alec, andiamo via, ti prego...» Gli toccai il braccio e lui fece scivolare la sua mano nella mia, in una presa forte.

«Che significa quella parola, Bessy?» chiese, il tono sempre aspro. Non lo avevo mai sentito parlare con quel tono.

«Significa... scemo...» sussurrai sperando che Cecco non sentisse. Lo guardai, ma non diede segno di aver capito. Tuttavia aveva stretto gli occhi e le braccia al petto. Dovevamo muoverci in fretta.

Alec lasciò la mia mano così velocemente che mi spaventai. Si avventò sul ragazzo al centro e gli strinse una mano al collo. Gli altri due rimasero così scioccati che non si mossero. Non so cosa disse Alec all'orecchio del ragazzino, ma quello annuì diverse volte e lui lasciò la presa. Un attimo dopo eravamo soli, come se non fosse mai successo nulla. Alcuni ragazzi che passavano accanto ci guardavano ridacchiando, ma nessuno si avvicinò. Sentii Cecco lamentarsi. «Ci mancano tre giri e mezzo, Cecco!» gli dissi con finta allegria. Ero sudata e sentivo le guance in fiamme. Lui rimase fermo, occhi chiusi, abbracciato a se stesso, a dondolare sul posto. Avrei tanto voluto abbracciarlo, dirgli che andava tutto bene, ma sapevo di non poterlo fare. Cecco aveva una sua gestualità che andava rispettata.

«Cecco, mi sento triste, sai? Molto triste» dichiarò Alec guardando verso le luminarie, le mani nelle tasche dei suoi pantaloni beige.

Cecco aprì gli occhi e lo guardò come per sincerarsi

che Alec fosse davvero triste. Rimase a osservarlo qualche secondo, mentre Alec sospirava e scuoteva la testa malinconicamente.

«Un vigile ferma un automobilista.» La voce di Cecco risuonò impostata, mentre a me salivano le lacrime agli occhi. «"Buongiorno, volevo solo farle i miei complimenti, lei ha guidato secondo le regole e il Comune le regala cento euro per un premio che abbiamo appena istituito! Che cosa ne farà?" E l'automobilista risponde: "*Buun! Penz ch' m' pozzc' accattè la patent!*". Buono! Penso che mi posso comprare la patente!» Cecco raccontò la sua barzelletta con rapidità, con traduzione annessa a beneficio di Alec, come a voler scacciare i brutti pensieri, e sulle ultime parole rise meccanicamente, attendendo una nostra reazione. Io e Alec ci guardammo e scoppiammo a ridere.

«Questa è bella! Bravo, Cecco!» affermò Alec, facendo qualche passo avanti. Lo seguimmo.

«Quanti giri vi mancavano?» chiese come se avesse posto una domanda del tutto normale e pur conoscendo già la risposta.

«Tre e mezzo» rispondemmo in coro io e Cecco.

Riprendemmo a camminare, mentre Cecco raccontava altre barzellette. Alec mi prese di nuovo la mano e io gliela strinsi.

«Grazie...» gli sussurrai. Lui si voltò a guardarmi, un'emozione sul viso che non sapevo leggere.

«Avrei voluto essere lì con voi fin dall'inizio» rispose a voce bassa.

«Va bene così.»

Sospirò, ma non aggiunse altro. Sapevo che no, non andava bene così, ma ero comunque grata del suo arrivo al momento giusto.

«E… il tuo appuntamento?» gli chiesi con un filo di voce quando ci fermammo nella zona del porto, mentre Cecco mangiava il suo gelato. Soffiava un leggero vento che mi scompigliava i capelli e mi rinfrescava in modo piacevole, dopo la cappa di caldo che c'era in piazza. Alec fece spallucce. «Abbiamo litigato, forse non fa per me» rispose. Volevo chiedergli se non facesse per lui la ragazza o l'appuntamento in genere, ma ancora una volta la mia timidezza mi bloccò e restai in silenzio, sotto lo sguardo indagatore del mio amico.

Quando arrivammo a casa, Cecco tirò fuori dalla tasca un sassolino e lo porse ad Alec. Chiunque altro avrebbe riso o perlomeno storto il naso per un dono così strambo. Ma non Alec. Lui prese il sassolino e ringraziò, come se fosse stato l'oggetto più prezioso del mondo.

Cecco era sempre parco di gesti, sorrisi o sassolini e quando ricevevi da lui una di queste cose era un dono meraviglioso. Pochissime persone avevano saputo leggere oltre l'apparenza per comprendere questo aspetto. Mi innamorai di Alec Reed quel giorno, nell'esatto momento in cui accettò quel sassolino come una sorta di pegno di amicizia pura e semplice. In seguito avrebbe inserito quel sassolino nel nostro scrigno, come fosse un oggetto prezioso da custodire per sempre.

Il sabato successivo, come pattuito, ci incontrammo sotto Excalibur, il grande ulivo del podere abbandonato vicino al nostro. Io ero in anticipo, cosa che non avveniva praticamente mai, e questo la diceva lunga sulla mia eccitazione. Avrei ripreso a passare le mie giornate con Alec, ridendo, chiacchierando, pranzando insieme a lui a casa mia, aiutando nonna nei campi, la quale, a fine giornata, ci avrebbe dato un piccolo compenso che avremmo poi speso in gelato il giorno dopo. Era tutto così prevedibile da essere incredibilmente confortante. Negli ultimi anni le routine con le quali affrontavo le mie giornate avevano il sapore del sollievo e mi ci rifugiavo con gioia.

«Bessy, sei più alta! Volevo dirtelo già ieri sera!» urlò Alec a qualche metro da me. Il suo sguardo però era strano, non certo allegro come le sue parole. C'era qualcosa che non andava.

«Anche tu...» gli risposi sorridendo. E più bello, pensai, ma non lo dissi.

Gli porsi la scatola azzurra che nei mesi trascorsi era scolorita ancora un po' a forza di pulirla. Lui la prese e la aprì portandosela al naso. Immaginai volesse sentire se odorava ancora di foglie di limoni. Era così, perché le avevo tenute all'interno e cambiate con regolarità e Alec se ne accorse, quindi sollevò lo sguardo verso di me e annuì.

«Sei pronta, Bessy?» chiese serio. Inspirai profondamente e gli mostrai una busta di plastica che avevo posato ai piedi del nostro grande albero. Però...

«No» risposi.

Alec inarcò un sopracciglio. «Sei impazzita? Mi hai dato il tormento per due anni interi!» esclamò sorpreso dalla mia risposta. In realtà io ero pronta. Prontissima, anzi. Ma Alec era strano quella mattina, irrequieto. E non certo per la nostra avventura in procinto di essere vissuta. C'era qualcosa che lo turbava e, se turbava lui, turbava me. Il momento dello scrigno, invece, doveva essere perfetto.

«Che hai?» chiesi.

«Niente!» rispose lui velocemente. Sapevo che mentiva. Quando mi diceva una bugia non mi guardava in faccia.

«È per ieri sera?» domandai timidamente. Non avrei voluto parlarne mai più, ma se Alec era nervoso per quello, dovevo saperlo.

«Da quanto ti prendono in giro?» chiese puntando i suoi occhi nei miei.

Feci spallucce, ma mi sentii arrossire. «Li ho visti solo ieri, non mi hanno mai rotto le scatole prima...» Mi sentivo sulla difensiva e in imbarazzo.

«Non loro... dicevo in genere. Qui siete abituati a dare soprannomi a tutto e tutti... Tu da quanto sai che chiamano te e Cecco in quel modo?» chiese serio.

«Cecco da sempre, lo sapeva anche la mamma e si arrabbiava molto.»

«E tu?»

Restai in silenzio per un po' e poi raccontai ad Alec della prima volta in cui ero tornata a casa in lacrime e mi ero confidata con la nonna. «Mamma era morta da due mesi e io avevo cominciato a non uscire più se non per andare a scuola. Una compagna di classe mi chiamò così...» Feci spallucce per minimizzare la cosa, ma Alec non se la bevve. Si sedette ai piedi del grande ulivo e mi fece cenno con la mano di affiancarmi a lui.

«E tua nonna cosa disse?» Alec aveva molta stima della nonna, diceva che gli ricordava una sorta di Mary Poppins pugliese ma con in mano il matterello piuttosto che l'ombrello. Quando lo dissi alla nonna scoppiò in una fragorosa risata.

«Una cosa sulle porte che non devono essere aperte a spallate...»

«Cioè?» chiese Alec divertito.

«Betta,» imitai la voce profonda della nonna «devi imparare ad aprire le porte con le chiavi e non a spallate!»

«E questo che vuol dire?» Alec sorrideva e mi guardava.

«Stava commentando la mia reazione a quel soprannome...» Presi un sassolino e lo lanciai lontano. Attorno a noi le cicale frinivano con il loro ritmo incalzante.

«Bessy, che hai fatto...» La sua non era una domanda, seppure lo sembrasse.

«Cosa dovevo fare? Incassare un insulto in silenzio? L'ho spinta...»

«Sì, immagino intendesse questo tua nonna quando diceva che dovresti aprire le porte con le chiavi e non a spallate, ora è chiaro!» Alec scoppiò a ridere e io lo guardai sgranando gli occhi.

«E che chiave avrei dovuto usare, sentiamo, saputello?» chiesi reprimendo una risata.

«Le parole!» Alec mi sfiorò la punta del naso con il suo dito. «Le parole hanno poteri magici, piccoletta» aggiunse rovinando il momento con il mio nomignolo. Ma sulle sue labbra, lo sapevo, qualsiasi soprannome aveva il sapore dolce dell'amicizia.

«Sì, okay... ti è passata ora?» domandai impaziente.

«Non so, non mi sento ancora del tutto a posto. Tu?» rispose lui. Di sicuro lo faceva perché era una canaglia impertinente, eppure sapevo in cuor mio che l'episodio della sera prima aveva turbato profondamente entrambi.

Nonna aveva l'abitudine, quando da piccola mi lagnavo per qualche capriccio oppure ero agitata, di prendermi in giro chiedendomi se volessi la *sciapenga*. «Vuoi la *sciapenga*, Bettina?» mi chiedeva con quello che ora capisco era un filo di ironia nella sua voce. La prima volta che ascoltai quella parola sgranai gli occhi, irretita dal suono delle sue tre sillabe. Non avevo la minima idea di cosa fosse, ma doveva essere qualcosa di estremamente desiderabile se nonna ne parlava con quel sorriso. Anni dopo compresi che quel sorriso era davvero sornione. La *sciapenga* era una parola inventata da lei e che non significava assolutamente nulla, come dire: vuoi aria fritta? È uno scherzetto che lei faceva a papà quando era piccolo e faceva i capricci. Quel giorno Alec era irrequieto come un bambino, quasi non lo riconoscevo. Si muoveva in continuazione, agitava le mani e sebbene fingesse tranquillità il suo corpo stava parlando una lingua del tutto diversa.

«Il problema non sono io, sei tu. Sei agitato e questo potrebbe compromettere il nostro progetto. Vuoi la *sciapenga*? Potrebbe aiutarti...» gli chiesi.

«Che?» rispose lui aggrottando le sopracciglia. Di certo non aveva la minima idea di cosa parlassi. L'occasione era ghiotta, non potevo non prenderlo in giro. Lui lo faceva sempre con me, del resto!

«La *sciapenga*!» replicai cercando di restare seria.

«Che roba è?» Si alzò, scalciò delle foglie con la scarpa e tornò a guardarmi.

«Come, non sai cosa sia la *sciapenga*?» lo stuzzicai. Era difficile che Alec Reed non sapesse qualcosa, quello era il mio momento.

«Non ho idea di cosa parli.»

«Be', sai... pensavo di metterci la *sciapenga* nel nostro scrigno!» buttai lì con noncuranza. «Ma non posso oggi, non l'ho portata con me!» aggiunsi con finto rammarico.

«Se è un frutto che coltiva tua nonna non puoi, marcirà lì dentro!»

«La *sciapenga* non è un frutto! È l'insieme di tutto ciò che di bello esista!» dissi. In fondo non era una bugia. Una cosa che non esiste può essere qualunque cosa si voglia e si desideri.

«Addirittura? E cos'è?» chiese curioso. La tensione lo stava abbandonando perché vidi i tratti del suo viso rilassarsi. Ridacchiai compiaciuta.

«Devi scoprirlo da solo, fa parte del tuo percorso di crescita pugliese, a Giovinazzo. Se non affronti questo, non puoi dire di essere davvero uno di noi!» dissi in tono solenne. In fondo Alec Reed non aveva mai affrontato un'iniziazione qui, nella nostra terra. Inarcò un sopracciglio e mi fissò, scettico.

«È una sfida, piccoletta?»

«Può essere, marchesino!»

Alec sbuffò. «Marchesino» era il soprannome con il quale la nonna lo aveva apostrofato la prima volta che lo aveva visto, vestito di tutto punto nei nostri campi, mentre io ero in pantaloncini e canotta. L'anno successivo aveva imparato a adattarsi, ma il suo primo anno da noi era stato esilarante. Una volta era venuto a raccogliere i fichi con una camicia arrotolata sulle braccia. A metà giornata una manica si era impigliata a un ramo e della sua camicia era rimasto ben poco.

«A chi appartiene questo ragazzo?» mi aveva chiesto nonna guardando Alec.

«Signora, io appartengo a me stesso!» aveva risposto lui, non sapendo che da noi quella domanda si fa quando si vogliono conoscere i nomi dei genitori, dei nonni e un po' della sua genealogia se possibile, per inquadrare una persona. Ovvio che lo aveva soprannominato «marchesino», era quello che sembrava! «Siediti, marchesino, e piglia *nu' piatt d' strascnèt*» aveva risposto nonna ridendo. Le orecchiette con il ragù di carne erano la sua prova di iniziazione, se Alec avesse rifiutato di mangiarle credo che nonna sarebbe stata capace di buttarlo fuori casa e non farcelo entrare più. Alec aveva mangiato tutto e chiesto anche il bis. Poi aveva fatto la scarpetta con il pane e questo aveva decretato ufficialmente l'inizio della nostra amicizia. Quando ci eravamo salutati, quella sera gli avevo chiesto: «Alec Reed, vorresti essere il mio migliore amico?». Ero rimasta a fissarlo con gli occhi sgranati finché lui aveva sorriso e aveva risposto: «Sei cieca? Noi siamo già migliori amici... smettila di dare un nome a ogni cosa e vivi la vita». Avevo sorriso anche io, non mi ero mai sentita al sicuro e protetta e felice come in quel momento. Alec Reed era il mio migliore amico, nulla poteva andare storto.

«Sfida accettata, allora!» rispose Alec davanti alla mia domanda, riportandomi al presente. Voleva davvero sfidarmi sulla *sciapenga*?

«Non vale chiederlo a mia nonna!» mi affrettai a precisare.

«Tanto non me lo direbbe comunque» rispose. Tra lui e nonna c'era uno strano rapporto di divertito punzecchiamento. Si volevano bene, però, era evidente. Era impossibile non voler bene ad Alec Reed.

«Voglio darti un indizio e ricordarti che c'è anche la versione col filo!»

«La *sciapenga* col filo?» chiese più a se stesso che a me, cercando di sbrogliare quel piccolo mistero. «Ma quando riempiamo lo scrigno?» aggiunse poi.

«Non oggi!» risposi compiaciuta per la mia pazienza. In quei giorni stavo scoprendo che l'attesa era bella tanto quanto l'avventura. «Alec, tutto bene? C'è altro, vero?» gli domandai. Eravamo sempre stati sinceri tra di noi, era una delle nostre regole. Ci dicevamo tutto, da buoni amici.

Alec fece spallucce. «Ho litigato con la mia ragazza, ieri sera» rispose. Non so se restai più colpita per la parola «ragazza» o per la sua lite, che lo poneva nell'ambito dei grandi.

«E come mai?» chiesi fingendo indifferenza.

«Be'... per te» rispose abbassando lo sguardo.

«Per me?» replicai subito, sorpresa.

Alec alzò lo sguardo e sorrise. «Sai, Francesca è gelosa del tempo che passiamo insieme...» Rise come se il motivo di gelosia della sua nuova ragazza fosse futile. Lo era? Io, al posto di Francesca, sarei stata più che gelosa che il mio ragazzo trascorresse così tanto tempo con un'altra. Non glielo dissi, ovviamente, il tempo con Alec Reed era un dono di cui non sarei più riuscita a fare a meno.

«Mi dispiace» sussurrai, sperando con tutta me stessa che questa lite non sancisse un cambiamento tra noi.

«A me no, mi piace stare con te, piccoletta» disse scrollando le spalle. Una piccola fiamma si accese nel mio cuore e mi scaldò in maniera strana, ma piacevole.

Trascorremmo il resto della giornata a nuotare, mangiare la colazione al sacco, dormicchiare sotto Excalibur, il grande ulivo che avevamo battezzato così molte estati prima, durante le nostre scorribande nella campagna. Si trovava a metà tra casa sua e casa mia, nel podere abbandonato, tra la vecchia casa fatiscente e i campi incolti. Ma lui era là, resistente al tempo e a tutto ciò che gli passava accanto. Proprio come la spada nella roccia, incastonata e immobile nonostante il passare degli anni e della gente che cercava di estrarla. Forse anche il nostro Excalibur un giorno avrebbe assunto una funzione sacra, visto che pensavamo di seppellire ai suoi piedi il nostro scrigno. E solo noi due, in un certo senso puri di cuore come re Artù, avremmo potuto tirarlo fuori dalla terra. Anche perché solo noi ne conoscevamo l'ubicazione, ma questa è una cosa irrilevante ai fini della storia che ci eravamo raccontati. Quel pomeriggio restai sdraiata sotto il grande albero a guardare il cielo e a sognare a occhi aperti. Le foglie, mosse dal vento, si agitavano e rumoreggiavano. A volte sembrava che Excalibur cantasse, facendomi compagnia sotto un cielo dorato, mentre noi eravamo lambiti da un mare scuro che portava a riva sassolini di cristallo incisi da piccole crepe. Piccole ma profonde, come le cicatrici che ognuno di noi ha disegnate addosso e porta con sé nel corso della vita.

Altre volte, invece, quando qualche piccola foglia scendeva lenta verso il mio viso, pensavo che in fondo le nostre vite erano proprio come quelle fronde: piccole, ma bellissime. E che cantavano solo se eravamo insieme, perché una singola foglia era solo… una foglia. Ma insieme erano magia!

Non riuscirà mai a capire cosa sia la *sciapenga*, pensai pedalando verso casa.

Mi sbagliavo. Alec Reed sarebbe diventato un grande avvocato, e già allora riusciva a portare verso la sua causa anche i più scettici e a ottenere, sempre, le risposte che cercava. Il giorno dopo si presentò al solito posto con un pacchettino rosso, dicendomi che aveva imbrigliato la *sciapenga* e voleva metterla nel nostro scrigno dei desideri.

4

«Come sarebbe che lì dentro hai la *sciapenga*?» chiesi scettica socchiudendo gli occhi.

Alec sorrise e mi mostrò la scatolina rossa tra le sue mani.

«Pensavi non ci sarei riuscito, eh, piccoletta?» domandò a sua volta, compiaciuto. Non risposi, ma sbuffai per tutta l'ora successiva, in cui radunammo tutte le cose da inserire nel nostro scrigno. Ogni volta che vedevo la scatolina cercavo di aprirla per spiarne il contenuto, ma Alec me la sottraeva ridacchiando.

«Sai già cosa sia la *sciapenga*, che bisogno hai di vederla, non capisco proprio!» diceva con un tono soddisfatto che mi faceva solo innervosire. Lo sapeva bene, così continuò questo sfottò per tutto il giorno. In ogni caso, dopo aver pranzato a casa mia – quel giorno la nonna ci aveva preparato la sua famosa parmigiana di melanzane – andammo sotto Excalibur con il nostro bottino e ci preparammo alla nostra missione.

Aprimmo lo scrigno e riversammo in terra tutto ciò che volevamo mettervi dentro. Avevamo discusso tutta la mattina e scartato diverse cose che non vi sarebbero entrate. Avevamo fatto delle prove di inserimento e incastro e avevamo finalmente deciso. Io avrei messo un sassolino di vetro verde, smussato dal mare, come segno del tempo che passa ma che può abbellire le cose. Era il mio simbolo di ottimismo, quel sassolino. Per me significava che il tempo poteva guarire le ferite e rendermi una bella persona, se solo mi fossi prestata al suo logorio paziente. Poi inserii una vecchia collana di bigiotteria di mamma. Non aveva un valore reale quanto affettivo, era di piccole perle rosa e lei la metteva sempre nei giorni di festa, come fosse stata preziosa. Era il ricordo di mia madre che in qualche modo volevo imbrigliare e chiudere nel cassetto del tempo e contemporaneamente allontanarlo da me, rendendo la sua mancanza meno pungente. Inserii un rametto secco di ulivo che avevo avvolto in un foglio di carta perché non si rovinasse. Era la mia terra, cui ero profondamente legata. Il mio passato, il mio presente e il mio futuro, e l'ulivo ne era il simbolo. Una chiave che avevo portato via da casa, togliendola dalla toppa della mia porta, per ricordarmi sempre che le porte vanno aperte con le chiavi e non a spallate. Io potevo essere quella chiave, dovevo solo esercitarmi. Strappai una pagina da uno dei miei libri preferiti, *Orgoglio e pregiudizio*, la prima, quella con il titolo, e la piegai con cura per riporla nello scrigno, unita alla prima pagina dei miei racconti:

simbolo del mio amore per i libri e per la scrittura. Io e Alec ci sfilammo i nostri braccialetti dell'amicizia e mettemmo dentro anche quelli. Il tempo era il concetto base del nostro scrigno. Sarebbe passato, ma noi saremmo restati, in un modo o nell'altro. Speravo tanto che saremmo rimasti sempre amici, perché la vicinanza di Alec mi aveva salvata da me stessa tante di quelle volte che ormai non le contavo più. Infine misi all'interno della nostra cassettina azzurra una lettera ben sigillata. Durante lo scorso inverno avevo scritto una lettera alla me futura che avrebbe aperto lo scrigno. Chissà come sarei diventata, mi chiedevo con curiosità. Anche Alec fece lo stesso, inserì la sua lettera, la scatolina con la sua presunta *sciapenga* – sbuffai di nuovo perché non volle assolutamente che io ne vedessi il contenuto –, il nostro braccialetto dell'amicizia e alcuni piccoli ricordi della sua adolescenza sulle rive del Mar Mediterraneo. Mi mostrò il sassolino che aveva ricevuto da Cecco e lo ripose con cura nella scatola. Avrei voluto piangere e abbracciarlo, ma mi trattenni. Quando finimmo di sistemare tutto in modo che i vari pezzi si incastrassero ci guardammo per alcuni secondi.

«Sei pronta?» chiese Alec serio.

Annuii guardando il contenuto della scatola. Eravamo noi, semplicemente, senza zavorre. Senza paure, senza pregiudizi, senza ansie, lì dentro c'erano i nostri sogni e la nostra essenza. Così scavammo una buca sotto Excalibur, mettemmo la cassetta avvolta in un telo grezzo, di quelli che nonna usava per la raccolta delle olive, resistente all'umidità della terra, e posizionammo lo scrigno.

«Dovremmo dire qualcosa...» dissi fermando Alec che stava imbracciando di nuovo la pala che avevo trafugato dal nostro podere.

«Non è mica un funerale, Bessy» sbottò lui, ma guardava la scatola con la stessa devozione con cui si guarda qualcosa di sacro.

«Solo due parole» pregai. Sorrise e io declamai solennemente: «Piccolo scrigno dei nostri desideri, custodisci con cura i nostri sogni passati, presenti e futuri. Noi faremo la stessa cosa con la nostra vita. Lo promettiamo». Guardai Alec, in attesa che mi prendesse in giro, ma non lo fece, al contrario ripeté le mie parole con maggiore solennità.

«Lo promettiamo» sussurrò guardando prima lo scrigno poi me con una intensità che mi mise i brividi.

«Va bene, ora sono pronta.»

Alec ricoprì di terra lo scrigno e poi, con la pala, appiattì la superficie in modo non si vedessero discontinuità nel terreno. Ci sedemmo sopra quel lembo di terra in silenzio, riflettendo sul nostro gesto. Era la conclusione della nostra avventura ma, in un certo senso, era anche l'inizio di qualcos'altro. Mi voltai verso Alec per dirglielo e incrociai il suo sguardo puntato su di me.

«Hai della terra sulla fronte» disse con una voce che non riconobbi e che mi fece sfarfallare lo stomaco. Passai la mano sulla faccia per pulirmi, ma lui me la scostò delicatamente. Sfiorò con le dita la mia guancia e ne tracciò i contorni, mentre io trattenevo il fiato e restavo incatenata a quegli occhi che mi parlavano di terre lontane eppure così vicine. Alec si avvicinò al mio viso, potevo sentire il suo caldo respiro sulle mie labbra e i suoi occhi che mi chiedevano il permesso di avvicinarsi ancora e ancora. Non avrei potuto rifiutare nulla ad Alec Reed. Ne ero innamorata forse già dal primo giorno in cui lo vidi, ma lui non lo sapeva. Quindi mi avvicinai anche io finché le nostre labbra si toccarono, calde e umide. Fu un bacio che rimbombò sulla mia pelle e nelle mie orecchie come se il mio cuore stesse esplodendo. Fu il mio primo bacio e avrei voluto imbrigliarlo e metterlo nello scrigno dei desideri per conservarlo in eterno. In fondo non fu un caso che avvenne proprio quel giorno, mentre eravamo seduti all'ombra dell'ulivo che serbava per noi la scatola dei nostri desideri.

5

Trascorse un anno. Col passare del tempo, il mostro che stava corrodendo dall'interno mio padre mutò. Immaginai che non gli bastasse più nutrirsi della sua tristezza, ora esigeva un altro prezzo. Si alimentava di rabbia, rancore, disprezzo, incanalati dal liquido scuro contenuto nelle bottiglie che producevamo. Per uno strano paradosso papà beveva il vino Elena fino a sfinirsi, come se avesse voluto in qualche modo trovare una connessione con la mamma. Non ci riusciva e, dopo, scagliava le bottiglie vuote in giardino. Quando accadeva, la nonna o il signor Nicola mi intimavano di restare chiusa in camera. Papà avrebbe potuto farmi del male in quei momenti? No, non lo pensavo possibile. Però sapeva ferire con le parole con un'abilità che mi sorprendeva ogni volta. Feriva nonna perlopiù o offendeva il signor Nicola. E aveva preso a ignorare Cecco quasi fingendo non esistesse, in un atteggiamento punitivo nei suoi confronti che non capivamo. Tuttavia era meglio essere ignorati che travolti dalle sue pungenti parole. Io ero sempre fuori portata e non avrei voluto mai sapere cosa si provava a incappare in quello strano fuoco amico che sapeva ustionarti, lasciando ferite aperte per giorni e giorni. Era l'effetto dell'alcol, non avevo dubbi. Quindi cercai di capirlo. Una sera rubai una bottiglia e convinsi Alec a vigilare su di me mentre io bevevo.

«È un'idea davvero stupida, Bessy» rispose lui, mentre eravamo in riva al mare, nel nostro posto usuale, e io aprivo una bottiglia di Primitivo, una di quelle che mio padre amava non per il suo sapore quanto perché era quella a maggior contenuto alcolico che producevamo. E poi, non avrei mai potuto prendermi una sbornia con un vino dedicato a mia madre.

«Voglio sapere cosa prova» dichiarai armeggiando con il cavatappi e la bottiglia, ma era buio e la luna illuminava a malapena le mie mani tremanti. Alec la prese e in pochi gesti la aprì. Lui aveva già sperimentato l'alcol, ma ne faceva un uso consapevole e maturo. Lo beveva nelle festività, ma senza esagerare. I suoi genitori erano medici, immagino lo avessero ben istruito sul pericolo degli eccessi, che comunque lui poteva toccare con mano ogni volta che, con il suo motorino, passava a prendermi a casa e incrociava mio padre. Ultimamente, da quando aveva notato che il nostro rapporto si era evoluto, il suo disprezzo per i Reed, e per Alec in particolare, era diventato più feroce. Odiava il modo in cui il padre di Alec si mostrava protettivo nei miei confronti. Forse era geloso e in lui vedeva quello che avrebbe potuto essere ma non era, o forse era solo talmente ubriaco da non sopportare più nessuno.

«Continuo a pensare che sia una cosa stupida» disse porgendomi la bottiglia. Sorrisi e gli scoccai un bacio sulle labbra. Era passato un anno dal nostro primo bacio e di baci ne erano passati milioni, teneri e impacciati prima e poi più intensi, passionali. La nostra amicizia si era trasformata in altro, altrettanto forte. Alec sorrise e mi prese il viso tra le mani.

«Non esagerare, però» mi ammonì. Come ogni volta che mi toccava, un calore dolce si insinuò nel mio corpo. Però... io *dovevo* esagerare, perché avevo bisogno di capire cosa si provava ad annebbiarsi fino a non riconoscere chi hai accanto o fino al punto da riconoscerlo ma odiarlo. Per un momento esitai, temendo di dire qualcosa di spiacevole ad Alec, ma poi pensai che non sarebbe stato possibile. Io non covavo nel mio cuore il rancore nei confronti del mondo che provava papà, non avrei mai potuto ferire le persone che amavo come faceva lui.

Presi la bottiglia e ingollai una lunga sorsata. Avevo già bevuto del vino prima di allora, a casa nostra c'era sempre stata una bottiglia in tavola a ogni pasto e la nonna a volte me ne dava un goccetto misto ad acqua per farmelo assaggiare, e tanto tempo prima intingeva un tarallo e me lo porgeva, era il suo rituale dopo la cena nei pasti domenicali, ormai in disuso da qualche anno. Per lei era una cosa naturale, il vino era un elemento che aveva fatto parte della sua vita da sempre.

Ma quella sorsata, pura, veloce, bruciò in gola e mi fece lacrimare gli occhi. Alec represse una risata e mi diede dei colpetti sulla schiena.

«Okay, basta così.» Fece per prendere la bottiglia ma lo fermai.

«Alec...» lo rimproverai. Lui sospirò e scosse la testa. Io ripresi a bere. Bevvi ancora e ancora, fino a svuotare metà della bottiglia e fino a quando lo stomaco prese a bruciarmi e la testa a girarmi. Non ricordo molto di quella serata, dopo aver bevuto, solo vaghe immagini del cielo, del rumore del mare che rimbombava nella mia testa, di Alec che borbottava parole incomprensibili, metà in italiano e metà in inglese. Colsi «sciocca ragazzina» e «andrà tutto bene» e sorrisi, certa che con lui accanto non poteva succedermi nulla di male. Era il mio angelo custode. E poi la nausea e infine un sonno pesante che ricoprì tutto come una coperta spessa che mi avvolse togliendo ogni sogno dal mio riposo. Capii che per papà bere era esattamente questo: annullare ogni percezione. Annullare se stesso. Solo che il corpo si assuefaceva all'effetto dell'alcol e lui doveva ingurgitarne sempre più perché il suo frutto si manifestasse. Ce lo avevano spiegato a scuola, parlando delle droghe: l'assuefazione obbligava il corpo a richiedere sempre più dosi della tua dipendenza. E di più e di più, ogni volta, perché i pensieri si spegnessero e i ricordi si offuscassero e il passato in qualche modo svanisse come non fosse mai esistito. Solo che il passato non è cancellabile. Mi fece molta pena.

Per quel che mi riguarda, non bevvi mai più un sorso di vino in tutta la mia vita. Io non volevo dimenticare. Io volevo vivere. Volevo essere come le eroine dei libri che leggevo. Brillante come Elizabeth Bennet che usava la forza delle parole come gli uomini usavano le braccia, indipendente come Jane Eyre, tenace come la Hester della *Lettera scarlatta*, e forte come Anna Karenina. Volevo salvare mio padre e salvare la nostra famiglia. Ma non puoi salvare qualcuno che non vuol essere salvato. Non puoi e basta, per quanto ti sforzi, ti immedesimi bevendo vino, ripercorri i suoi passi cercando di capire quale sia il bivio oscuro nel quale si è perso. E io imparai questa lezione nel modo peggiore, nel pieno della mia adolescenza quando credevo che tutto fosse possibile, quando le energie sembravano infinite e i sogni tutti realizzabili. Le cadute, da certe altezze, fanno più male.

«Resti con me?» chiesi ad Alec quando mi fece stendere nel mio letto. Eravamo riusciti a entrare senza farci sentire da nonna o papà. Davanti alla porta aperta di Cecco vidi Alec fare un cenno a mio zio di restare in silenzio, per non farci beccare insieme nella zona delle camere e lui annuì con vigore e richiuse la sua porta.

«Resto finché non ti addormenti.»

Mi strinsi ad Alec e respirai il suo profumo di fresco e pulito.

«Alec?»

«Sì, piccoletta?»

Mugugnai al soprannome affibbiatomi e lui rise, accarezzandomi i capelli.

«Grazie.»

«E di cosa? Se fosse stato per me non avresti bevuto neppure un sorso di quella dannata bottiglia.»

Il suo tono serio mi fece sollevare la testa. Alla penombra della mia camera, con la luna che illuminava fiocamente gli interni, potevo vedere la sua espressione corrucciata. Tracciai il solco tra le sue sopracciglia con le dita.

«Per tutto. Grazie per tutto. Non ci lasceremo mai, vero?» La mia voce si incrinò sull'ultima parola perché, pur tra i fumi dell'alcol, ricordavo bene che il «per sempre» era qualcosa che non avevo mai avuto nella mia vita.

«Io sarò sempre qui, amore.» Alec posò un bacio delicato sulle mie labbra e io sorrisi. Era la prima volta che mi chiamava «amore» e non Bessy o piccoletta.

«Sei davvero bellissimo» mi sfuggì fissando i suoi meravigliosi occhi verdi. Alec rise.

«E tu davvero ubriaca.»

«No, cioè sì, lo sono... ma è vero, sei proprio bello!»

Alec soffocò una risata e mi accarezzò la guancia. «Anche tu lo sei.» Mi sfiorò il viso con le sue dita fresche e quel contatto mi fece sospirare. «Qui e anche qui» e posò la mano sul mio cuore che batteva a un ritmo sempre più intenso. Unii la mia mano alla sua e spinsi contro il cuore, ogni singola terminazione nervosa incendiata da quel contatto.

«Voglio fare l'amore con te» sussurrai. Non provai imbarazzo nel dirlo, come nei miei pensieri ogni volta che formulavo quella frase negli ultimi mesi. Immaginai fosse a causa del vino.

Alec inclinò la testa fino a toccare la mia e restò immobile.

«Alec?»

«Dammi un momento, piccoletta.» Sorrisi perché di solito Alec era sempre padrone delle sue emozioni e vederlo così, quasi in difficoltà, mi fece sentire... importante. Ero importante per *lui*. Forse potevo non esserlo per il resto del mondo ma essere importante per Alec Reed era una cosa straordinaria. Be', lo sapevo di essere importante per lui, già da un po', ma il suo corpo che reagiva così al mio mi riempiva di meraviglia e stupore. Mi avvicinai ancora e misi la testa nell'incavo del suo collo. Lo sentii rabbrividire quando posai le labbra sulla sua pelle.

«Elisabetta...» Nel mio nome una dolce ammonizione che avrei ignorato. Era la serata delle prime volte, perché non mi aveva mai chiamata con il mio nome per intero.

«Mi piace come pronunci il mio nome» risi, una strana gioia che mi vorticava nel petto. Allungai le mani verso il suo bacino ma lui mi bloccò.

«Sei ubriaca.»

«So cosa voglio.» Restò in silenzio a fissarmi e io aggiunsi, giusto per evitare fraintendimenti: «Te, voglio te». Avvicinai le labbra alle sue e lo baciai. Pensai mi avrebbe allontanata, ma non lo fece. Ricambiò il mio bacio con passione, le mani che correvano sul mio corpo e i respiri affannati. Poi si scostò, gemendo.

«Elisabetta.» Alec richiamò la mia attenzione persa sulle sue labbra. «Voglio che tu ripeta questa richiesta quando sarai sobria, perché anche io ti voglio. Come non ho mai voluto nulla nella mia vita. Come mai vorrò chiunque o qualunque cosa.» Annuii incapace di rispondere e lui sorrise.

«Ora dormi, Bessy.» Mi baciò la tempia e io caddi in un mondo fatto di cose belle. Non bivi oscuri da cui non si tornava indietro, ma abbracci, baci e il caldo tepore di un corpo che mi cullava e mi proteggeva.

Poco dopo quell'episodio, il signor Nicola propose di fare una grande festa di Natale a Villa Fiorita per inaugurare la nuova etichetta del vino bianco. Grazie ai suoi progetti l'azienda di famiglia si stava ingrandendo. Ora, accanto alla nostra storica produzione di olio e vendita di frutta stagionale e dopo le etichette dei rossi, avremmo avuto anche due etichette di vino bianco da uva malvasia. Il bianco era una realtà vinicola abbastanza nuova per la Puglia, abituata a produrre per lo più vitigni neri, quella del bianco era una sfida che stavamo per affrontare con entusiasmo e voglia di emergere. L'idea della festa di Natale piacque molto alla nonna, che la vedeva come un'opportunità per rendere più lungimirante il suo lavoro, mentre papà rispose solo con un secco «no». Lo guardammo tutti con aria un po' stordita. Come poteva essere così egoista da non capire i sacrifici della nonna in quegli anni? Come poteva non capire il suo lavoro per rendere stabile e duratura la mia eredità?

«*Na mamme cambe cìnte figghie e cìnde figghie non gàmbene na mamme!*» disse lei amareggiata, riprendendo il suo proverbio ormai preferito quando parlava di mio padre. Una mamma aiuta cento figli e cento figli non aiutano una mamma.

Era stanca, nonna; anche se aveva lasciato la tenuta in gestione al signor Nicola, le sue responsabilità erano sempre tante e lei non si tirava mai indietro. Io avevo iniziato a essere più presente e nonna mi raccontava sempre più dettagli della nostra attività, con la speranza che un giorno la fattoria sarebbe passata a me, non come un mero dovere cui adempiere, ma come un dono da proteggere e far crescere.

«Faremo la festa» dissi. Per la prima volta mi schierai apertamente in una discussione di famiglia. Sentivo gli sguardi di tutti su di me, come se le parole che avrei pronunciato di lì a poco avrebbero decretato il mio futuro. «La faremo perché è un modo per fare pubblicità al nostro lavoro» aggiunsi guardando mio padre. Quando lui fece per replicare lo zittii: «Se non vuoi partecipare non farlo, non sei obbligato». Mio padre restò in silenzio, osservandomi come se non mi avesse mai vista prima, e nonna sorrise compiaciuta.

«*La criatùr ha criscieut'*» sussurrò con emozione. Sì, ero cresciuta ed ero decisa a guardare al futuro con gioia e propositività. Se mio padre voleva restare impantanato nelle sabbie mobili del suo personale passato era libero di farlo, ma non ci avrebbe tirati a fondo con lui. Era il momento di andare avanti.

I preparativi per la festa furono lunghi e laboriosi e, poiché il mio diciottesimo compleanno di qualche mese prima era passato inosservato a causa del tanto lavoro e della mia voglia di non celebrarlo vista l'atmosfera in casa, decidemmo di festeggiarlo in quella serata. Alec ne era entusiasta, ad agosto mi aveva fatto molte pressioni per poter festeggiare e ci era rimasto male quando avevo deciso di non farlo. Così aveva organizzato una cena a casa sua, con i suoi genitori. Fu una serata bellissima, per quanto semplice, perché aveva il sapore genuino della famiglia.

Per la festa di Natale convertimmo il nostro salone in una specie di sala delle feste, con una grande tavolata al centro della quale campeggiavano le nostre migliori etichette, il vino, la frutta. Era un tripudio in onore della nostra azienda, ma doveva essere anche un motivo di festeggiamenti e convivialità, per cui la nonna mi concesse di invitare degli amici. Non ne avevo molti, soprattutto da quando frequentavo esclusivamente Alec. Per cui invitai lui e la sua famiglia e incaricai il mio ragazzo di chiamare alcuni dei suoi amici che erano diventati compagnie comuni. Quella sarebbe stata la mia grande occasione di reinserirmi nella comunità dopo anni di isolamento e scrollarmi di dosso il marchio che mi avevano impresso addosso dopo la morte della mamma. Non sarei più stata l'*ar'gnet*, la solitaria, perché avrei imparato a coltivare le amicizie con la sola voglia di essere felice. Il signor Nicola chiamò i ristoratori della zona, il sindaco, le personalità di maggiore spicco della regione. Eravamo tutti emozionati perché, per la prima volta dopo la morte della mamma, stavamo aprendo la nostra casa al mondo esterno e quello poteva essere per tutti noi un nuovo inizio.

Capii che non lo sarebbe stato quando, a metà della festa, mio padre si presentò ubriaco, con la camicia mezza sbottonata, una bottiglia in mano e lo sguardo fisso su di me. Le parole che mi disse quella sera sarebbero restate sulla mia pelle per sempre. Quelle parole, dette con la consapevolezza di voler ferire, mi fecero così male che cominciai a tremare e tra me e lui si insinuò una sorta di fitta e densa nebbia che ci impedì, per anni, di vederci. Di vedere quanto potevano aver graffiato la superficie del nostro dolore rendendoci reciprocamente ciechi e di sicuro più fragili.

«Stai dritta!» sbraitò nella mia direzione mentre la sala si zittiva all'improvviso, nel fragore delle sue parole. Sussultai e Alec, accanto a me, mi prese la mano.

«Stai sempre ingobbita, come se dovessi sopportare il peso del mondo, ragazzina!» Rise con disprezzo, mentre io non riuscivo a muovermi. Sentivo su di me gli sguardi degli amici di Alec, con i quali stavamo chiacchierando fino a un attimo prima. Notai che Francesca, la sua ex ragazza, mi aveva rivolto un'occhiata di compatimento e arrossii. Non si era mai rassegnata al fatto che Alec avesse scelto me e non lei e, per quel motivo, non avevamo mai legato. Sapevo che aveva deciso di lasciare la scuola proprio all'ultimo anno delle superiori, ma nessuno ne conosceva il motivo. Quando mi fissava in quel modo pensavo che ritenesse fossi io la causa di ogni suo male. Fissai le mie scarpe nuove, le prime con il tacco. Ripensai alla gioia di averle acquistate, alle risate fatte con Cecco quando avevo provato a camminare nel salone poche ore prima e tutto mi sembrò così distante da essere annebbiato.

«Quanta presunzione! Quanta arroganza... devi ancora crescere per capire il mondo!» urlò puntando la bottiglia verso di me. Sentivo le mie guance scaldarsi e la mano di Alec stringere la mia con più forza, ma non riuscivo a muovere un muscolo. Ero impietrita come davanti a un incidente che sai sta per verificarsi.

Il signor Nicola fu il primo a intervenire. «Forza, andiamo...» Prese mio padre per un gomito, ma lui lo strattonò con forza, barcollò pericolosamente e avanzò verso di me.

Trattenni il respiro in attesa. Con la coda dell'occhio vidi Vittoria, la badante che chiamavamo in alcune occasioni, che portava di sopra Cecco. Gliene fui grata, non volevo vedesse papà in quello stato o soffrisse per me.

«Sempre così sicura di te, sempre con la verità in tasca! La verità...» Rise sprezzante e guardò prima me, poi Alec. «Che ne sai tu della verità?» disse e portò la bottiglia alle labbra, come se quella fosse la sua personale forma di verità. Si guardò intorno, alla ricerca di qualcosa, e quando il suo sguardo si posò sui genitori di Alec io rabbrividii. Come chiamati in causa loro si avvicinarono.

«Alberto, andiamo» disse con tono risoluto il padre di Alec, mentre la madre posava una mano sulla mia spalla. Quel piccolo gesto mi confortò e mi diede il coraggio di intervenire.

«Papà...» sussurrai. Non so cosa volessi dirgli, forse di smetterla di umiliarmi così davanti a quella gente che l'indomani avrebbe parlato solo di un padre e di una figlia invece che del nuovo vino della fattoria. Stavo per parlare ancora, ma lui mi anticipò ridendo fragorosamente, come se solo aver pronunciato questa parola fosse uno scherzo beffardo.

«Alberto...» mormorò il signor Reed facendomi scudo con il suo corpo. I Reed erano poco presenti nella vita quotidiana, eppure erano sempre stati con me fin dal loro arrivo, pensai in quel momento. Sempre attenti alle mie esigenze, sempre delicati e rispettosi, nonostante l'atteggiamento ostile di papà verso gli altri. Non so perché lo facessero, forse perché ero l'amica e poi la ragazza del loro unico figlio, o forse perché erano medici e il loro istinto di fare del bene era molto forte, ma erano diventati una seconda famiglia per me. Papà aggirò il signor Reed e piantò i suoi occhi su di me. Un tempo, quegli occhi mi raccontavano storie meravigliose, mondi lontani nei quali perdermi e poi tornare.

«Papà!» mi fece eco lui urlando e facendomi sobbalzare. «Papà, dici!» E i suoi occhi si riempirono di un'ira così intensa che me ne sentii travolgere ancora prima che completasse la frase. «Ma cosa ne sai tu? Stupida ragazzina *carn d' nu alt*!» urlò. Il signor Nicola tornò a prenderlo per un gomito con forza per allontanarlo da me. *Carn d' nu alt*, carne a lui estranea. Lo ero di certo diventata. Non risposi, ma da quel momento, sotto la mia pelle, il mostro che lui aveva creato cominciò a crescere e crescere seminando un senso di irrequietezza tra i miei pensieri. Doveva sentirsi così Cassandra quando aveva una premonizione che le strisciava sulla pelle come una biscia affamata, pensai come alienata, ricordando la letteratura greca studiata a scuola. Anche la nonna gli si avvicinò e sussurrò parole che non riuscii ad ascoltare. Sentii però il tono con cui gli parlava. Aspro, tagliente. In dialetto. Non so cosa gli disse, ma lui chinò la testa e si fece portare via dal signor Nicola, mentre la sala restava silenziosa e io immobile come una statua di sale. Perché mi aveva chiamata così e per giunta anche davanti a tutta quella gente? Cosa intendeva? Mi si riempirono gli occhi di lacrime e il nodo che avevo in gola prese a pulsarmi per il dolore. Non potevo piangere, non lì, davanti a quegli estranei che ne avrebbero parlato il giorno dopo e quello dopo ancora.

«Stai bene?» sussurrò Alec alla mia destra, eppure il suo mormorio mi sembrò un urlo che rimbombava nella nostra sala e che tutti avevano udito. Non riuscii a guardarlo negli occhi, ero troppo mortificata per quanto accaduto, come se colpa o vergogna dovessero essere mie. Nonna fece riattivare la musica e mi si avvicinò. Insieme ai signori Reed crearono un cerchio attorno a me, per proteggermi. Lo facevano sempre, pensai. Tutti loro. Ma non serviva, perché certe parole oltrepassano le reti di sicurezza che ti crei e le distruggono.

«Portala fuori» disse ad Alec. E così fece, mi condusse nel retro del giardino e poi oltre la casa e infine sotto Excalibur. Scavalcai il basso muretto con le sole calze, lasciando le scarpe nella nostra proprietà. Quando atterrai, il leggero dolore ai piedi mi sferzò e mi confortò al tempo stesso, come se concentrarmi su un dolore fisico potesse allontanare, seppure momentaneamente, quello emotivo. Sentivamo la musica in lontananza e mi girai per guardare le luci soffuse di un Natale ormai lontano.

«Bessy, parla con me» mormorò Alec quando fummo sotto Excalibur. Bastarono quelle parole perché il mio fiume tracimasse. Piansi per il dolore della mia irrimediabile perdita. Avevo perso mio padre, avevo perso un pezzo di me. Piansi per la vergogna e l'umiliazione e poi piansi per la rabbia, perché non avevo fatto nulla per meritare quelle parole né tantomeno un padre così.

Forse, in fin dei conti, il mostro che viveva in mio padre aveva facoltà di contagio perché per la prima volta lo sentii crescere dentro me e mettere le sue radici di odio e disprezzo. Sapevo che avrei dovuto fermarlo subito perché, se alimentato, mi avrebbe avvelenato la vita dall'interno, ma in quel momento non riuscii a fare altro che accarezzarlo. Avevo diciotto anni e il periodo della mia spensieratezza era appena finito. Sentivo di avere ogni valido motivo per accogliere quella rabbia dentro di me.

«Ehi, non è così grave come ti sembra ora...» Alec mi accarezzò la schiena con gentilezza.

«Tu non capisci, Alec! Mi ha chiamata...» Non riuscii a ripetere le sue parole. «Come se fossi un rifiuto! Nessuno vuole una come me... Nessuno!» urlai tra le lacrime. Quelle parole avevano avuto il potere di scavare nella mia mente un solco di disperazione che era legato alla mia terra. Mi aveva marchiata mentre io cercavo di liberarmi dal peso dei miei piccoli errori di ragazzina. Mi aveva etichettata davanti a tutti come una ripudiata, solo perché lui era disperato per la sua vita e voleva che anche io andassi a fondo con lui. Era profondamente ingiusto. Quella sera capii che sotto la facciata di un uomo possono nascondersi tante persone. Il marito, il padre, il figlio, lo scrittore, l'uomo amareggiato dalla vita e l'uomo in cerca di vendetta per uscire dal suo dolore. Tutti convivevano sotto lo stesso tetto, ma quella sera uno più di tutti emerse per dilaniare il cuore di una ragazzina che voleva solo godersi una serata con gli amici e la sua famiglia.

Ma poi accadde una cosa che rimise in asse il mio mondo in pochi attimi.

«*Io* ti voglio, Bessy, e non permetterò mai più a nessuno di farti del male» disse Alec a voce bassa ma decisa.

Quelle parole furono la mano che si immerse nel mare nero nel quale ero caduta, sollevandomi verso la superficie. Guardai Alec per un tempo che mi sembrò infinito. Poi lui si avvicinò e mi baciò con dolcezza. E tra le sue braccia tutto sembrava giusto e pulito. Caratterialmente, io ero il suo esatto contrario: calma, timida, chiusa. Troppo educata per ribattere, troppo gentile per usare le parole come armi. Ci compensavamo, ma sapevo che il nostro rapporto era sbilanciato perché di sicuro io avevo bisogno di lui più di quanto lui ne avesse di me. Ero solo una ragazzina e non comprendevo che l'amore non è fatto di bisogno, ma di indipendenza. E io mi stavo affidando troppo a quel ragazzo dagli occhi verdi e il vago accento straniero, ma in quel momento non mi importava.

«Dimostralo.»

Alec sobbalzò sorpreso, non so se per il mio tono deciso oppure per il mio sguardo risoluto.

«Bessy, sei...»

Non lasciai che finisse la frase. Mi avvicinai e gli presi il viso tra le mani. Le mie labbra sulle sue erano un incastro così perfetto che rabbrividivo ogni volta che Alec mi baciava. Sì, ero sicura. La mia vita era un piccolo circo delle insicurezze da quando mamma era morta. Ogni cosa era fuori posto o fuori fuoco. Ma Alec *no*. Lui era il mio porto sicuro e il mio unico amore. Non avevo dubbi su quello che provavo per lui e sapevo che sarei stata molto fortunata se la vita ci avesse concesso di restare insieme a lungo. Di invecchiare insieme, condividendo sogni e speranze. Alec mi spinse contro Excalibur e continuò a baciarmi. La musica era un rumore lontano e privo di significato. Contavano solo le sue mani che risalivano lentamente sulle mie gambe. Che tiravano su il mio vestito con delicatezza e si impigliavano sui miei fianchi, attirandoli verso i suoi. Un verso strozzato sfuggì a entrambi a quel contatto. Alec si scostò e mi osservò. Non so cosa vide in me in quel momento ma so cosa vidi io nei suoi occhi: una tempesta che poteva essere sopita solo dalle mie carezze. Perché certe tempeste sono così: puoi attendere che passino solo buttandotici dentro e vorticando al centro di un ciclone di emozioni che ti renderanno migliore. Le mie dita erano ferme quando gli sfilai la giacca scura che indossava e poi slacciai i bottoni della sua camicia, e per tutto il tempo lui mi osservò come se volesse imprimere nella memoria ogni singolo istante. Quando gli sfilai anche la camicia lui mi bloccò le mani. Pensai volesse fermarmi e lui dovette leggere delusione nel mio sguardo perché sorrise e mi accarezzò la guancia. Poi prese la camicia e la sua giacca e le adagiò per terra, ai piedi del nostro ulivo, perché ci facessero da lenzuolo.

«Voglio che tu stia bene» mormorò e io mi imposi di non piangere per le sue parole. Nessuno mai mi aveva detto una frase più bella di quella. Annuii e mi girai, indicando la cerniera del mio vestito. Sentii il respiro di Alec sul mio collo e le sue mani che abbassavano, con calma, la lampo e poi il vestito. Dopo mi fece girare e, lentamente, scostò prima una spallina del mio reggiseno e poi l'altra. Sganciai il gancetto sul dorso e lo feci cadere ai nostri piedi.

«Dio, Elisabetta...» Alec mi guardava rapito, come se fossi la cosa più bella su cui avesse mai posato gli occhi. E io mi sentivo così. «Non ci sono parole per dirti quanto sei bella...»

«Allora dimmelo con il tuo corpo» soffiai titubante.

«Lo farò, amore.» I suoi occhi si incastrarono ai miei e vi lessi dentro tutta la sua determinazione a far sì che questa promessa che gli avevo appena strappato venisse mantenuta. Si sfilò i pantaloni e mi fece stendere sul nostro letto improvvisato. Poi, con movimenti lenti e misurati, si adagiò su di me. Sospirammo entrambi quando i nostri corpi entrarono in contatto. Il peso del suo sul mio era così giusto che mai, neppure per un momento, ebbi paura di quello che stavamo per fare. Lo desideravo così tanto da star male.

«Ti amo» sussurrai, e in quel preciso istante vidi Alec Reed crollare. Ogni barlume di controllo che aveva cercato di avere, i muscoli tesi e trattenuti, le parole contenute, i gesti lenti, tutto sparì e subentrò un amore travolgente di cui, pensavo, non sarei più riuscita a fare a meno. Come si poteva essere dipendenti da altro se potevi avere questo amore nella tua vita?

Alec mi baciò, le mani che stringevano e i corpi che si muovevano, l'uno sull'altro, l'uno per l'altro. Quando scivolò dentro di me mi immobilizzai e lui sollevò lo sguardo nel mio: «Fidati di me, farà male solo per poco, amore...». Sembrava che ogni parola fosse una dolce tortura e che trattenersi fosse difficile. Ma io non volevo si trattenesse. Non con me. *Mai* con me.

«Non smettere» sussurrai stringendomi a lui. E lui non lo fece. Non smise di muoversi con me, cullati dal suono dei nostri ansiti e dal vento che smuoveva le piccole foglie di Excalibur sulle nostre teste, come in una sinfonia perfetta.

«Elisabetta...» sussurrò mentre sentivo che stavo per cadere in un meraviglioso baratro. «Io non ho... non ho portato...»

«Prendo la pillola per il ciclo» dissi stringendolo a me. E pochi istanti dopo il baratro ci accolse. Il baratro più incredibile nel quale io fossi mai caduta. Non buio e tetro. Non spine e lacrime. Solo luce sfavillante e così tanto amore che il mio cuore dimenticò per un po' la prima parte della serata, quella nella quale avevo perso, forse per sempre, mio padre.

Ma non ero sola. Non lo sarei stata mai, con Alec al mio fianco.

«Ti amo» mormorò sulla mia spalla, mentre io guardavo le foglie di Excalibur cantare gioiose per noi. Sotto il nostro grande ulivo erano conservati davvero tutti i miei segreti più preziosi.

«Ti amo anche io» risposi togliendogli una piccola foglia dai capelli e sorridendo.

6

Le cose cambiarono ulteriormente con la morte della nonna. In qualche modo lei era la robusta fune che teneva a galla e legati me e papà. Con la sua scomparsa quella fune rivelò la sua natura effimera. Era sfilacciata in più punti e non ero certa che ci avrebbe tenuti insieme nell'ennesima tempesta che ci stava travolgendo. Del resto, a quante tempeste potevamo sopravvivere? Scoprii ben presto che l'essere umano ha grande resistenza, anche quello più fragile. Eppure poteva succedere che qualcosa si rompesse e non sempre c'era la possibilità di riparare i danni subiti. La morte di nonna Lucia colpì tutti in paese. Era una donna che aveva lasciato il segno per il suo impegno e il suo esempio. Al funerale, c'erano tantissime persone che vennero a stringerci la mano e ognuna di esse aveva un aneddoto da raccontare su di lei.

Io e Alec passammo il pomeriggio seguente a menzionare ogni episodio divertente che ricordavamo, ci era sembrato un buon modo per onorare la sua memoria.

«Ti ricordi quando mi ha preparato la focaccia perché ero caduto dal motorino, come gesto consolatorio?» Alec ridacchiò. Sì, lo ricordavo bene, nonna aveva un modo tutto suo di consolarci e trasmetterci il suo amore.

«E quando ho fatto l'esame di Stato? Ricordi che mi ha preparato un piatto gigante di orecchiette al ragù?» risposi.

«Hai notato che ogni volta che voleva consolarci ci offriva del cibo?»

«E poi ci impartiva un suo proverbio. Sospetto che molti di quelli che diceva se li era inventati...»

Alec rise. «Sì, hai ragione.»

«Mi mancherà, Alec.»

«Mancherà a tutti, Bessy. Tua nonna era speciale.»

Sì, lo era. Tornammo al cimitero e la salutai ancora una volta, incapace di allontanarmi da lei. Era stata una mamma per me, e perderla apriva una vecchia ferita, però avevamo trascorso momenti bellissimi e recenti che ricordavo e che non volevo dimenticare. Dissi al signor Nicola che avremmo chiamato Lucia il nostro vino da tavola. Nonna era una persona di sostanza, non avrebbe gradito il suo nome associato a un vino elegante, per lei avevo pensato a un vino nel quale poter intingere i taralli dopo il pranzo della domenica. Sarebbe stato il mio modo per onorarla nel tempo e rendere merito al suo lavoro.

Papà prese malissimo la morte di nonna. C'erano ancora molti rancori e complesse situazioni non concluse tra loro, lo sentivo ogni volta che litigavano e sussurravano per non farmi ascoltare, e forse per questo la sua perdita aveva per lui il sapore di un distacco troppo improvviso. Nonostante la morte veloce di mamma, non aveva ancora imparato che il tempo è un maledetto impostore. Ti lascia credere di essere infinito, che avrai la possibilità di rimediare a ingiustizie e torti, di dire quelle parole che hai in mente ma serbi nel cuore, ma la verità è che il tempo è imprevedibile. E se non lo vivi, istante per istante, rischi di ritrovarti spaesato, solo e con una bottiglia di vino, che pur avendo il nome delle persone che ami non significa nulla. Per me non era così. Avevo imparato a godere di ogni più piccolo istante, a viverlo e poi riporlo nello scrigno mentale dei miei ricordi in modo da riprenderlo nei momenti difficili, perché i ricordi mi davano forza.

Intanto il signor Nicola ebbe due bambini, gemelli, dall'allegria travolgente. Prese completamente le redini della fattoria, ma continuava a istruirmi con pazienza e io amavo ascoltarlo, passeggiando tra i campi, perché sentivo che quella terra scura, ma tanto fruttuosa, era la *mia* terra. L'eredità della nonna che aveva protetto per tutta la vita. Mi sembrava un gesto di puro rispetto imparare ad accudire quel luogo che tanto ci aveva dato. Così, mentre Alec si era iscritto alla facoltà di Giurisprudenza per inseguire i suoi sogni, io mi ero iscritta ad Agraria, per imparare a capire al meglio tutte le sfaccettature del lavoro che avrei affrontato. Sognavo di ingrandire la fattoria, ampliare le etichette, distribuirle anche all'estero. Era un lavoro ambizioso e un progetto che avrebbe richiesto tempo e fatica, ma in qualche modo sapevo che ci saremmo riusciti.

Papà era sempre chiuso nel suo studio. Non pubblicava da anni ormai e non faceva nulla per rendersi utile alla fattoria. Trascorreva la sua esistenza in un isolamento autoimposto alimentato da un rancore verso la vita che avvelenava tutto ciò con cui entrava in contatto. La sua agente, stanca di leggere manoscritti incompleti e storie inconsistenti, lo abbandonò e quella fu l'ultima goccia di un vaso ormai traboccante da tempo. Non so per quale motivo, forse solo perché gli ricordavo la mamma, ma la sua rabbia, dopo la morte della nonna, era una frusta che si abbatteva sempre su di me e che per fortuna evitava Cecco. Avevo imparato a gestirla, perlopiù evitandolo, o assecondandolo quando era troppo ubriaco anche solo per reggersi in piedi. Alec era preoccupato per la situazione che regnava in casa, ogni volta che passava da noi mio padre lo guardava come fosse un'erbaccia da estirpare. Purtroppo papà continuava a fare battutine sui suoi genitori, come se non gli bastasse più prendersela solo con me. Capii che, nel fumo che si era ormai addensato nel suo cervello a causa dell'alcol, cercava dei capri espiatori per poter andare avanti; solo che vedere che in realtà tutti andavano *davvero* avanti mentre lui si stava lentamente uccidendo lo faceva arrabbiare ancora di più e precipitare in un circolo vizioso dal quale temevo non sarebbe mai uscito. Ne parlai con il suo medico, chiedendo consiglio, e lui mi indicò una clinica privata, a Bari, che sembrava fare miracoli per la disintossicazione. Alec mi accompagnò a parlare con il dirigente medico, ma pareva che il primo passo per iniziare quel faticoso percorso fosse una risolutezza interiore che ancora non si era manifestata in lui. Mio padre era ben lontano dal voler essere salvato.

Intanto le nostre stagioni si ripetevano battute dal rassicurante segno delle abitudini. La raccolta delle olive in autunno, la vendemmia da giugno. La frutta quasi tutto l'anno. Gli ordini delle materie accessorie alla vendita, avevamo anche aperto uno store online che cominciava a rendere e a farci conoscere fuori regione. Tra tutte queste attività, la raccolta delle olive era la mia preferita. Era faticoso, tuttavia era una delle cose che attendevo con ansia durante l'anno. Piegarsi, controllare, scegliere, era un lavoro manuale che toglieva le forze ma dava tempo ai pensieri di depositarsi e decantare proprio come un buon vino. Ne avevo bisogno, le urgenze cui ero sottoposta alla fattoria aumentavano di giorno in giorno, in un processo proporzionale alla mia crescita e al mio inserimento nell'azienda. Avevamo due poderi di ulivi, quello storico era attiguo alla nostra casa e l'altro era ubicato nella vicina Trani. La raccolta iniziava sempre dal podere più vicino, in un ciclo che durava da anni. L'aria era ancora piacevolmente calda per essere ottobre, non più afosa come d'estate ma neppure con le note pungenti del maestrale portato dall'inverno. Alec era venuto ad aiutarci, come tutti gli anni, era diventata una tradizione ormai. Avevamo braccianti stagionali e chiamavamo a raccolta anche gli amici, pagati a giornata, che si prestavano volentieri per arrotondare le loro entrate. Tra noi le cose procedevano benissimo, tra i «per sempre» sussurrati a ridosso del mare e l'amore appassionato sotto il grande ulivo dove giaceva il nostro scrigno. A quel tempo pensavo che nulla avrebbe potuto dividerci, nonostante la vita mi avesse insegnato presto che le cose che possono andare male sono sempre dietro l'angolo. Ma Alec era il mio rifugio intoccabile, una presenza salda che aveva accompagnato le mie estati spensierate prima e i lunghi inverni sferzati dal vento e dal mare in tempesta poi.

Quel giorno il cielo era nuvoloso e accogliemmo con gioia la cosa, visto che saremmo stati tutti all'aperto per diverse ore. Il giorno prima io e Alec avevamo fatto il nostro ultimo bagno in mare, a conclusione della nostra stagione, e l'acqua si era rivelata ancora piacevolmente calda. I teli grezzi erano disposti sotto gli alberi dalla sera precedente, operazione preliminare alla raccolta, e il vento smuoveva leggermente le foglie allungate, che sembravano cantare la loro melodia. Quando la nonna era piccola si utilizzava la semplice tecnica della bacchiatura: ci si arrampicava su alte scale e, a mano, si raccoglievano le olive dagli alberi. All'epoca si poteva fare così perché la fattoria non era molto estesa. Ma la nostra terra era triplicata da quei tempi e da alcuni anni ormai usavamo la tecnica della pettinatura che garantiva comunque l'integrità delle olive una volta cadute e un olio di grande qualità, con una maggiore velocità nell'operazione della raccolta. Quando cominciammo a scuotere gli alberi con i nostri piccoli rastrelli, alle sei del mattino, l'aria era tersa e il silenzio era carico di quella melodia che solo chi vive in campagna conosce. Un fruscio uniforme e delicato si diffuse tutto intorno a noi. Guardai Alec e sorrisi. Non mi sarei mai stancata di quel rumore, simile alla risata argentina di un bambino felice. Alle nove ci raggiunsero i figli del signor Nicola, che presero a scorrazzare sotto di noi ridendo e rincorrendosi. Sua moglie ci portò il caffè prima e della limonata dopo. Alcuni braccianti iniziarono a intonare la canzone della patrona del nostro paese, la Madonna di Corsignano, e piano piano ci unimmo tutti alla dolce melodia.

Alzando gli occhi e mirando una stella,
Oh Maria di Corsignano! Quanto sei bella!
O Maria, vergine e bella,
dei nostri cuori, tu sei la stella!
Alzando gli occhi e mirando una stella,
Oh Maria di Corsignano! Quanto sei bella!

Sentivo le braccia pesanti e le gambe rigide e scesi dalla scala per sgranchirmi.

«Tutto bene?» mi chiese Alec dall'alto, a un albero di distanza dal mio.

«Sì, faccio una pausa per sciogliere i muscoli.» Guardai Cecco sulla scala, qualche albero più in là, concentrato. Lui si voltò a guardarmi per un brevissimo attimo e sorrise. Cecco non ti guardava mai in modo diretto, ma in quei brevi e disattenti momenti in cui incrociavi il suo sguardo era lì, puro e meraviglioso. Amavo i suoi sorrisi. Cecco aveva trentanove anni, ma sorrideva come un bambino, in modo istintivo e schietto. Ricambiai il sorriso e gli dissi di fare attenzione.

Qualche fila più in là vidi un gruppetto di ragazze, vecchie compagne di classe mie o di Alec guardarci e ridacchiare. Ero abituata ai loro sguardi fin da piccola. Ero sempre stata quella diversa, prima per la morte della mamma, poi per essere cresciuta isolata dal resto di loro, e infine perché mi ero messa con «lo straniero». In fin dei conti, però, tra me e Alec la straniera ero io, più asociale rispetto a lui e meno incline a partecipare a feste e rimpatriate tra amici. Alcune di loro osservavano Alec con occhi eccitati, ma non mi ero mai preoccupata di quegli sguardi. A loro sarò sembrata altezzosa, ma ero solo sicura del mio amore per il mio ragazzo e del suo per me. Mi allontanai per andare in casa e sentii alle mie spalle le loro risate aumentare. Le ignorai, tuttavia c'era qualcosa nell'aria quella mattina... non saprei dire cosa, ma era come se sulla mia pelle strisciasse una strana consapevolezza. Un senso di pericolo che non riuscivo a capire. Dissi ai ragazzini del signor Nicola di allontanarsi dalle scale e mi incamminai verso casa per andare in bagno. Mi girai una volta e rallentai.

Non dimenticherò mai l'immagine della campagna viva. Le scale sotto gli alberi, il vociare sommesso dei braccianti, il sole che filtrava attraverso le foglie, l'odore pungente delle olive che ammantava l'aria. Sarebbe stato un ottimo raccolto e un eccellente olio nuovo. Non vedevo l'ora di assaggiarlo sul nostro pane. Quando entrai in casa, stavo pensando a quello e avevo ancora le narici pregne di quell'odore aspro che tanto amavo. Sentii dei rumori sordi provenire dal primo piano, quello nel quale c'erano le stanze da letto. Aggrottai la fronte e mi guardai intorno. In casa c'era solo mio padre. Cominciai a chiamarlo, ma lui non rispondeva e i rumori al piano di sopra aumentavano, come se chi li produceva avesse fretta. Salii le scale in pietra reggendomi con cautela al mancorrente. Volevo conoscere l'origine dei rumori, ma temevo al tempo stesso di farlo. Quando arrivai alla fine delle scale vidi la porta della camera di mia madre aperta. Era strano perché quella stanza era sempre chiusa e lasciata pressoché intatta da anni. La pulivamo con religioso rispetto, ma non spostavamo nulla. E ora quei rumori provenivano proprio da lì. Mi allarmai immediatamente, pensando ai raptus sempre più frequenti di mio padre ed entrai a occhi sgranati in camera, come se volessi cogliere ogni dettaglio, catalogarlo e compararlo con l'immagine della stessa camera che avevo da sempre impressa in mente. Il letto era disfatto, il materasso sbilenco lasciava intravedere la rete sottostante, il tappeto era stato scostato in maniera feroce, come se qualcuno avesse voluto cercarvi qualcosa proprio sotto. Il comodino, sul quale prima c'era una serie di libri, era spoglio e pagine e pagine ingiallite erano sparse sul pavimento. Dapprima pensai, intontita, che fossero entrati dei ladri in casa. Non era strano che le ville di periferia venissero depredate e saccheggiate, in fondo. Poi lo vidi, di spalle, che frugava nel grande comò di legno lucido, aprendo i cassetti e lanciando in terra indumenti che un tempo erano riposti con cura.

«Che stai facendo?» Non riconobbi la mia voce, carica di un rancore seminato nel mio cuore e cresciuto sottopelle nel corso degli anni. Papà si voltò di scatto, gli occhi arrossati e i capelli spettinati. La nonna diceva sempre che avevo preso da lui l'irascibilità e in quel momento capii che era vero.

Lui sgranò gli occhi, ma senza darsi la briga di rispondere si voltò e riprese il suo meticoloso lavoro di disfacimento. Aveva disfatto la mia vita giorno dopo giorno, minando la mia autostima e la mia serenità, non gli avrei permesso di rovinare tutto ciò che restava della mamma, in quello che era diventato per me il suo santuario del ricordo.

«Smettila subito!» urlai avanzando verso di lui. Gli presi un braccio mentre stava per aprire l'ennesimo cassetto e lui svicolò con forza dalla mia stretta, spingendomi via. Barcollai un attimo, più per l'odore dell'alcol che per il gesto. Quando papà era in quello stato in genere chiamavo il signor Nicola, che mi aiutava ad ammansirlo e metterlo a letto. Era una procedura così ripetuta nel tempo da essere divenuta meccanica. Guardai fuori dalla finestra ma non vidi Nicola, che era sicuramente arrampicato su una scala sotto un ulivo. «Ma che diavolo fai? Perché ti comporti così?» chiesi guardandolo con disprezzo mentre distruggeva la camera di mia madre. Finito di svuotare il cassetto passò al portagioie che mamma teneva sul comò.

«No!» Mi infilai tra lui e il mobile e presi il portagioie. Non volevo lo rompesse né che distruggesse il suo contenuto. Piccoli gioielli che un tempo mamma indossava quando andava a scuola o alle feste di paese e che ogni tanto prelevavo per metterli io stessa.

«Ridammelo» sibilò mio padre. Per la prima volta, ebbi paura di lui. Dov'era finito l'uomo che mi prendeva per mano e mi portava alle giostre, il diciotto agosto di ogni anno, quando ero piccola, durante la festa patronale? Dov'era l'uomo che mi comprava il gelato di nascosto dalla mamma prima di cena? Lo scrittore che mi raccontava favole fantastiche per farmi addormentare e il fattore che sapeva parlare con amore ai germogli della sua terra perché crescessero? Sparito. Era rimasto un groviglio di collera e risentimento che avanzava verso di me con l'unico scopo di distruggere gli ultimi ricordi della donna che un tempo aveva amato più della sua stessa vita. Cosa gli è successo? C'è un modo per farlo tornare?, mi domandai freneticamente in quell'attimo, indietreggiando. Una parola magica che, come nei libri, svegliava da un lungo sogno chi era maledetto da un sortilegio? Non trovai quella parola né quel giorno né in seguito. Forse perché certe parole sono magiche solo se le pronunci tu stesso, con la forza della consapevolezza.

«Papà, calmati...» dissi decisa. Non potevo mostrargli la mia paura. Una volta, anni prima, mi ero imbattuta in un cane randagio, sulla via che portava da Villa Fiorita a casa di Alec. Avevo frenato la bicicletta perché lui era fermo in mezzo alla stradina polverosa e mi guardava ringhiando. Avevo deglutito e pensato a quello che mi aveva detto la nonna una volta: «Non mostrare la tua paura a nessuno, uomini o animali che siano, perché tutti ne approfitteranno e di te non resterà più nulla, dopo». La nonna aveva una sua personale saggezza forgiata dalla fatica e dal duro lavoro e io la ammiravo moltissimo per questo. Quindi avevo serrato la mascella e poi urlato. Il cane si era spaventato, colto forse alla sprovvista, ed era scappato. In quel momento, nella camera di mia madre, pensai alla frase di mia nonna e feci lo stesso. Alzai il mento e strinsi la mascella, pronta a difendermi da un essere malato di rabbia che avrebbe potuto distruggermi.

«Basta!» urlai. Papà si immobilizzò, stupito. «Papà, ora calmati e scendi di sotto» aggiunsi con tono fermo, anche se dentro stavo tremando.

«Dammi quel portagioie, sto cercando una cosa! Non ricordo dove ha detto di averla messa... era nel cassetto?» chiese guardando i cassetti aperti e disordinati. «No, no, no! Era lì, nel portagioie! Ora ricordo!» aggiunse freneticamente, avanzando verso di me.

«Cosa? Cosa stai cercando?» Pensavo vaneggiasse sotto i fumi dell'alcol e che mi avrebbe dato una delle sue risposte senza senso, come sempre quando era in quello stato. Ma non lo fece. Sospirò, si passò la mano tra i capelli e insinuò il dubbio nella mia vita. Lo stesso dubbio che mi ha portata a cercare di dare un senso a tutto.

«La verità su di te. È ora che tu sappia.»

7

Lo guardai intontita. Sentivo che stava per succedere qualcosa di brutto, proprio come pochi minuti prima in giardino. Lo sentivo sotto la pelle, come se qualcosa di pericoloso stesse strisciando sotto la superficie. Sapevo che dopo quella mattina non sarei stata più la stessa.

«Andiamo, ti porto a stenderti un po'» dissi ignorando la sua frase e non guardandolo neppure negli occhi. Avanzai verso di lui ancora con lo scrigno in mano, ma lui non si mosse.

«Betta, dammi quel portagioie» ribadì con un tono così fermo che mi ricordò l'uomo che era stato. Sospirai e glielo porsi, più che altro per porre fine a quella farsa. Ero stanca, sudata e impaurita. Mio padre prese il cofanetto, lo posò sul letto, si inginocchiò e cominciò a rovistarvi dentro con gesti frenetici. Raccolsi in silenzio i gioielli che lui scartava in cerca di chissà cosa. Non trovò nulla, ovviamente. Avrei dovuto immaginarlo. Anche questo delirio era frutto dei vaneggiamenti dell'alcol. Mi tranquillizzai, riportando la situazione in qualche modo sotto controllo: era tutto come sempre, in fondo. Lui che diceva cose senza senso, io che lo riportavo a letto e poi mettevo ordine nel caos che aveva creato attorno e dentro di me. Questo in qualche modo ebbe un effetto calmante sulle mie emozioni impazzite. Si alzò di scatto e, prima che io potessi dire o fare qualunque cosa, scagliò il portagioie contro la parete. Entrambi accorremmo a guardarlo, per motivi differenti. Io mi inginocchiai con le lacrime agli occhi, i pezzi sparsi sul pavimento erano lo specchio delle schegge del mio cuore. Avevo perso qualcosa di prezioso che un tempo era appartenuto a mia madre. L'ennesima cosa... Mio padre, invece, prese quel che restava dello scrigno e cominciò a esaminarlo.

«Ma che diavolo stai facendo?» esplosi. Sapevo che per parlare con lui dovevo mantenermi calma perché la mia ira aveva solo il potere di accendere la sua, ma era calato su di me un velo rosso di collera. Mi alzai e lo guardai con disprezzo. Non rispose, ma continuò ad armeggiare con il portagioie.

«Non puoi ripararlo, vedi? Non puoi riparare nulla di quello che è successo né di quello che hai fatto!» urlai fuori di me, stringendo i pugni e ansimando. Dall'esterno proveniva il canto allegro dei braccianti che contrastava con l'aria tesa che si respirava nella camera. Sollevò lo sguardo e sorrise. Un sorriso strano che mi fece venire la pelle d'oca.

«Non voglio ripararlo. Volevo solo che tu avessi questa» disse porgendomi il portagioie. Aggrottai la fronte e presi automaticamente la scatola, ormai rotta, tra le mani. Si alzò anche lui, barcollando appena. Sollevò un lembo di velluto rosso dall'interno del portagioie e mi indicò qualcosa di bianco lì nascosto.

«Cos'è?» sussurrai.

«La verità» annunciò con il suo solito modo plateale di parlare. Era come se stesse scrivendo un romanzo, con battute sospese e a effetto. *Io* ero il suo romanzo. Mi rifiutai di stare al suo gioco. Presi la piccola e sottile busta contenuta nello scomparto del portagioie e ne lessi l'intestazione.

«L'ha scritta lei, per te» aggiunse. Immaginai che *lei* fosse mia madre. Ma perché scrivere una lettera e poi nasconderla se voleva che io la leggessi?

«Sapevo che l'aveva scritta, me ne aveva parlato, ma non aveva il coraggio di dartela. Credo l'abbia nascosta in attesa del momento giusto. Me lo ha detto quando era in ospedale, negli ultimi giorni. Voleva che tu la leggessi raggiunta la maggiore età» affermò guardando la busta. Sul fronte di carta appena ingiallita era impresso il mio nome, scritto con la sua bella grafia ordinata e pulita. Se i rapporti tra noi fossero stati diversi avrei chiesto a mio padre qualcosa circa le frasi enigmatiche che stava pronunciando, ma sapevo di essere sola in quella stanza e che da lui avrei ricevuto solo scherno e rabbia, che distillava per me ormai da anni. Quindi non chiesi nulla, ma non gli avrei dato la soddisfazione di leggere la lettera lì per poi ascoltare i suoi commenti. Misi il portagioie sul comò, ripromettendomi di portarlo a riparare il giorno dopo, e la lettera nella tasca posteriore dei jeans. Questo, credo, gli diede molto fastidio.

«Leggila» disse secco.

«Non ora. Devo tornare alla raccolta e poi dovrò pulire qui» risposi indicando la stanza. Qualcosa si accese dentro di lui. Avanzò verso di me e mi strattonò.

«Leggila, ora» ripeté mentre io trattenevo il respiro.

«Perché? Perché tu possa infangare la sua memoria davanti a me? Per punirmi di essere sopravvissuta, mentre lei è morta?» sibilai. Non gli avevo mai parlato in quel modo, ma l'argine dentro di me ormai si era rotto. Non potevo e forse non volevo ripararlo. «Perché tu possa parlare male di lei? Riversando il tuo odio su tutto quello che hai attorno?» continuai.

«Lei non era perfetta come credi!» urlò scuotendomi, gli occhi rossi di rabbia.

«Non osare!» gridai a mia volta, allontanandolo. «Non osare parlare male di lei davanti a me!» dissi.

Rise. «Pensi che lei sia quella buona tra noi, la donna perfetta e senza macchia! Leggi quella lettera! Leggi cosa mi ha fatto, cosa ha fatto a te! Leggi, stupida ragazzina!» urlò gesticolando in modo concitato.

«Nulla di ciò che mi dirai potrà cambiare la mia opinione su di lei» risposi. «O su di te» aggiunsi guardandolo con disprezzo. Gli diedi le spalle e feci per uscire da quella camera che improvvisamente mi pareva più piccola.

«Ah, sì? Neppure sapere che non sei mia figlia?» disse con una risata sprezzante che mi colpì come una frustata.

Mi bloccai, la mano sulla porta. Sentivo la venatura del legno sotto le dita e il mio respiro tra i denti.

«Rimangiati quello che hai detto.» Ma sapevo che non era possibile. Le parole ormai dette restano sospese nell'aria e, a volte, sui cuori, per tanto tempo. Finché altre parole non prendono il loro posto per lenire o per risanare.

«Ma è la verità! Non sei mia figlia! Potresti essere figlia di chiunque, anche se sospetto del padre del tuo ragazzo...» disse ridendo.

Ridendo.

Mi voltai a guardarlo. La mia mente non riusciva a mettere insieme la sua risata con il senso delle parole che stava pronunciando. Tutto il mio corpo si rifiutava di capire, cominciai a tremare e mi colse un senso di nausea improvviso.

«Stai mentendo.» Non riconobbi la mia voce, sembrava quella di qualcun altro, qualcuno che voleva difendermi, ma senza troppa convinzione.

«Oh, no! Non sto mentendo affatto! *Lei* ti ha mentito.» Si avvicinò puntandomi contro il dito. Quando lo affondò nella mia spalla mi sentii trafiggere.

Restai immobile a osservarlo. Stava dicendo quelle cose solo per ferirmi, era sicuramente così. Cercavo di rispondere, ma le parole erano impigliate in gola, come in una rete da cui non riuscivano a districarsi.

«Era incinta quando l'ho sposata, non ha mai voluto dirmi il nome dell'uomo che aveva amato!» continuò guardandomi con ferocia. «Non ha mai voluto dirmi chi fosse il padre, ma io... la amavo!» Sottolineò l'ultima parola con violenza, come se quell'amore fosse un veleno tossico che lo aveva portato alla sua condizione attuale.

«Non è vero... perché fai così?» riuscii a dire con voce flebile e lagnosa, la mano bloccata sul retro dei miei pantaloni, sulla tasca posteriore dei jeans, gli occhi nei suoi, con la speranza di vederlo vacillare. Non scorsi dubbi nel suo sguardo.

«Allora leggi la lettera. Immagino ti abbia scritto tutto. Del suo soggiorno a Torino quando insegnava lì, di come si sia invaghita di un uomo sposato! Della tua nascita!» Strinse gli occhi aspettando una mia reazione.

«Torino?» chiesi con un filo di voce. Di tutte le parole che aveva detto quella era penetrata più insistente di altre.

«Eh sì, Torino...» Ridacchiò in modo del tutto fuori luogo in quel momento. «Non ti sembra una coincidenza che i genitori del tuo ragazzo americano vivessero proprio là e poi si siano trasferiti *qui*?» Sputò con rabbia l'ultima parola. «Qui, proprio accanto a noi. Che caso, non ti pare? E che *lui, mister Reed...*» mimò delle virgolette con espressione trasfigurata dalla furia «sia così... *paterno*» sibilò la parola con disprezzo «con te? Te ne sei accorta?» Compresi solo allora che l'odio che sembrava provare per Alec e i suoi genitori aveva radici profonde. Non sapevo se le sue assurde teorie potessero essere vere, ma sicuramente quel disprezzo era stato alimentato per anni.

«È un caso...» dissi, ma la mia voce parve incerta persino a me. Non so perché restai lì, immobile, a farmi distruggere per l'ennesima volta. Perché semplicemente non corsi via, con la lettera in tasca, non mi rintanai in camera mia a leggerla per fugare ogni dubbio. Forse perché una parte di me temeva che lui avesse ragione e la verità, in quel momento, era un dono delicato, dalla consistenza del cristallo, che non ero pronta a ricevere con le mie mani tremanti.

«Un caso? Sì, l'ho pensato anche io... ma no! Non lo è! Voglio leggere anche io la lettera, Betta!» disse con durezza, avanzando verso di me. Scossi la testa perché per nulla al mondo avrei messo le ultime parole della mamma in quelle mani cariche di odio.

«Tu sai che sto con Alec, se pensi queste cose... perché allora non me ne hai parlato prima?» chiesi sconcertata, un sapore acido in bocca.

«Non osare dare la colpa a me, ora!» urlò spintonandomi. Persi l'equilibrio, barcollando all'indietro. «*Lei* ha rovinato le nostre vite!» tagliò corto.

«Non lo pensi davvero...» gemetti, esterrefatta. Non rispose e distolse lo sguardo. «Ti sbagli, papà.» Indietreggiai disgustata. «Tu lo hai fatto, tu hai rovinato la nostra vita, giorno dopo giorno. Forse arriverà il giorno in cui lo capirai e vedrai tutto con chiarezza. Ma sarà troppo tardi in ogni caso.» Strinsi i pugni con rabbia.

«Dammela, sei una codarda, come lei! E se non hai il coraggio di leggerla, lo farò io!» Allungò la mano e fu in quel momento che decisi che non avrei aperto la lettera. Non so se fu l'ultimo atto di ribellione verso mio padre o se volessi semplicemente punirlo, ma se avessi avuto un accendino avrei dato fuoco a quella busta che conteneva presunte verità e che in ogni modo poteva ferirmi e cambiare la mia vita.

«No! Nessuno leggerà questa lettera» risposi con decisione.

«Sei pazza! Dobbiamo sapere!» disse. Compresi che quel segreto tenutogli nascosto lo stava corrodendo giorno dopo giorno e infierii su di lui.

«Tu sai già, non è vero? Hai detto che non sei mio padre, non c'è altro che tu debba sapere, allora!» puntualizzai, sprezzante. «Per quello che mi riguarda, non c'è altro. Non ti permetterò mai più di immischiarti nella mia vita» sussurrai. Non ti permetterò mai più di scrivere una pagina della mia vita, sono libera, pensai. Ma allora perché sentivo in bocca il sapore amaro dell'abbandono e del tradimento? Dovevo uscire di lì, non avrei avuto altre risposte da lui, solo nuove ferite difficili da guarire. Mi sentivo troppo scoperta. E fragile. Mi voltai disgustata e corsi in bagno a vomitare. Cercavo di dare un senso alle poche frasi che aveva pronunciato, ma non riuscivo a ripeterle nella mia mente, era come se alcuni vocaboli semplicemente non avessero un significato. Inciampai nella disperazione che quelle parole avevano prodotto nel mio cuore più e più volte nel corso degli anni, ma alla fine mi rialzai. Perché è questo che facciamo: cadiamo, ci sbucciamo le ginocchia nel migliore dei casi, ma poi ci rialziamo. Cosa diventiamo dopo la caduta, però, definisce chi siamo davvero.

8

Alec mi trovò in bagno, china a vomitare e piangere. Lo guardai come se lo vedessi per la prima volta. Poteva essere vero? I dubbi sono come i rampicanti che nonna aveva piantato sul lato ovest della nostra casa. Sono piccoli, all'inizio, innocui. Ma dopo un po' ramificano, si diffondono e coprono tutto. Ti offuscano. Ripensai a papà e un odio cocente si riversò nella mia gola e mi dissi che non lo avrei mai perdonato. Aveva rovinato tutto. La mia infanzia, il mio primo bacio. La mia vita.

«Che è successo?» chiese pragmatico Alec, tenendomi la testa mentre riprendevo a vomitare. Lo scostai con un gesto rabbioso. Sapevo che lui non aveva colpe, ma... E se mio padre avesse detto la verità? Se mia madre lo avesse tradito e io non fossi stata sua figlia? E se Alec fosse mio... Un altro conato mi scosse al solo pensiero. Odiavo mio padre. Aveva avvelenato tutto ciò che di buono c'era nella mia vita. La mia terra, mia madre, l'amore.

«Bessy...» Alec si sedette sul pavimento e mi accarezzò la schiena mentre io guardavo le piastrelle verde-grigio del bagno per evitare i suoi occhi. Sussultai quando parlò perché, per un momento, immersa nel delirio dei miei pensieri alla deriva, avevo dimenticato che era lì con me. «Parla con me» disse.

Andai al lavandino e mi lavai i denti per togliere quel sapore amaro dalla bocca. Sentivo l'acido dei miei pensieri, misto alle parole di mio padre, rimbombarmi nelle vene. Mi aggrappai al lavabo e guardai il mio riflesso allo specchio. I capelli che la mattina avevo raccolto in una coda di cavallo alta erano in disordine, ciuffi ribelli spuntavano qua e là. Gli occhi erano cerchiati di nero e la carnagione, prima dorata, era ora giallastra, come se fossi malata. «Alec, devi fare una cosa per me» dissi girandomi a guardarlo.

«Bessy, che succede? Ti prego parla con me, mi stai spaventando...» rispose lui posando le sue mani forti sulle mie spalle. Per la prima volta quel contatto mi parve sbagliato. Come un albero esotico che convive insieme a un vecchio ulivo. Presi la lettera dalla tasca posteriore dei pantaloni e gliela porsi. Per un momento pensai di dirgli di aprirla e leggerla. Ma non ero pronta. Non ancora. Avevo bisogno di tranquillità prima di versare altro olio bollente sulla mia pelle. *Tu sei la chiave per aprire quella porta.* Le parole di mia nonna risuonavano familiari tra i miei pensieri. *Non aprirla a spallate, fatti furba, picciuedd!* Per farmi furba avevo bisogno di tornare in me. E di tempo. Sapevo che il tempo avrebbe fatto quello che io non sarei riuscita a fare: medicare le ferite e darmi la forza di affrontarne di nuove.

«Cos'è?» mi chiese Alec guardando la busta sigillata con il mio nome scritto sopra.

«Una lettera di mia madre. Voglio che tu la metta nel nostro scrigno.» Uscii dal bagno prima che lui potesse rispondere ed entrai in camera mia. Di mio padre non c'era traccia, forse era tornato a rintanarsi nel suo studio, tra vecchi manoscritti incompleti e bottiglie vuote. Non mi importava. Non più. Frugai nel cassetto della scrivania e presi la chiave che cercavo. «Ecco.» Gliela porsi con un gesto secco. «Dissotterralo, metti dentro questa lettera e conserva questa chiave per me finché non sarò pronta.»

«Pronta per cosa?» chiese guardingo.

«Per la verità.» Lo guardai accarezzando ogni centimetro del suo viso. Si pensa che la verità sia come una sorta di liberazione. La ricevi e tutto torna bello e giusto. Non è così. La verità poteva uccidermi, lo sentivo. Non ero pronta a riceverla. Alec mi guardò dubbioso, mille domande sulle labbra pronte a spiccare il volo.

«Devi fidarti di me, Alec. Fallo per me» lo implorai con la voce incrinata.

Vidi l'esatto momento in cui ricacciò indietro le sue domande e si abbandonò ciecamente alla promessa che gli strappai. *Dissotterra lo scrigno, mettici dentro la lettera e custodisci per me la chiave finché non sarò pronta. Fidati, fallo per me.*

Sono passati tre anni. Ho mancato il nostro appuntamento del mio ventunesimo compleanno. Sono scappata dalla mia terra e ho cercato di dimenticare una parte della mia vita. Non ci sono riuscita.

Quel giorno Alec corse via. So che andò sotto Excalibur. Restai alla finestra in silenzio a osservarlo correre verso l'ulivo e in lontananza vidi la sua sagoma muoversi ai suoi piedi per diverse decine di minuti. Per tutto il tempo i canti popolari degli operai al lavoro riempirono il mio silenzio, stordendomi e riportandomi a tratti in una realtà della quale non mi sentivo più padrona. Mi feci una doccia, del tutto dimentica della raccolta delle olive e mi misi a letto, al buio, chiudendo le imposte, anche se era solo poco prima di mezzogiorno. Dopo un po' udii Alec scivolare silenziosamente accanto a me. Odorava di terra e muschio. Non disse nulla, posò un bacio sulla mia fronte mentre io fingevo di dormire. Stavo ricomponendo un puzzle, nel labirinto della mia testa. Mia madre, Torino, il padre di Alec che non aveva mai accennato di conoscere mia madre, le parole di mio padre. La vicinanza dei genitori di Alec alla mia famiglia e a me. Ma come avevano potuto lasciare che io e Alec ci avvicinassimo così? Una volta Alec mi aveva raccontato che una sua lontana cugina si era sposata con suo cugino, forse per loro queste erano cose normali? Un sentore molto simile alla paura mi sussurrava che era tutto vero, che leggere la lettera di mia madre non mi serviva. Le sue scuse, le sue ragioni, non mi servivano. *Sei la chiave, non abbattere quella porta*. Eppure avrei abbattuto mille porte, divelto mille telai, strappato mille maniglie. Inspirai con forza per calmarmi. La nonna sapeva? Se sì, aveva tenuto il segreto fino alla morte. Se no, ero contenta che non lo avesse scoperto, pensai sentendomi in colpa. No, non mi sarei sentita in colpa per loro. Per mio padre, per mia madre. Per i segreti e le bugie. Per la finzione nella quale vivevo. Non potevo aprire una porta con la chiave sbagliata, pensai. Così feci l'unica cosa che mi venne in mente.

Attesi che Alec se ne andasse, mi alzai, misi in un borsone alcune delle mie cose e, nel cuore della notte, mentre la casa dormiva, fuggii. Mi lasciai alle spalle Villa Fiorita, il podere con i teli ancora aperti sotto gli alberi e le olive verdissime adagiate sopra. Ne respirai il pungente profumo per imprimerlo sulla pelle e osservai la facciata colorata di casa mia per scattarne una fotografia mentale. Lasciai gli alberi da frutta, la casetta gialla scolorita che era in giardino e che papà non aveva mai rimosso da quando avevo cinque anni, perché mamma ci faceva giocare i suoi alunni che venivano a trovarci. L'albero dei fichi nel quale una volta Alec si era impigliato strappandosi la camicia. Lasciai Cecco, così indifeso agli occhi del mondo, ma con la sua rete protettiva interna che, lo sapevo, lo avrebbe sempre preservato dalla cattiveria. Lasciai il signor Nicola e la sua famiglia. Passai sotto Excalibur e lo salutai.

«Ciao, grande albero. Custodisci il mio passato per preservare il mio futuro.» Mi inginocchiai e tastai la terra smossa dalla pala che Alec aveva usato poco prima per riporre la lettera nel nostro scrigno. Era l'unico modo per andare avanti, lo sentivo con ogni fibra di me stessa: se non mi fossi allontanata sarei diventata come lui, come papà. Inaridita, mi sarei persa nel rancore e nella paura. Se avessi letto quella lettera, avrei perso una parte di me stessa. Tempo, volevo solo *tempo*.

Ma dovevo fare un'ultima cosa. Avanzai lungo il giardino della casa di Alec. I suoi genitori erano fuori, sul portico, forse rientrati da poco. So che la sera amavano restare lì fino a tardi, a chiacchierare immersi nel silenzio e nell'aria buona della nostra terra. Una volta la mamma di Alec mi aveva detto che l'odore della campagna le faceva dimenticare quello chimico del disinfettante dell'ospedale che le permeava la pelle. Alec non c'era e la finestra della sua camera era buia. Appena mi videro si alzarono entrambi, forse capirono dalla mia espressione che c'era qualcosa che non andava o forse, semplicemente, gli parve strano vedermi all'una del mattino. Lasciai il mio borsone fuori dal cancello perché non volevo mi facessero delle domande o che mi fermassero.

«Betty, che succede?» chiese il signor Reed alzandosi e venendomi incontro. La madre scese gli scalini un attimo dopo. Lo guardai, cercando nei suoi occhi i miei.

«Conoscevi mia madre? L'hai conosciuta a Torino?» domandai a bruciapelo. Osservai la sua espressione, che mi disse più delle sue parole. Aprì la bocca stupito e mormorò il mio nome, gli occhi pieni di un sentimento che somigliava alla pena.

«Elisabetta,» sussurrò la mamma di Alec, toccandomi il braccio con delicatezza «perché non vieni dentro e parliamo?» Quindi anche lei sapeva. Tutti sapevano, tranne me.

«Alec sa qualcosa?» chiesi.

Rimasero in silenzio e si guardarono prima di puntare di nuovo gli occhi su di me.

«No, non era necessario sapesse» rispose suo padre.

Rimasi stupita dalla sua risposta e risi. Non era necessario sapesse che sono *sua sorella*? Trattenni il mio disgusto e mi voltai. Non avevo nient'altro da chiedere o nulla da dire.

«Betty, aspetta...» Il signor Reed si affrettò e mi raggiunse. Mi mise una mano sulla spalla e mi fece fermare. «Parliamo, ti prego. Qualunque cosa sia successa o tu abbia saputo possiamo risolverla, siamo qui per te. Forse ti sarà difficile capirlo ora, ma sei come una figlia per noi.» E quella parola, sulle sue labbra, mi stordì come se fosse una carezza ruvida. Non mi era difficile capirlo, avrei voluto dirgli. Non più.

«Domani» risposi, atona. «Parleremo domani.» Mi allontanai e uscii dal loro viale. Mi fermai a ridosso del cancello, presi il mio borsone e attesi finché le luci nel portico non si spensero. Restai in silenzio, circondata dal frinire delle cicale e desiderai ardentemente che nonna fosse viva, che mi sussurrasse uno dei suoi proverbi che avevano il magico potere di alleviare le mie pene o di lenire il dolore delle mie ginocchia sbucciate. Poi mi alzai e cominciai a camminare. Superai il passaggio a livello, camminai in silenzio fino alla vicina stazione e presi un treno per Bari. Lì capii che dovevo allontanarmi di più. Non mi voltai indietro nemmeno una volta. Il mio cuore batteva in modo strano. *Tum, tum. Tum, tum.* Non dovevo essere spaventata o intimorita? Mi sentivo svuotata, invece. Anestetizzata da parole e flash di immagini che in loop scorrevano davanti ai miei occhi. «Sei *carn d' nu alt*!» aveva urlato mio padre, ubriaco, alla festa di Natale. *Tum, tum. Tum, tum.* Ora capivo, lo ero davvero. «Sei come una figlia per noi» mi aveva detto il padre di Alec. *Tum, tum. Tum, tum.* Me lo dicevano spesso e io avevo davvero frainteso il senso di quelle parole. Torna indietro, sussurrava una parte di me. *Tum, tum. Tum, tum.* Ma quella voce era flebile e fu facile ignorarla. Sistemai meglio il manoscritto incompiuto che avevo rubato dallo studio di papà poco prima. Non so perché lo avevo fatto, certo non per portare con me qualcosa di suo. Ma sentivo che me lo doveva. Avevamo studiato l'*Odissea* a scuola anni prima e ne ero rimasta affascinata. Non per i viaggi o le peripezie. Odisseo era un astuto stratega, tessitore di trame complicate. Le sue parole erano più potenti delle armi dei suoi avversari. Le usava con astuzia, le selezionava, le buttava lì quasi a caso, ma avevano tutte un senso e sicuramente uno scopo. Mi ricordava mio padre. Si aggirava silenzioso nelle nostre vite, studiandoci, cercando i nostri punti deboli per poter colpire con parole ingannatrici. Oh, non era solo l'alcol a parlare, non lo pensavo più. Lui voleva ferire, con consapevolezza. Ora lo sapevo. Stava intessendo la sua trama, come in un suo romanzo, solo che non era dato sapere dove volesse portarci. E alla fine avevo capito l'origine della sua rabbia. Io ero davvero il suo manoscritto incompleto, sfuggito al suo controllo e per questo odiato. Ma in fondo quella mattina aveva dato una svolta alla sua storia. Era il momento di dire basta. Avrei impugnato la penna e riscritto la mia vita. Aperto le porte senza spallate, come voleva la nonna. Dovevo solo trovare la mia chiave che, ne ero certa, non era lì a Villa Fiorita, né per le strade di Giovinazzo. Mi alzai dalla panchina e, quando il treno si fermò, vi salii senza esitare.

Un foglio bianco. Pulito, senza margini, senza inchiostro. Questo mi concessi appena scesa dal treno e arrivata a Torino. Da lì presi il TGV per Parigi. Non so perché scelsi proprio Parigi, forse non la scelsi, fu un caso. Una vita nuova, tutta da costruire, una nuova Elisabetta. Potevo essere chi volevo e scegliere il mio futuro, proprio come pensavo di poter fare quando avevo sotterrato con Alec lo scrigno. E decisi di dimenticare il passato e proiettarmi verso quel futuro che stava per essermi portato via. Quindi presi proprio un foglio bianco e cominciai a scrivere la mia nuova vita e, con essa, anche le avventure dei miei personaggi immaginari, guidandoli verso quelle magiche avventure che io stessa avevo vissuto nella mia terra. E infine, quando mi sentii pronta, aprii il manoscritto incompiuto di mio padre. Lo aprii e lo completai. Non ero più un romanzo di mio padre, uno di quelli abbandonati e incompiuti. Sarei diventata più forte.

Non ero pronta per la verità e pensavo di prendere del tempo per me per prepararmi ad affrontarla. Ma sono passati tre anni e non so come sia successo. Gli studi, il lavoro, mi hanno talmente assorbita che non ho mai più aperto la porta sul mio passato, né a spallate né con alcuna chiave. L'ho semplicemente sprangata, ma ho lasciato troppe cose in sospeso e il passato, in un modo o nell'altro, torna sempre a bussare alla porta della tua coscienza, se non è risolto.

È un richiamo che non puoi ignorare, a meno di soffrirne. E io non voglio più soffrire. Sono diventata la persona che volevo, con fatica, passo dopo passo. Ma la mia terra mi manca troppo e sento che è arrivato il momento di aprire quella lettera. Devo conoscere la verità su mia madre, mio padre, su me stessa e Alec.

Alec. Ogni volta che penso a lui mi manca il respiro. Cosa avrà pensato quella mattina, quando sarà andato a Villa Fiorita per la raccolta e non mi avrà trovata? Quanto dolore gli avrò inferto senza neppure una spiegazione? Solo una lettera, poche righe in cui gli ho detto che avevo bisogno di tempo. E solitudine. Che tra noi era finita e non poteva esserci nulla. Di non cercarmi. Mai. Ho sempre pensato che sia stato meglio così. Eravamo ragazzini, interrompere quella storia era necessario prima che diventasse importante. Sorrido tra me e me perché so che era *già* importante e ho promesso di non mentire mai più a me stessa.

Devo trovare Alec. E aprire quello scrigno sotto l'albero della mia infanzia che custodisce il più grande dei segreti della mia vita. Sta per iniziare di nuovo il tempo della raccolta delle olive. Tutti gli anni, in questo periodo, Cecco mi telefona e il giorno prima della raccolta fa una videochiamata in cui mi mostra con orgoglio il nostro podere, i teli grezzi sotto gli alberi, le scale pronte sul podio della partenza, i piccoli rastrelli luccicanti, in fila uno accanto all'altro. Posso quasi sentire l'odore delle olive verdi che mi pizzica il naso. Quest'anno gli ho promesso che sarei stata lì con lui, di persona. Dopo tre anni di assenza.

«Davvero, Bettina?» mi ha chiesto sporgendosi verso il cellulare.

«Davvero, Cecco» ho risposto con un sorriso che celava le mie paure. Non se l'è bevuta.

«Bettina, ti racconto una barzelletta.»

SECONDA PARTE

«V'è uno spettacolo più grande del mare,
ed è il cielo;
v'è uno spettacolo più grande del cielo,
ed è l'interno dell'anima.»

Victor Hugo, *I miserabili*

1

«Ma che stai facendo?»

Sollevo la testa dal caos della mia scrivania e resto intontita un momento a guardare Valérie, la mia assistente, che addita i fogli sparsi ovunque. Ho assunto Valérie qualche mese fa, quando ho capito che non sarei riuscita a svolgere da sola il mio lavoro e che mi serviva aiuto. Nella succursale di Parigi ci occupiamo della vendita all'ingrosso dei nostri prodotti, con il marchio di Villa Fiorita, dell'esportazione per il mercato francese, che sembra apprezzare molto i prodotti meridionali, e della coordinazione dei tre punti vendita aperti in città.

«Una ricerca» rispondo evasiva spostando una pila di fogli a favore di un'altra.

«Una ricerca su come si può lavorare in ordine?» chiede turbata, il marcato accento francese di Marsiglia più deciso rispetto a quello parigino. La guardo e scuoto la testa sconfitta. Valérie ha una sorta di compulsione per l'ordine, è uno dei motivi per cui l'ho assunta, per compensare il mio disordine. In genere funziona, io creo caos, lei passa a sistemare. Non devo neppure chiederglielo, lo fa spontaneamente.

«No, una ricerca su una persona.» In una serata di confessioni reciproche le ho raccontato la mia storia e, inutile dirlo, lei è a favore di un ritorno in Puglia, possibilmente con Alec. È una romantica con la testa fra le nuvole, ma siamo diventate amiche e le voglio molto bene.

«Non mi dire che ti sei decisa!» Valérie mi si avvicina, sbirciando le mie stampe. «No, no e no» sentenzia prendendomi i fogli di mano e passandoli nella distruggi documenti.

«Ma che fai?» le chiedo mentre vedo il mio lavoro della nottata trasformarsi in striscioline di carta.

«Stai cercando Alec Reed sugli elenchi telefonici online? Non è così che si fa» decreta incrociando le braccia e sedendosi sulla mia scrivania.

«No?» chiedo.

«No» risponde secca. «Comunque, dimmi, cosa hai trovato?»

«Tre ultrasettantenni che vivono negli Stati Uniti, un quindicenne brufoloso in Canada visto in una anteprima di un social – non chiedermi quale, non lo ricordo! – e una marea di persone con questo nome su un altro social...» borbotto stanca. Pensavo fosse più facile trovare una persona. Solo che quella persona ha cambiato numero di telefono, residenza e forse non vuole che io la trovi. Ad agosto dello scorso anno, il giorno del mio ventunesimo compleanno, avremmo dovuto incontrarci sotto il nostro ulivo, come ci eravamo promessi da ragazzini. Da quel giorno non faccio che pensare allo scrigno, alla lettera contenuta al suo interno e ad Alec. Si sarà presentato all'appuntamento? Non ho avuto il coraggio di chiederlo a Cecco. Mio zio mi ha detto che Alec torna a Giovinazzo una volta l'anno per stare con i suoi genitori, di solito sotto Natale, si trattiene una decina di giorni e poi riparte. Non gli ho mai chiesto *per dove* e lui ormai sa che non deve parlarmi di Alec. È una ferita ancora aperta per me e il tempo non ha lenito proprio nulla.

«Ma non si fa così!» ribatte Valérie strappandomi ai ricordi.

«Ah no? E come si fa, sentiamo...» Dopo aver passato ore in questa ricerca senza esito sono aperta a ogni soluzione.

Valérie sorride. «*Social*» sussurra socchiudendo gli occhi.

«Non se ne parla, i social espongono la tua vita pubblicamente e io sono una persona riservata» rispondo subito. Sono mesi che cerca di farmi iscrivere a ogni social esistente, non cederò certo ora. I social sono un mezzo facile per farsi riconoscere e rintracciare e io non voglio né l'una né l'altra cosa. Quando Valérie ha scoperto che Bessy B., l'autrice dei suoi romanzi d'avventura preferiti, sono io, ha aperto una fan page con il mio nome d'arte su Facebook che gestisce con solerzia e passione. Ha provato a invitarmi per presentazioni online, ma mi sono sempre rifiutata. Valérie sbuffa e mi fa cenno di spostare i fogli che ho sparso sulla tastiera del computer.

«Non devi iscriverti, sciocchina, non serve. E poi a volte parli come una ex spia russa che deve fuggire dal KGB, lo sai?» risponde divertita.

«Devo ricordarti che sei una mia dipendente?» chiedo quando si siede alla mia poltrona, prende possesso della mia tastiera ed entra nel suo account di Facebook. Mi zittisce con un sorriso divertito e una mano che agita come a scacciare un pensiero molesto. «Fai sempre la dura, ma so che sotto sotto sei una tenera, Elisabetta Ventura» risponde, mettendo l'accento sulla vocale finale del mio cognome. Alzo gli occhi al cielo come ogni volta che me lo dice. «Allora, non ti arrabbiare...» esordisce dopo qualche *clic* alla tastiera. Entro immediatamente in allarme. L'ultima volta che me lo ha detto abbiamo ricevuto un carico sbagliato dalla Puglia in partenza per Nizza e abbiamo passato tre giorni e tre notti per rimediare all'errore.

«Che succede, che hai combinato?» Mi avvicino alla mia scrivania e sbircio il monitor, ma giro la testa appena le parole di Valérie catturano la mia attenzione.

«Io... be', potrei aver chiesto l'amicizia di Alec Reed su Facebook, qualche settimana fa...»

«Tu... cosa?» Metto una mano alla gola come a volermi proteggere da questa notizia che mi toglie il respiro.

«Be', sì... sai quando mi hai raccontato della tua fuga da casa, di tuo padre, di Alec... ero curiosa. L'ho cercato sui social...» argomenta un po' a disagio. Ma solo un po', perché so che tutta questa storia la intriga come se fosse un mio romanzo, invece è la mia vita.

«E...?» la sollecito impaziente.

«E l'ho trovato e gli ho chiesto l'amicizia *virtuale*.» Mima con le virgolette l'ultima parola e poi sorride. Non capisco perché sorrida, ma mi sforzo di restare calma.

«E siete diventati grandi amici?» chiedo preoccupata sistemandomi i capelli in un gesto nervoso.

Valérie sbuffa. «Non conosci proprio nulla del mondo social... No, lui ha accettato la mia amicizia, io curioso nel suo profilo, tra le sue foto, i suoi stati, sai, cose così... ma non interagiamo mai.»

«Sei una stalker, in pratica!»

Valérie ignora il mio commento. «Sapevo che prima o poi avresti avuto bisogno di qualche informazione su di lui e... Sono o non sono la migliore assistente del mondo? Meriterei un aumento!» dice battendo le mani come ad autocongratularsi con se stessa. Ovviamente evito di rispondere alla domanda per non alimentare il suo ego e faccio un cenno verso la schermata del computer.

«È lui?» Indico l'icona di una bilancia a due braccia accanto al nome di Alec Reed. Sì, sicuramente è lui, lo so prima che lei risponda. La bilancia è il logo dell'Ordine degli avvocati, non ho dubbi che Alec sia riuscito a conseguire la laurea in Giurisprudenza e a realizzare i suoi sogni.

«Sì, si è laureato pochi mesi fa» risponde Valérie guardandomi per sondare la mia reazione. «Vuoi vederlo?» mi chiede.

Mi allontano di un passo, impaurita. Sì, voglio vederlo, ma no, non voglio. Ho paura. Poi mi ricordo che io non sono così, che ho tutto sotto controllo, che sono diventata una donna adulta e forte, ho un lavoro, una casa e un fidanzato. Sì, un fidanzato che amo e con cui mi sposerò. Antoine mi ha anche incoraggiata a fare questa ricerca perché vuole che andiamo avanti con la nostra vita e sa che questa è una cosa di cui ho bisogno. Ho conosciuto Antoine lo scorso anno, a Nizza, mentre in un hotel presentavo a un cliente i nostri vini. Lui alloggiava lì con degli amici, era in vacanza e ci siamo trovati. Quando le cose tra noi sono diventate serie gli ho raccontato tutto, perché nella mia nuova vita non c'è spazio per le bugie. Io non mento, mai e per nessun motivo. Ruoto il solitario che ho all'anulare come faccio sempre quando sono agitata e mi avvicino alla scrivania.

«Apri la pagina» le dico con voce ferma, mentre le mie mani tradiscono un tremolio che metto a tacere con risolutezza ancorandomi alla spalliera della sedia.

Valérie clicca sul nome di Alec e si apre la sua pagina. Il suo ultimo stato, mi fa notare la mia assistente, risale a tre giorni fa ed è il link di un articolo della Cassazione su una causa vinta contro un tizio. Non ci sono commenti. Valérie scorre la sua pagina, piena di post di questo tipo.

«Sì, è un tipo piuttosto noioso...» commenta. Ha una pagina professionale che non dice nulla sull'uomo che è diventato, se non che è un avvocato e che utilizza i social per lavoro. Quando passa sulla data del sedici agosto dello scorso anno le dico di tornare indietro.

«Allora, addio» recita il suo stato, senza immagini o ulteriori commenti. Quelle due parole mi colpiscono come fossero uno schiaffo in pieno viso.

«Eli, stai bene?» mi chiede Valérie quando vede che mi siedo sulla scrivania.

«Puoi aprire i commenti che ci sono sotto?» le dico indicando i trentasei commenti sotto quelle parole. Lei clicca e si aprono una serie di domande da parte dei conoscenti di Alec che gli chiedono con curiosità di cosa stia parlando, se va tutto bene, se ha subìto una perdita. Alec risponde solo a uno di questi commenti, lapidario: «Ho solo chiuso definitivamente un capitolo della mia vita». Il suo amico risponde con un abbraccio sotto forma di emoticon e nulla più. Ma io ho capito che Alec si era presentato al nostro appuntamento, nonostante la mia fuga, nonostante il mio silenzio durato anni, nonostante tutto. Avrei dovuto immaginarlo, Alec Reed non è una persona che ti abbandona. Mi volto e prendo la bottiglietta dell'acqua dall'armadio per nascondere a Valérie il mio turbamento.

«Eli?»

«Tutto bene» rispondo d'istinto. Solo che non va tutto bene perché quelle due parole hanno avuto il potere di turbarmi come non succedeva da tempo. *Allora, addio.*

«Sai perché ha scritto quella frase, vero? Era rivolta a te?» mi chiede avvicinandosi.

La guardo e sospiro, prima di rispondere. «Sì, il sedici agosto era il mio compleanno e la data che avevamo concordato, anni prima, per incontrarci sotto Excalibur e aprire il nostro scrigno» rispondo guardando lo schermo del computer e ricordando quel pomeriggio di sole e sorrisi. *Piccolo scrigno dei nostri desideri, custodisci con cura i nostri sogni passati, presenti e futuri. Noi faremo la stessa cosa con la nostra vita. Lo promettiamo. In qualsiasi parte del mondo ci troveremo, torneremo qui e riapriremo insieme lo scrigno.*

Riesco ancora a sentire la voce di Alec. *Il giorno del tuo ventunesimo compleanno, a mezzanotte in punto.*

«Oh, mio Dio! Si è presentato al vostro appuntamento dopo tutti questi anni...» Si volta anche lei verso il computer. Annuisco, mentre cerco di metabolizzare questa cosa. Ma sento che ho bisogno di avere certezze. Dopo la mia fuga questa necessità di avere conferme e certezze è diventata una sorta di mania, ho fatto anche delle sedute da una psicoterapista che mi ha invogliata a tornare indietro per capire dove ho perso le mie sicurezze e a ritrovarle. Ma io so dove e anche quando: in una camera di legno e cotto, che profumava di fiori e pulito, in una mattina di pochi anni fa, con una lettera tra le mani che non ho mai avuto il coraggio di leggere. Tornare è sempre stato fuori questione, fino a che Antoine non ha cominciato a parlare di matrimonio. Da allora ho iniziato a pensare sempre più ossessivamente di voler ripercorrere a ritroso i miei passi e leggere la lettera di mia madre. Non sto cercando solo la verità sul mio vero padre. A ben vedere, forse, questa è l'ultima cosa che mi importa, ormai. Il fatto è che mi sono *persa*, il giorno in cui sono fuggita. Ho preso un treno per la prima destinazione che ho pensato avesse a che fare con me e la mia nascita e sono arrivata a Torino. E poi l'idea di restare proprio lì dove tutto è iniziato mi ha spaventata così tanto che sono andata a Parigi. E qui mi sono ritrovata da una parte e forse un po' smarrita dall'altra. Sono diventata più dura con il mondo e con me stessa. Apparentemente ho tutto: il mio lavoro, i miei libri. Un fidanzato. Ma a volte sento che mi sfugge la parte più importante della mia vita. Me stessa. E non perché non conosco il nome di mio padre. È perché ho perso la strada di casa e, senza quella, non sono più io. Elisabetta, Betta, Bettina, Bessy, che importa? Una volta non volevo essere incasellata in ognuno di questi nomi perché desideravo trovare la mia strada da sola. Ora ho capito che io sono *ognuno* di quei nomi, l'Elisabetta che a scuola studiava con impegno, la Betta figlia di un padre difficile, la Bettina di uno zio che amo come un fratello, la Bessy amica per la pelle di un ragazzo che ho lasciato senza tante spiegazioni. Ho perso per strada ognuno dei miei nomi e sono diventata una nuova persona, diversa e uguale al tempo stesso, e ora sento che devo ritrovarmi. Devo tornare a casa per ricompormi e poter andare avanti.

Seleziono il contatto di Cecco e mi siedo sulla poltroncina all'angolo del mio ufficio, sotto lo sguardo indagatore e preoccupato di Valérie.

Cecco risponde al terzo squillo. È dimagrito in questi anni, ma non ha perso il suo sguardo vigile e mi guarda sempre come se io fossi un dono.

«Bettina!» mi accoglie con gioia, guardando in alto immediatamente dopo. Poi chiude la porta della sua camera, forse per non farsi ascoltare da papà. Non parlo con mio padre da quel giorno, anche se lo scorso anno la sua terapeuta mi ha chiamata per dirmi che nel suo processo di guarigione io svolgevo un ruolo molto importante. Non ho accettato di parlargli, non ero pronta. Non so se mai lo sarò. È come scoperchiare il vaso di Pandora, tanto affascinante visto da fuori, quanto pericoloso per il suo contenuto.

«Ciao, Cecco! Che stavi facendo? Ti disturbo?» gli chiedo.

«No, no! Stavo leggendo, ieri è arrivato il nuovo libro di Harry Potter che mi ha comprato Alberto!» Cecco mi mostra il libro. Mio padre si è dedicato molto a Cecco negli ultimi anni, forse a compensazione di quanto lo abbia abbandonato a se stesso dopo la morte della mamma. Ma ne sono contenta, Cecco è molto felice di questo riavvicinamento. In questi anni il signor Nicola e Cecco sono state le mie uniche fonti di informazioni da Giovinazzo. Da loro ho appreso che papà si è disintossicato, due anni fa, e che abbiamo ristrutturato parte della casa. «Perché mi chiami di giovedì?»

Il suo viso torna a tutto schermo. Le nostre chiamate avvengono di solito la domenica dopo pranzo, è una routine per entrambi e so che cambiare abitudini a volte lo destabilizza.

«Avevo bisogno di farti una domanda, Cecco...» gli dico. Guardo Valérie con la coda dell'occhio e noto che mi sta osservando con attenzione. Sa cosa sto per chiedere a mio zio.

«Fammi una domanda, Bettina» risponde Cecco.

Prendo un bel respiro e chiedo: «Cecco, l'estate dello scorso anno, Alec è passato a salutarti?». Non mi accorgo di aver trattenuto il respiro finché non ascolto la sua risposta gioiosa.

«Sì! Il sedici agosto dello scorso anno Alec Reed è venuto a salutarmi!» dichiara mio zio.

E io capisco che Alec mi ha detto addio quel giorno, per sempre. È andato al nostro appuntamento sotto Excalibur e io, di nuovo, l'ho abbandonato. Non riesco a immaginare come si sia sentito. In questi anni ho avuto tante e tante volte la tentazione di rintracciarlo, di spiegargli gli avvenimenti di quel giorno e cosa hanno rappresentato per me le parole di mio padre. Ma non ci sono riuscita. Dirgli che forse lui è mio fratello, che potremmo essere figli dello stesso padre, avrebbe distrutto entrambi. E anche se non fosse quella la verità, quel giorno si è spezzato qualcosa in me, qualcosa che sentivo di dover ricomporre da sola. Ma forse è proprio questo l'errore ricorrente nella nostra famiglia: quando il dolore ci aggredisce alle spalle, la nostra prima reazione è isolarci per affrontarlo viso a viso, da soli. Lo ha fatto papà, rifugiandosi nell'alcol per anni, lo ha fatto la nonna, dedicandosi al lavoro fino a sfinirsi, e poi l'ho fatto io, fuggendo e iniziando una nuova vita. Sembra il nostro marchio, scritto nel DNA della famiglia Ventura. Quando soffriamo chiudiamo tutte le porte e non c'è chiave che possa riaprirle finché non ci sentiamo pronti. Solo che, nel frattempo, chi è accanto a noi soffre, anche per colpa nostra. Non volevo infliggere ad Alec questa tortura. E penso che sia stato meglio rompere con lui quando eravamo solo due ragazzini con una grossa cotta, prima che le cose si facessero più serie. Eppure, scappare non è servito a nulla. Ora sono allo stesso punto di tre anni fa.

«Cecco... papà è in casa?» gli chiedo. Vedo Valérie sussultare e Cecco restare in silenzio qualche secondo prima di annuire con vigore. È ora di aprire il vaso di Pandora.

Cecco strabuzza gli occhi, ma poi vedo l'inquadratura del cellulare muoversi e cambiare prospettiva. Mentre cammina mi fa involontariamente fare un tour della mia vecchia casa. La camera da letto di mio padre, dove evidentemente non lo trova, le scale, la cucina e infine il suo studio. Non c'è neppure lì. Fino a pochi anni fa si rintanava nello studiolo con la sua bottiglia di vino, quindi sono sorpresa che non si trovi chino sulla scrivania a fingere di scrivere qualcosa. Poi Cecco esce e sul piccolo schermo appaiono i colori sgargianti delle buganvillee di Villa Fiorita. Trattengo l'emozione che sento crescere nel mio cuore perché so che devo restare salda, ora che sto per rivedere mio padre, dopo così tanto tempo e dopo quello che c'è stato tra noi.

«Che incanto» sento dire a Valérie, forse più a se stessa che a me. Ed è davvero un incanto, persino per me che dovrei essere abituata alla bellezza della mia terra e di casa mia. Poi lo vedo. È chino su se stesso, sta strappando delle erbacce dal giardino antistante, dove teniamo i fiori ornamentali.

«Alberto, è Bettina! Ti vuole parlare» gli dice Cecco un po' agitato e un po' felice.

Mio padre alza di scatto la testa e guarda il cellulare. Per alcuni secondi i suoi occhi scuri, limpidi, sono fissi nei miei. Mi mette a fuoco e nel suo sguardo rivedo l'uomo che era un tempo. Non so cosa stia pensando, ma la sorpresa e il turbamento fanno tremolare la sua voce.

«Betta» sussurra incredulo.

«Ciao, papà.»

2

Non ho smesso di considerarlo mio padre, anche se so che non lo è biologicamente. Ho provato a comprendere il suo punto di vista, in questi anni, proprio come quel giorno in riva al mare in cui ho bevuto il suo vino per capire cosa provava. Mi ha cresciuta e mi ha amata come una figlia finché c'è stata mia madre. Poi qualcosa in lui si è spezzato e ha cercato un capro espiatorio su cui riversare il suo dolore. E quel capro espiatorio l'ha trovato in se stesso, ha martoriato il suo corpo e la sua mente fino ad annullarsi completamente, credendo che se non avesse pensato, non avrebbe sofferto. Ma non è andata così, perché i ricordi fanno parte di noi e non puoi dimenticare semplicemente perché lo vuoi. E se non vieni a patti con te stesso, quello che ottieni è solo dolore. Non riesco a biasimarlo, sebbene io non meritassi che mi dicesse la verità in quel modo. Ma la persona con la quale dovrei parlarne non c'è più, ci siamo solo noi che tentiamo di ricomporre le nostre vite in sua assenza. E per chi resta è sempre dura, in fondo.

Lo vedo pulirsi le mani sui pantaloni da lavoro e prendere il cellulare da Cecco. «Betta, come stai?» chiede strappandomi ai miei pensieri, nella sua voce una nota che somiglia alla commozione. I capelli si sono ingrigiti, soprattutto ai lati, ma gli occhi sono sempre gli stessi. Ha provato diverse volte in questi anni, con la mediazione del signor Nicola, a parlare con me, ma mi sono sempre rifiutata. Dopo un po' ha smesso, facendomi riferire che avrebbe atteso che io fossi pronta. Sapevamo entrambi che sarebbe accaduto.

«Bene, e tu?» Ho preparato un discorso tante volte nelle precedenti settimane, pronta ad affrontarlo, eppure ora, con il cellulare davanti e la sua voce commossa, non sono più certa sia stata una buona idea scoperchiare un passato così lontano che può risultare doloroso e far ricadere entrambi nel baratro dal quale alla fine siamo usciti con tutte le nostre forze.

«Lo so perché mi stai chiamando, Betta» sussurra con lo stesso tono di quando mi leggeva le favole la sera, prima di andare a letto. No, non può saperlo. Come potrebbe? Si è sforzato per anni di dimenticare l'errore di mia madre, in fondo. Ricaccio a fatica il rancore che sento crescere di nuovo nel petto, come un piccolo mostro che si nutre delle mie emozioni non lasciando spazio a null'altro. «Vuoi tornare a casa» aggiunge quando vede che io non ribatto nulla. Non ci riesco, mi sento bloccata tra passato e presente.

Mi schiarisco la voce. «Sì, è vero. Ho bisogno di tornare a casa, papà.»

Vedo i suoi occhi luccicare, ma si sforza di non mostrare di più, anche lui sa che il momento è delicato e un soffio di vento potrebbe cambiare il corso di questi fragili eventi.

«Perché ora? Cioè, non fraintendermi,» si affretta a precisare passandosi una mano tra i capelli brizzolati con un gesto nervoso «sono contento se torni! Ma perché non prima, perché proprio ora? Cosa è cambiato?»

Non è una domanda sciocca e lo sappiamo entrambi. Sono passati più di tre anni dalla mia partenza, avrei potuto tornare in qualunque altro momento, persino per il mio ventunesimo compleanno, mi dico ripensando ad Alec, solo, sotto il nostro albero, ad attendere il mio arrivo per poter tenere fede al nostro patto di ragazzi.

«E poi, da dove vengo io, in America, a ventuno anni sarai maggiorenne. Per noi è un'età importante...»

«Ma qui diventerò maggiorenne a diciotto anni!»

«So che hai fretta di crescere, piccoletta...»

La verità è che sono cresciuta, mi sono affermata professionalmente, sono diventata indipendente e sto anche per sposarmi. Ma. Ma... mi sono resa conto che manca qualcosa alla mia vita, come un tassello di un puzzle che non riesco a trovare. Ho iniziato a pensarci proprio il giorno del mio ventunesimo compleanno e non ho più smesso. Quel tassello appartiene al mio passato. Devo trovarlo, inserirlo nel puzzle e andare avanti. Sulla carta una cosa molto semplice.

«Ho bisogno di sapere» rispondo semplicemente. Devo trovare la chiave dello scrigno in cui ho riposto il mio passato, la parte *buona* del mio passato, ma anche i sogni del mio futuro. Ho bisogno di rientrare in possesso di quella parte di me che crede ancora nel futuro e che è agganciata a un passato così solido da tenerla in piedi. Ho visto tante volte il signor Nicola impiantare uno stecco di supporto sulle piante più fragili, per ancorarle al terreno. Ora sono come quei fuscelli, senza quelle radici e senza i miei sogni. Non posso più fuggire.

«Non hai mai letto quella lettera, vero, Elisabetta?» mi chiede. I suoi occhi cercano risposta nei miei prima che la mia voce possa formularne una. Vi legge quello che cercava e annuisce. «Mi dispiace, Betta, mi dispiace così tanto...»

Non so se per il suo tono o per le sue parole, ma calde lacrime cominciano a scorrere sul mio viso. Quante volte ho sognato di sentirle, quando ero una ragazzina impaurita e sola in quella grande casa! Avrei dovuto fargli una telefonata normale in modo da non dover mostrare la mia fragilità. In questi anni ho lottato con tutta me stessa per colmare la debolezza, per rendermi forte nei confronti della vita e poi basta una telefonata per farmi sentire ancora come l'adolescente sensibile che ero una volta. Mi asciugo il viso con un gesto stizzito.

«Papà, quando Alec è venuto in Puglia ad agosto dell'anno scorso, vi ha lasciato qualcosa?» chiedo.

«No, non ha lasciato nulla... è passato a salutare me e Cecco e poi è andato via. Non aveva una bella cera, a dire il vero...»

«Va bene, ti ringrazio, salutami Cecco.» Aggancio frettolosamente perché non voglio i dettagli di come Alec stesse quel giorno. Resto a fissare lo schermo qualche secondo. Ho avuto la conferma di quel che pensavo, comunque.

«Stai bene?» chiede Valérie. Sussulto perché avevo dimenticato che fosse ancora con me in ufficio.

«Sì, certo.» Mi alzo e mi sistemo la gonna.

«Elisabetta...»

«Sto bene» ribatto secca. Restiamo qualche minuto in silenzio mentre io elaboro la telefonata e l'aver visto mio padre. Non mando via Valérie perché, in qualche modo, la sua presenza è confortante in questo momento.

«Pensavi che Alec avesse lasciato a tuo padre la chiave dello scrigno?» sussurra avvicinandosi.

«Sì. Non mi sono presentata al nostro appuntamento e mi sorprende che lo abbia fatto lui, dopo tutti questi anni e dopo la mia fuga. Pensavo che...»

«Avrebbe lasciato la chiave a tuo padre per non avere più a che fare con te» conclude lei e io annuisco, riprendendo posto alla mia scrivania. Lo schermo è ancora fermo sulla pagina di Alec, sul sedici agosto dell'anno scorso. «Allora, addio.» Fisso quelle due parole.

«E se avesse aperto lo scrigno?»

«No, non lo ha fatto. Aspettava me e non lo avrebbe mai aperto da solo, non così...» Sono certa che quel giorno sia andato via senza dissotterrare il nostro scrigno. «Devo contattarlo, a questo punto» dico scorrendo la sua pagina, alla ricerca di un indirizzo.

«Perché?» chiede Valérie avvicinandosi. La guardo aggrottando le sopracciglia. «Perché?» insiste lei. «Elisabetta, io ti conosco: sei una che arriva subito al sodo, dici la verità sempre e a qualunque costo e quando ti metti in testa una cosa sei un carro armato, non importa chi travolgi, tu vai per la tua strada...»

«Arriva al punto» la sollecito infastidita dalla mia descrizione, che non sono certa mi piaccia del tutto.

«Potresti tornare a casa, prendere lo scrigno e rompere il lucchetto. Questa sei tu. L'Elisabetta che conosco io farebbe *esattamente* così! Perché ti serve Alec? Perché vuoi proprio quella chiave?» chiede curiosa.

«Non potrei mai rompere il lucchetto o lo scrigno!» le dico inorridita da questa idea. Sospiro e cerco di spiegarle il mio punto di vista. «Quando sono fuggita, tre anni fa, ero una ragazza impaurita. Avevo appena scoperto che il ragazzo che amavo era mio fratello, che mio padre non era il mio vero padre, che mia madre mi aveva mentito per tutta la vita. Non sarei riuscita a restare lì un giorno di più, mi sentivo... oppressa. Quel giorno le parole di mio padre hanno profanato i miei sogni, i miei desideri. In pochi secondi mi sono sentita senza radici e senza futuro. Ero molto giovane, vedevo il mondo in bianco e nero, non c'erano sfumature e non c'erano scappatoie. L'amore che provavo per la mia terra e per Alec aveva perso il suo senso. Ma rompere quel lucchetto, ora, significherebbe fare la stessa cosa che mio padre fece a me! Quello scrigno è tutto ciò che resta del mio passato, contiene ogni singolo ricordo bello della mia adolescenza, ricordi non corrotti da parole che hanno avuto il potere di cambiarmi. Non potrei *mai* distruggerlo, lo devo a me stessa e anche ad Alec» rispondo infervorata, guardando Valérie. «La trovi una cosa sciocca?» le chiedo subito dopo.

«No, affatto! È una cosa che ti rende umana e sai, a volte, ma solo a volte, sembri un robot più che un essere umano! Capisco perfettamente cosa intendi...» Si avvicina e mi accarezza la schiena. «Be', allora hai proprio bisogno di quella chiave» ribatte con un sorriso, mentre io faccio una smorfia.

«E quella chiave ce l'ha ancora Alec Reed» le dico fissando lo schermo.

«Lo contattiamo?» chiede additando il computer.

«Come?»

«Attraverso la messaggistica di Facebook» risponde lei cliccando un tasto. Si apre una specie di chat con il nome di Alec.

«No!» mi affretto a dirle prima che combini qualche guaio. Non potrei mai contattarlo in questo modo! «Sono stata assente per tanti anni, non è che posso mandargli un messaggio dicendogli: "Ehi Alec, ciao"!» le faccio presente.

«Giusto...» commenta Valérie. «Che vuoi fare, quindi?»

«Mi serve sapere dove vive, un indirizzo... in qualche modo mi organizzerò per andare a parlargli di persona» le dico risoluta, ma le mani hanno ripreso a tremare.

«Be', allora è facile. So dove lavora.»

«Allora sei davvero una stalker!» commento sgranando gli occhi.

«Ma no, nelle informazioni della sua pagina c'è l'indirizzo dello studio di avvocati dove sta facendo il tirocinio. E...»

«E?» la sollecito in ansia.

«Alec vive a Parigi» dice sommessamente.

«Cosa? Sei sicura?» chiedo sorpresa.

«Sì, guarda qua!» Indica l'indirizzo del suo studio, nel quartiere di Le Marais, nel quarto arrondissement, poco distante dal mio ufficio. Perché è proprio *qui*? Sarà un caso? Posso vederlo e parlargli oggi stesso. Questa prospettiva mi travolge con una forza che mi turba. E se lui non volesse vedermi o parlarmi? Sarebbe certamente possibile...

«Va bene. Ho bisogno di rifletterci ancora un momento...» dico più a me stessa che a lei, cercando di raccogliere i pensieri turbolenti.

«Mi sembra giusto, ma non rifletterci troppo.» Valérie mi preme una mano sulla spalla e sorride.

«Che vuoi dire?»

«Certe scelte vanno fatte più col cuore che con la testa.»

Resta a fissarmi in attesa di una mia risposta.

«Ho il cuore tutto stropicciato, non so come possa prendere una decisione giusta, ora...» dico ripensando alla telefonata con mio padre. Valérie sospira e chiude la pagina Facebook di Alec.

«Sono certa che lo farai. Ti conosco, Elisabetta. Se c'è una persona che può farcela, quella sei tu.»

Annuisco. «Grazie. Ma ora, per favore, prendimi il dossier di La Maison de Paris, devo rivedere una cosa sul contratto.» Valérie sorride e si allontana.

Mi impongo di terminare la mattinata di lavoro per non prendere decisioni affrettate e rispondo alle email dei clienti, mi distraggo al telefono con il signor Nicola che mi informa della nuova raccolta delle olive e di come questa annata sia buona oltre le aspettative. La Xylella fastidiosa, un batterio che da anni infesta le campagne pugliesi e gli ulivi in particolare, non ha mai colpito i nostri poderi, grazie al cielo, ma abbiamo dovuto prestare molta attenzione affinché le piante fossero sempre protette e sane. È stato un periodo difficile, sempre sul filo del rasoio, ma anche quest'anno faremo la nostra raccolta e avremo come al solito un ottimo olio «nuovo».

Valérie mi gira attorno tutto il tempo e, con la scusa di farmi firmare dei documenti o chiedermi informazioni su un grosso ordine che abbiamo da poco firmato, mi tiene sotto osservazione. So che lo fa in buona fede, ma mi innervosisce comunque.

«Eli, i ragazzi del magazzino chiedono se per Natale vorrai fare la cena aziendale» mi chiede entrando ancora una volta nel mio ufficio.

La guardo dubbiosa. «Mancano ancora tre mesi al Natale, non è presto per questa domanda?»

«Non è mai troppo presto! Lo sai che da metà ottobre i negozi iniziano ad allestire le decorazioni?»

«Senti, Valérie, so cosa stai cercando di fare, ma sto bene» le dico rassicurandola.

«Davvero?»

«Davvero.»

«E come è possibile? Non vedi il tuo ragazzo da anni, lo hai mollato senza una parola fuggendo da una terra che ami profondamente, vuoi incontrarlo oggi, senza il minimo preavviso, per chiedergli la chiave di uno scrigno che custodisce i vostri segreti di ragazzini e il segreto più grande della tua vita, e tu sei tranquilla?» dice tutto d'un fiato, guardandomi.

«Okay, ora sono meno tranquilla» ammetto alzandomi e prendendo la borsa.

«No, aspetta! Non volevo che ti agitassi, ma...» Mi guarda con un sorriso dolce, passandosi una mano tra i lunghi capelli scuri. So che posso contare su Valérie, è mia amica oltre che la mia assistente. «Ma ti conosco. So che tendi a razionalizzare sempre tutto e capisco anche perché tu lo faccia, considerando il tuo passato...» inizia quella che so essere la solita solfa sul mio modo di vivere poco aperto al mondo, a suo modo di vedere.

«Razionalizzare non è un male, quando si tratta di vivere. E quando scrivo uso tutta la mia fantasia e il mio estro» commento prendendo uno dei miei romanzi dalla libreria accanto alla scrivania e mostrandoglielo.

«E io adoro il tuo modo di scrivere, lo sai!» Sorride guardando il romanzo che ho in mano. È la mia prima pubblicazione, quella nata dal manoscritto incompiuto di papà. Alla fine sembra che io ce l'abbia fatta, ho smesso di essere un romanzo incompleto. Quando sono arrivata a Parigi avevo bisogno di ridimensionare tutta la mia vita. E sì, può essere che negli anni io abbia sviluppato un certo ipercontrollo, ma mi sono realizzata e sono felice della vita che ho e di quello che ho costruito.

«Sento che sta arrivando un "ma"...» le dico riponendo il romanzo. Lei si avvicina e lo riprende.

«Adoro Alexander Redopolis e le sue avventure, lo sai, Eli... ma sappiamo entrambe che in questi romanzi stai proiettando la vita che avresti voluto vivere.» Sorride guardando la copertina del libro. Valérie ha una cotta per il mio protagonista.

«Non è vero» rispondo immediatamente. «Oh, andiamo! Alexander Redopolis è un avventuriero greco sulle tracce dei segreti di antiche leggende che si imbatte in imprese burrascose! Non ha proprio nulla della mia vita o dei miei sogni!»

«Potrei cominciare dal nome...» Valérie si siede sulla poltroncina davanti alla mia scrivania e accavalla le gambe con sicurezza.

«Sì, ammetto ci sia una vaga somiglianza con Alec, ma è il mio primo romanzo, ero appena fuggita di casa e questo è stato un modo per esorcizzare il distacco. Poi non avrei mai pensato che l'editore mi chiedesse i seguiti delle avventure di Redopolis e, ovviamente, non ho potuto cambiare nome in corsa...» mi giustifico a disagio.

«Devo parlare del grande ulivo che Alexander trova nel secondo libro sotto il quale risolve il mistero del manoscritto di Cassandra?» chiede Valérie continuando a citare i miei romanzi.

Resto in silenzio.

«O della pergamena di Ulisse che Alexander cerca di decifrare e per farlo deve immergerla in un vino antico ritrovato nell'anfora di quella che era la camera di Elena?»

«Okay,» sbuffo «ma è normale che un autore inserisca piccoli frammenti della sua vita nei suoi scritti.»

«Sì, certo, come vuoi» sorride lei.

«Senti, Valérie, sarò chiara: questo non sarà un ricongiungimento amoroso, non è un romanzo, è la mia vita. Io voglio solo sapere la verità sul mio passato e andare avanti, perché mi sento... bloccata. Come se tutti avessero fatto grandi passi in avanti mentre io sono rimasta per metà intrappolata in una zona di sabbie mobili che, giorno dopo giorno, mi inghiotte sempre più» le spiego.

«È per questo che stai temporeggiando con la data del matrimonio?» chiede fissandomi.

«Non sto temporeggiando...»

«Eli, lo stai facendo» ribatte prendendo il mio calendario dalla scrivania. «Guarda qui.» Mi mostra la data del venti gennaio, cancellata, e dopo quella del tredici aprile, barrata con un pennarello nero a punta grossa.

«Okay, sì, forse sto un po' temporeggiando... Però ho avuto un solo ragazzo prima di Antoine, ero pazza di lui e da un giorno all'altro ho saputo che è mio fratello, potrei avere dei validi motivi per avere dei dubbi su me stessa...» le spiego.

«Che *forse* è tuo fratello» sottolinea lei. A volte penso che si sia appassionata alla mia vita più che a un mio romanzo.

«Con ogni probabilità lo è. In ogni caso... perdona, ma ho qualche problema a gestire le relazioni» rispondo stizzita. È come se in quella mattina di tre anni fa si sia creata una cicatrice che non guarisce mai. Posso ignorarla, ma c'è.

«E poi...»

«Cos'altro?» chiedo alzando gli occhi al cielo. So perfettamente dove sta portando questo discorso, non è la prima volta che Valérie commenta la mia scelta.

«Hai solo ventidue anni, Elisabetta! Sei davvero sicura di volerti sposare?»

Quando vede che non rispondo – e non lo faccio solo per non alimentare la sua vena polemica – lei aggiunge: «Sai cosa diceva mia nonna del matrimonio?».

«Considerando che si è sposata tre volte immagino che dicesse che era una pratica divertente» bofonchio.

Valérie ride. «No. Diceva che l'amore da sposati dura solo cinque anni! Quindi, a ventisette sarai una ragazza libera» ridacchia.

«Un proverbio francese, però, dice che il futuro appartiene a chi si sveglia presto! Quindi...»

«Elisabetta Ventura, non usare i nostri proverbi per distorcere la realtà! Usa i tuoi...»

«Valérie...» la richiamo pizzicandomi la radice del naso.

«Lo so. Scusami, non volevo essere inopportuna... vorrei solo che tu fossi sicura della tua scelta e che... andassi preparata a quell'incontro» dice Valérie accarezzandomi un braccio con affetto.

«Non credo ci sia un modo per andare preparata. Quindi ho deciso che farò esattamente come ho sempre fatto: mi ci butterò a capofitto senza pensarci» le rispondo, ricordando la mia fuga precipitosa e impulsiva e tutte le volte in cui avrei dovuto aprire le porte della mia vita con la giusta chiave, come voleva la nonna, e invece le ho aperte a spallate, come ho fatto con quella mia compagna di classe con cui avevo litigato.

«Buona fortuna.» Valérie mi abbraccia e io ricambio la sua stretta.

«Credo che ne avrò bisogno» rispondo pensando ad Alec e alle due parole che ha scritto sul suo diario social, una sorta di epitaffio del nostro rapporto.

3

Prendo un taxi e per tutto il tragitto penso a cosa dire ad Alec. Considero ogni opzione, ma alla fine concludo che la verità è la cosa migliore. Non mi scagionerà da una decisione impulsiva, ma credo che Alec capirà. Deve capire. E poi sono passati anni e ora siamo persone adulte, mi dico cercando di autoconvincermi.

Quando arrivo davanti al grande portone, accanto al quale c'è la scritta STUDIO CONSOCIATO AVVOCATI PETIT & BERTRAND, mi fermo un momento per sistemare il soprabito e i capelli. Come se il mio aspetto fisico, in questo momento, fosse importante. Ma se non puoi esercitare il tuo controllo sulle grandi cose allora cerchi di farlo su quelle piccole. È una cosa in qualche modo rassicurante. Un uomo mi urta alle spalle mentre sto qui imbambolata con il dito vicino al citofono.

«Oh, mi scusi!» dice senza girarsi, aprendo il portone ed entrando. Non si volta, ma io resto pietrificata a guardare le sue spalle larghe e la sua nuca scura, tremando dalla testa ai piedi. Non è Alec, realizzo dopo poco, ma mi fa riflettere: come ho potuto pensare che venire qui, dopo tutti questi anni, potesse essere una scelta sensata, se solo l'idea di averlo visto di spalle mi fa questo effetto? Indietreggio e comincio a camminare lungo il marciapiedi. Sono le tre del pomeriggio, i negozi stanno alzando ora le saracinesche per la seconda parte della giornata, il traffico per strada torna a essere sostenuto e io lascio che il brusio cittadino mi accolga come quando sono arrivata qui anni fa. Mi immergo in questi rumori per non pensare. C'è un minuscolo café qui vicino, con le porte azzurro mare, e decido di entrare per raccogliere i pensieri e calmarmi un momento, prima di ritentare il mio rendez-vous con il passato. Bevo un cappuccino e prendo tempo. Ma non fuggo, perché ho smesso di fuggire come quando ero una ragazzina impaurita. «*Tu sì foort com nu aur d'auè, picciuedd!*» diceva sempre la nonna quando voleva tirarmi su il morale e incitarmi. Sei forte come un albero di olive, piccolina! E poi mi guardava con il suo sguardo metà arrabbiato metà risoluto. Mi manca quello sguardo. Ho superato tante cose nella mia vita, distacchi che la maggior parte delle persone non affronta mai. Ferite che ho saputo ricucire per andare avanti. Sono forte. Quando sto per tornare allo studio di Alec mi suona il cellulare.

«Ciao, Antoine!» dico con un sorriso. Antoine è un porto sicuro nella mia vita, lo è stato fin da subito. Più grande di me di qualche anno, è un uomo saldo e razionale.

«Elisabetta, ciao. Valérie mi ha detto che sei uscita per un impegno urgente, è tutto a posto?» si informa.

«Sì, tutto bene. Io...» Prendo tempo per dirgli dove mi trovo. «Ho saputo che Alec lavora a Le Marais. Sono vicina al suo ufficio, sto andando a parlargli.» Antoine resta in silenzio. Abbiamo discusso tante volte del mio passato e mi ha sempre incoraggiata ad andare avanti.

«Vuoi che ti raggiunga?» mi chiede dopo un po'.

«No, è tutto a posto. Davvero» lo rassicuro.

«Come vuoi, ma se hai bisogno di me, ci sono.»

«Lo so» sorrido. Antoine c'è sempre. Lo saluto, torno davanti al portone dello studio di Alec e suono il citofono.

Il portone si apre in automatico e avanzo a passo sicuro. Sono forte, posso farcela, mi ripeto per convincermi. La porta d'ingresso dello studio si spalanca con uno scatto ed entro guardandomi attorno. Si respira odore di carta, non di quella che sento quando mi attardo in libreria, ma quella consumata, vissuta, maneggiata. Una signorina davanti a me, seduta dietro una grande scrivania in legno scuro, mi sorride mentre parla al telefono e mi fa cenno di sedermi alla sua sinistra, dove ci sono due poltroncine. Lo faccio e mi guardo attorno. Tutto è scuro, sui toni del legno, pareti, librerie piene di antichi volumi, persino il soffitto a cassettoni. È un quartiere che trasuda antichità e l'ufficio non è da meno.

«Buongiorno, madame. Ha un appuntamento?» chiede la ragazza con tono sicuro.

«No, ma vorrei vedere Alec Reed» le rispondo. «L'avvocato Reed» preciso alzandomi e avvicinandomi.

«Oh... sa, qui riceviamo solo su appuntamento. Vedrò cosa posso fare. Chi devo annunciare?» mi chiede.

«Elisabetta Ventura» replico. «Lui sa chi sono.»

La ragazza prende la cornetta e compone l'interno. «Avvocato, scusi se la disturbo.» Ridacchia, come se lui avesse fatto una battuta. «Qui c'è la signora Elisabetta Ventura. Non ha un appuntamento, ma vorrebbe vederla...» Mi sporgo appena verso la giovane, in attesa di un suono proveniente dall'altra parte del suo apparecchio, ma non sento nulla.

«Avvocato?» ripete la receptionist. Trattengo il respiro quando lo sento parlare senza capire cosa dice. «Sì, certo. Sì... okay» risponde impacciata la segretaria, che riappoggia la cornetta e mi guarda con aria interrogativa. Per un momento penso che voglia farmi una domanda, poi però torna a indossare la sua maschera di professionalità e gentilezza. «L'avvocato Reed non può riceverla, mi spiace.»

Immagino che la vera risposta sia che non *voglia* ricevermi. «Posso prendere un appuntamento per domani, allora?» chiedo.

La ragazza si guarda intorno un po' spaesata, come a voler cercare aiuto, poi torna a guardare me. «No...»

«No?» chiedo prima che possa argomentare.

«L'avvocato Reed mi ha detto che non intende riceverla né ora né mai» risponde in visibile imbarazzo. Sono talmente tesa che questa risposta, eccessiva persino per Alec, mi scuote. Scoppio a ridere e poi poso una mano sulle labbra quando vedo l'espressione preoccupata della receptionist.

«Oh, scusi! È che dava sempre a me della melodrammatica, quando eravamo ragazzi! Vedo che i ruoli si sono invertiti» sorrido. Alec è a una porta di distanza da me, sono agitata, nervosa, mi ha appena rifiutata, eppure… eppure sorrido perché la sua sola presenza mi dà gioia, esattamente come accadeva quando eravamo piccoli. La cosa mi destabilizza un po', quindi tossisco e cerco di ricompormi.

«Mi spiace» dice lei in imbarazzo.

«Non si preoccupi, lo avevo messo in conto. Per favore, gli dia questo da parte mia.» Estraggo un bigliettino dalla borsa e glielo porgo. È il mio biglietto da visita e dietro ho scritto due righe, mentre ero al bar, ipotizzando il rifiuto di Alec di vedermi. Lei lo prende senza leggerlo e annuisce.

Ci salutiamo ed esco dall'ufficio, scendendo lentamente le scale di pietra liscia. Mi aggrappo al corrimano perché sono tesa più per il mancato incontro con Alec che per la scivolosità di questo pavimento. Quando sono per strada, fuori dal grande portone in legno, prendo un grosso respiro e compongo il numero di Antoine, chiamarlo mi farà tornare un po' più serena. Ma prima che lui possa rispondere una voce tuona alle mie spalle.

«Che diavolo significa?»

Mi prendo un momento prima di voltarmi, chiudo gli occhi e raccolgo i pensieri, cercando di cacciare le mie paure. Non sono più la ragazzina terrorizzata che ha preso un treno nel cuore della notte, sono una donna ormai, forte e matura. Mi giro e incrocio i suoi occhi verdi. Una volta, quando eravamo poco più che bambini, pensavo che gli occhi di Alec Reed cambiassero colore in base al cielo o ai riflessi del mare, quando vi si specchiava. Ora so che cambiano sfumatura per le sue emozioni, perché in questo momento sono dello stesso colore delle tempeste da cui fuggivamo quando le vedevamo arrivare in lontananza.

«Ciao, Alec» lo saluto con il cuore in gola.

4

«Che diavolo significa?» ripete, agitando il biglietto che avevo consegnato alla sua segretaria. È cambiato in questi anni, i tratti del suo viso sono diventati più spigolosi, i capelli scuri perfettamente pettinati e corti, indossa gli occhiali, che gli danno un'aria intellettuale e seria. È bellissimo.

«Quello che c'è scritto» rispondo. Poi aggiungo: «Mi sei mancato, Alec».

So che non ho il diritto di dirlo, ma è la verità e lo capisco solo ora, guardandolo. Lo vedo abbassare la mano e accartocciare il cartoncino, mentre il suo volto rimane impassibile. Penserei che sia indifferente alla mia visita, se non notassi il suo respiro corto, come il mio del resto.

«Possiamo parlare?» chiedo.

«Cosa vuoi.» Non c'è tono interrogativo nella sua voce, solo un accenno di disprezzo che colgo e che mi ferisce in modo sottile.

«Parlarti» mi ostino a ripetere. *E possibilmente non per strada, non così.*

«Sono passati tre anni, Elisabetta.» Alec Reed pronuncia il mio nome per intero. Nonostante io odiassi il mio soprannome quando eravamo ragazzini, la formalità con cui mi chiama mi stordisce. Ora usa il mio nome di battesimo come fosse un muro composto da cinque, lunghe, sillabe.

E

Li

Sa

Bet

Ta

Un muro alto e invalicabile.

«Mi dispiace» gli dico, perché so che prima di iniziare qualunque conversazione gli devo delle scuse, anche se due parole non potranno mai minimamente raffigurare quanto io sia dispiaciuta per la mia fuga improvvisa e per averlo lasciato in quel modo.

«Ti dispiace?» Ride, guardandosi attorno. Poi i suoi occhi tornano su di me e mi inchiodano. «Ti dispiace, dici...» Sbuffa e si gira. Non mi sfugge che non butti via il mio bigliettino nel cestino che c'è accanto al portone, ma se lo infili in tasca.

«Il marchesino non ha paura di niente» cito la frase scritta in quel biglietto, la stessa che gli diceva sempre la nonna e che lui indossava con orgoglio. L'unica frase che poteva far aprire quella porta che ci divideva. Grazie, nonna. «Te lo diceva sempre la nonna, ricordi?»

gli chiedo facendo un passo verso di lui. E lo so che sto entrando nella sua vita come un uragano, dopo tre anni di distanza, senza una spiegazione e senza giri di parole, come se volessi riallacciare quello che forse ormai è perso. Ma so anche che questo è l'unico modo. Per certe porte non ci sono chiavi.

Alec si gira, gli occhi inferociti puntati nei miei.

«Non so neppure spiegarti quanto io mi senta arrabbiato e frustrato in questo momento!» Non urla, non l'ho mai sentito urlare, ma il suo tono tagliente mi turba.

«Penso di poterlo immaginare, Alec.» Mi sporgo verso di lui, ma si ritrae.

«No, non puoi» dice e io mi stringo nella mia giacca anche se è settembre e non fa freddo. «Fuggi, da un momento all'altro senza una minima spiegazione, e ti ripresenti qui, dopo tre anni, come se niente fosse...» riassume con rabbia.

«Avevo i miei motivi per andarmene» ribatto secca. Non intendo dargli spiegazioni, non posso, l'idea di dirgli la verità mi atterrisce così tanto che ho la nausea. E comunque non posso farlo ora, così, in mezzo alla strada.

«Motivi che non hai ritenuto di dover condividere con me.» Si raddrizza e passa la mano tra i capelli.

«No, infatti» replico.

Alec sospira e serra la mascella. Credo stia cercando di non dare di matto o esplodere, mi diceva che spesso gli facevo questo effetto... forse non tutto è cambiato.

«Cosa vuoi, Elisabetta?» E capisco che per lui non sono più la piccola Bessy sempre incollata al suo fianco. Né la piccoletta che gli gravitava attorno e che lui amava. Non lo sono più, in effetti.

«Ho bisogno della chiave del nostro scrigno» gli dico seria. Sto cercando di mostrarmi distaccata e imperturbabile, ma non è così.

«Cosa?» chiede visibilmente disorientato.

«La chiave del nostro scrigno. Ce l'hai ancora, è vero?»

Alec non risponde, ma resta a fissarmi come se volesse risolvere un rebus.

«Perché?» replica, e di fatto non risponde alla mia domanda.

«Devo aprirlo. C'è una cosa all'interno...»

«La lettera di tua madre» corruga le sopracciglia e io annuisco.

«Tuo padre mi ha chiesto di quella lettera, quando sei scappata. E poi mi ha detto che era quello il motivo della tua fuga. È così?» chiede, la voce tesa.

«Sì.»

«Ho la chiave» ammette e io tiro un sospiro di sollievo, perché l'idea di rompere il nostro scrigno per aprirlo mi era insopportabile.

«Allora, potresti darmela?» chiedo.

«No.»

Alec mi ha sempre ricordato il mare. Mare d'estate, quando non c'è un filo di vento, le barchette restano sospese su un manto d'olio scuro e pesante. Mare d'inverno, con onde alte, che si infrangono arrabbiate contro gli scogli affilati. Lui era entrambi, a seconda delle circostanze. Facile immaginare cos'è in questo momento.

«Alec, davvero... ne ho bisogno» argomento. Ma mi rendo conto che siamo qui, uno di fronte all'altra, su un marciapiedi, a parlare di una chiave, dopo tre anni di silenzio. Sono una stupida. «Ascolta, ricominciamo dall'inizio... Posso parlarti con calma?» chiedo.

Alec mi guarda per un lungo momento, si sistema gli occhiali sul naso e poi finalmente risponde. «So dove trovarti, l'ho sempre saputo. Quando sarò pronto, verrò io da te.»

«Cosa? Tu... già sapevi che eravamo nella stessa città?» chiedo stupita.

Alec sorride per la prima volta da quando lo vedo, ma non è lo stesso sorriso di un tempo. Non è dolce, non è spensierato o giocoso. È un sorriso strano, se avesse un sapore so che sarebbe amarognolo come la cicoria che la nonna ci obbligava a mangiare perché ci faceva bene.

«Pensi io non abbia chiesto alla tua famiglia dov'eri? Che non abbia cercato, da solo, di capire?» Il sorriso non abbandona il suo volto, sebbene io spero lo faccia. Deglutisco tesa e scuoto la testa.

«Hai letto la lettera, Alec?» domando con un filo di voce.

Alec resta a fissarmi e il suo sguardo passa da dubbioso ad arrabbiato in pochi istanti.

«Non lo avrei mai fatto, lo sai. O almeno, l'Elisabetta che pensavo di conoscere lo sapeva.»

«Sono sempre la stessa persona.» Ma mentre lo dico so che è una gigantesca bugia. Non sono più la piccola dolce Bettina della nonna o la Betta di papà o la Bessy di Alec. Sono un insieme scomposto e disordinato di queste Elisabetta che tentano di venire a galla ed emergere dal caos del mio passato.

«Lo sei?» chiede Alec leggendo la risposta sul mio viso.

«Se sapevi dov'ero, perché non mi hai mai chiamata o non sei venuto da me?» ribatto istintivamente, senza di fatto rispondere alla sua domanda. Me ne pento subito, quando vedo la tempesta nei suoi occhi trasformarsi in uragano e il sorriso lasciare il posto a un'espressione così ferita e al tempo stesso così feroce che mi sento lacerata.

Alec fa un passo veloce verso di me e quando è a pochi centimetri dal mio viso mormora: «Non puoi trovare una persona che non vuole essere trovata, Elisabetta». Sembra gustare il mio nome sulle sue labbra quando lo dice, mentre io rabbrividisco. Alec ha capito. Mi sono persa e non volevo essere trovata. Non fino a ora. Ma adesso avrà la forza di perdonarmi e cercarmi davvero? Il suo profumo, fresco e virile, mi avvolge e per un piccolo, brevissimo, istante mi sembra che siamo tornati a Giovinazzo, sotto Excalibur, a guardare insieme le foglie che cadono sulle nostre teste. Le mani intrecciate e i cuori che battono allo stesso ritmo. Ma non siamo più quei ragazzini spensierati.

Alec si gira e si incammina verso il suo ufficio.

«Alec...» sussurro a voce così bassa che penso non mi abbia sentito. Ma si ferma, le mani nelle tasche dei suoi pantaloni scuri e la testa china. Non dice nulla, in attesa che io parli. Alec, perdonami! Alec, ho bisogno di te, della sicurezza che sapeva infondermi la tua amicizia. Alec, vorrei poter riavvolgere il maledetto nastro delle nostre vite fino a quel pomeriggio, non essere mai entrata nella camera di mia madre, non aver mai ascoltato le parole di mio padre, non aver mai preso quella decisione. Non essermi persa nelle mie paure. «Ti aspetto» gli dico invece. Non risponde, oltrepassa il portone e io resto lì fuori, immobile, a guardare il legno scuro, ferma come il tronco di Excalibur quando soffiava il maestrale e noi correvamo via, mano nella mano, a ripararci dalla pioggia sotto il portico di Villa Fiorita. Ma eravamo insieme, allora.

Trascorrono due settimane, e più i giorni si rincorrono più temo che Alec non mi cercherà mai. Non lo biasimo, chissà, forse io stessa avrei reagito allo stesso modo, troppo ferita per poter dare nuovamente credito a una persona nella quale riponevo fiducia ma che mi ha tradita senza spiegazioni. Comprendo davvero il suo punto di vista ma, d'altra parte, spero che Alec si dimostri, come sempre è stato, più assennato di me. Non riesco ancora a decidermi a partire comunque e ad aprire lo scrigno rompendone il lucchetto. Voglio ancora aspettare, del resto lui mi ha attesa per tre anni, ora tocca a me avere pazienza. Nella speranza che Alec elabori il mio ritorno, mi dedico al lavoro in modo incessante.

In questi anni il lavoro è stato la mia ancora di salvezza. Quando sono arrivata a Parigi, senza meta o appoggi, la prima cosa che ho fatto è stata chiamare il signor Nicola e dirgli che era arrivato il momento di aprire una succursale dei nostri prodotti all'estero, come sognavamo di fare da tempo, e che me ne sarei occupata personalmente. Allora alloggiavo in un convento, il signor Nicola conosceva una suora che con me era stata ospitale e materna. Papà sapeva dov'ero, ma non avevamo mai parlato, entrambi feriti dal nostro distacco. Dopo un anno avevo affittato un alloggio in periferia e ripreso gli studi di Agraria all'università. Vivere da sola mi sembrava così strano all'inizio! Ero sempre stata circondata da persone, a casa: Cecco, mamma e papà, la nonna, il signor Nicola e la sua chiassosa famiglia, Alec e i suoi genitori. E poi i contadini, gli operai, c'era sempre gente che girava per casa, soprattutto prima della morte della mamma. Eppure, quella solitudine dei primi tempi era stata un balsamo per la mia anima ferita, qualcosa cui anelavo per ricomporre i pensieri, lontana dai rumori. È stato così che ho ripreso in mano il manoscritto incompiuto di papà e l'ho letto. Parlava di un uomo che aveva perso la sua famiglia e si era messo a navigare alla ricerca di se stesso. Lo avevo preso da casa, quella notte, attirata dal titolo: *Il mio viaggio*. Era abbastanza in sintonia con i miei intenti. In fondo, avevo pensato quando avevo letto il romanzo, quest'uomo non era poi così diverso da papà e, forse, anche da me. Anche lui aveva abbandonato la sua famiglia e viaggiava in luoghi oscuri da cui, però, non riusciva ancora a fare ritorno. Non so se stesse cercando se stesso in quei luoghi, ma sapevo che si era smarrito e, leggendo quelle cento o poco più pagine, compresi anche che avrebbe voluto tornare, solo che ormai non sapeva più *come*. La barca che aveva cavalcato onde feroci era ormai piena di buchi e si trovava in mezzo a un mare profondo così lontano dalla terraferma che non aveva la minima idea di come fare a tornare a casa. Perché quello che voleva, mi era chiaro, era proprio tornare a casa. Ho provato molta pena per lui e ho capito che mio padre era un uomo ferito che stava solo cercando di ritrovare se stesso. Non ci era ancora riuscito e, nel tentativo di farlo, si era perso così profondamente da allontanare tutti e creare una voragine scura attorno a sé. Una voragine che risucchiava ogni cosa. È così che è nato Alexander Redopolis, giovane archeologo greco, che aveva lasciato i suoi genitori dopo la morte della sua allegra sorellina per imbarcarsi in avventure che lo avrebbero portato alla scoperta di grandi tesori. Anche Alexander si era perso, nel suo viaggio, annientato dal dolore della perdita, ma poi aveva trovato quello che cercava e sempre, alla fine di ogni peripezia, rientrava a casa per ritrovare le forze per la prossima avventura.

Ho conservato le prime cento pagine di papà con qualche variazione, certamente il lieto fine era una cosa che lui non aveva contemplato. Alexander sapeva che casa è dove hai le radici e mai avrebbe voltato le spalle a chi amava e alla sua terra. Amavo il mio personaggio, perché era quello che avrei voluto essere io stessa. Salda e così forte da non temere il vento avverso. Da non temere il passato. Ho inviato il romanzo all'agente di papà che è riuscita a farlo pubblicare da un editore. Dopo un mese il romanzo aveva scalato le classifiche e poi era stato tradotto in Europa. Non ho mai detto a mio padre che avevo preso il suo manoscritto incompiuto, né so se lui abbia mai letto il mio romanzo e se se ne sia accorto. Per me quel romanzo è stato un nuovo inizio. Tra la scrittura e la mia azienda con sede distaccata a Parigi coltivavo con tenacia la mia indipendenza. Era tutto quello di cui avevo bisogno.

Osservo il calendario che ho sulla scrivania e lo sguardo si focalizza sulle date cancellate. Ho spostato il matrimonio due volte per motivi di lavoro, non certo per questo conto aperto con il mio passato. Antoine non c'entra nulla con il mio passato, mi dico. Come evocato, lo vedo far capolino nel mio studio, dopo un breve tocco alla porta. Entra e sorride, rilassato. Antoine è senza dubbio la persona più rilassata e in pace con il mondo che io conosca, forse è proprio questo che mi ha subito attratta in lui. Ha una stabilità e una pace interiore contagiose.

«Ciao, tesoro.» Si avvicina e mi scocca un delicato bacio sulle labbra.

«Ciao, che ci fai qui?» gli chiedo mentre lui si accomoda sulla poltroncina dinanzi a me. Indossa un paio di jeans e una camicia azzurra. Si passa la mano tra i capelli chiari e mi scruta.

«Davvero non lo ricordi?» domanda in attesa di una risposta. Faccio cadere l'occhio sull'agenda che ho davanti in cerca di un indizio e lo sento sospirare.

«Elisabetta...»

«La torta! Oggi dobbiamo scegliere la torta!» Mi alzo di scatto e chiudo velocemente tutto quello che ho sulla scrivania. «Se faccio tardi tua mamma si offenderà...» aggiungo.

«Mia madre è abituata ai tuoi ritardi, non ti preoccupare» sostiene lui accavallando le gambe e scrutandomi, ma di fatto restando immobile.

«Allora, andiamo?» chiedo, prendendo la borsa e la giacca.

«No, aspetta. Vorrei parlarti» replica con tono serio e composto. Alcuni pensano che sia freddo e distaccato, io so che non è così. Ha solo il pieno controllo della sua vita, è una persona razionale e forte.

«Oh... okay.» Mi siedo di nuovo alla scrivania. Immagino ci siano problemi con il fioraio o forse con la chiesa... abbiamo posticipato la data, ogni incastro perfetto è andato a rotoli da un po', ora stiamo cercando di riorganizzare tutto con cura.

«Elisabetta, vuoi davvero sposarmi?» chiede sporgendosi verso me. Resto imbambolata per alcuni istanti, sorpresa dalla sua domanda.

«Certo, Antoine! Perché questo dubbio? Non capisco...»

«Dovresti, invece. Hai spostato il matrimonio già due volte e i miei cominciano a farmi domande in merito. Inoltre, da quando hai visto quel tuo amico d'infanzia sei sempre tesa, nervosa...» Mi osserva cercando segni e risposte sul mio viso. «Non dormiamo insieme da quel giorno» aggiunge, come se le cose fossero in qualche modo correlate.

«Mi hai spinta tu a cercarlo e risolvere il mio passato!» ribatto risentita. «E sai che sono molto impegnata in questo periodo, sta per arrivare il carico dell'olio nuovo e deve filare tutto liscio. La distribuzione è una cosa complicata...»

Antoine resta a guardarmi senza parlare. Odio quando fa così, ho come l'impressione che mi stia scannerizzando l'anima per trarre delle conclusioni a mia insaputa. Penso che sia così bravo nel suo lavoro – fa l'agente di commercio nel settore immobiliare – perché comprende davvero le persone con un solo sguardo. Quando fa così mi ricorda esattamente la distanza di anni che c'è tra noi. A volte mi sento piccola e immatura accanto a lui.

«Elisabetta, non c'è spazio per le bugie tra di noi. È quello su cui è basato il nostro rapporto» mi ricorda socchiudendo appena gli occhi castani.

«Ma certo, e tu sai che io non dico bugie! Non capisco dove tu voglia andare a parare, Antoine!» Mi alzo sbuffando e comincio a camminare lungo il mio ufficio. I miei tacchi rimbombano in questo assurdo silenzio, mentre il mio cuore batte in maniera regolare da quella notte. *Tum, tum. Tum, tum.* Non ci sono variazioni da quando sono scappata di casa, nessuna emozione che possa turbarmi. Ho tutto sotto controllo e questo traguardo mi è costato molto. Ho seguito l'insegnamento della nonna e ora le mie porte le apro tutte con la giusta chiave e non a spallate. Tranne qualche settimana fa con Alec. O con mio padre al telefono. Devo ancora imparare a gestire questo passato ingombrante. Valérie mi dice che ho del tutto frainteso quello che nonna voleva io imparassi, ma io sono convinta che lei voleva che io non soffrissi. Be', ci sto lavorando.

«Io penso che tu stia mentendo inconsapevolmente a te stessa, Elisabetta» risponde Antoine alzandosi e mettendosi davanti a me. Posa le mani sulle mie spalle in attesa di una mia reazione. I silenzi di Antoine ti donano il tempo per riflettere, ma a volte li trovo un po' snervanti.

«Non sto mentendo a nessuno, tanto meno a me stessa» ribatto secca.

Antoine si scosta e torna a sedersi.

«Ora vado, altrimenti davvero tua mamma si offenderà...» gli dico riprendendo la mia borsetta con l'intento di chiudere questa conversazione.

«Non si offenderà perché l'appuntamento per la scelta della torta era ieri, Elisabetta» dichiara incrociando le mani e guardandomi in attesa di una mia reazione.

«Cosa? No, non è possibile...» Torno alla scrivania e sfoglio la mia agenda e...

«Oh, cavolo, Antoine! Mi spiace così tanto! Ho

confuso i giorni… oggi abbiamo il fotografo!» mi giustifico in imbarazzo.

«Sì, e tu non confondi mai i giorni» sottolinea lui.

«Abbiamo un problema con La Maison de Paris e quel carico di vino di cui ti parlavo… sono un po' presa per questo.» Mi siedo e ricontrollo la mia agenda sperando di non aver dimenticato altro.

«Ci prendiamo una pausa, Elisabetta» dice Antoine guardandomi. Sollevo la testa per osservarlo.

«Okay, un viaggetto… sì, ci vuole, qualcosa di rilassante però!» Sospiro e mi passo la mano sul volto. «Non come l'ultima volta, quando mi hai portata in escursione per una settimana intera, eh?» sdrammatizzo, mentre lui ha di nuovo le gambe accavallate e le mani giunte come quando pensa. Immagino sia la stessa posa che assume quando sta per chiudere un contratto.

«Non hai capito, tesoro» risponde fissandomi in attesa che io evidentemente capisca. Poi aggiunge: «Mettiamo in pausa il nostro fidanzamento, Elisabetta».

«Cosa? Perché? È per Alec? È solo un amico d'infanzia a cui ho chiesto un favore… hai frainteso, Antoine!» rispondo sulla difensiva e capisco di aver appena commesso un grosso errore. Antoine sospira e si alza, le mani in tasca come se stessimo discutendo di dove andare a cena questa sera.

«Penso che abbiamo bisogno entrambi di ripensare al nostro rapporto, Elisabetta, con obiettività. Ne riparleremo tra qualche settimana. Nel frattempo ti consiglio di riflettere su cosa vuoi dalla tua vita» mi dice.

«Cosa voglio dalla mia vita? Io lo so cosa voglio dalla mia vita: continuare con questo lavoro, espanderci al mercato spagnolo entro fine anno, laurearmi, acquistare la casa che ho visto a Montmartre, quella con il giardino sul retro e i clematis in facciata che mi ricordano un po' la mia infanzia, simili alle buganvillee ma resistenti a queste temperature in inverno, fare un corso di cucina per imparare a cucinare qualcosa di almeno lontanamente decente, sposarmi!» ribatto piccata.

Antoine sorride e si avvicina. Mi accarezza lievemente il viso e io inclino la testa al suo tocco familiare. «Vedi, Elisabetta? Sposarti è all'ultimo posto della tua lista mentale... io non voglio essere all'ultimo posto nella tua vita» risponde. Per un momento i suoi occhi si velano e io sento il suo dolore scorrere da lui a me, come una scarica elettrica.

«Non volevo metterti all'ultimo posto, lo sai!» Mi aggrappo al suo braccio, stringendolo.

«Lo so?» chiede retorico. «Forse è proprio questo il punto: no, non lo so.» Poi si sporge e mi bacia con delicatezza. «Ci serve una pausa» sussurra sulle mie labbra. Si allontana in silenzio ed esce, mentre io resto al centro del mio ufficio, immobile, a pensare a una cosa: non permetterò al mio passato di distruggermi. Qualunque cosa accada, io manterrò il controllo.

«Elisabetta!» Valérie entra trafelata nel mio ufficio, il sorriso stampato sul viso e i capelli scarmigliati. «Stai bene?» chiede vedendomi. Annuisco, incapace di formulare una risposta, poi inspiro e torno padrona delle mie emozioni.

«Cosa c'è di così importante da entrare senza bussare, Valérie?» le chiedo posando la borsa e tornando alla mia scrivania.

In tutta risposta, invece che scusarsi, la mia assistente si guarda alle spalle e poi sussurra: «Alec Reed è qui!». Porto una mano al cuore istintivamente.

Tumtumtumtumtumtumtum! Per la prima volta, dopo anni, sento il mio cuore battere incontrollato.

5

«Fallo entrare» le dico sistemandomi la gonna e la camicetta, come se davvero ce ne fosse bisogno. «No, aspetta!» aggiungo a disagio.

Valérie mi guarda sorridendo. «Lo faccio entrare o aspetto? Sei stranamente contraddittoria, sai?» ironizza.

Prendo un bel respiro e chiudo gli occhi. «Non mostrare la tua paura a nessuno, uomini o animali che siano, perché tutti ne approfitteranno e di te non resterà più nulla, dopo» mi diceva sempre la nonna. Sono certa che Alec non ne approfitterebbe mai. Sono passati tre anni di silenzio, ma conosco i battiti segreti del suo cuore e so che è una persona buona. Ma di me non resterà comunque nulla, se mi mostrerò debole. Forse ha ragione Valérie quando mi dice che ho preso i consigli saggi di nonna e li ho mutati secondo il mio modo di vedere e vivere. Non so se sia un bene, ma so che questo modo di vivere mi preserva da ferite e sofferenze e mi ha salvata dalla caduta quando ero sull'orlo del precipizio.

«Elisabetta?» mi sollecita Valérie, mentre io sono ancora qui, in mezzo alla stanza, a occhi chiusi, a riflettere su come proteggermi dal mondo e da tutti quelli che amo. Perché la verità è che anche chi ti ama ti ferisce, in un modo o nell'altro. Questo, purtroppo, è il più grande lascito di mia madre. E con questo devo scendere a patti perché, se in qualche modo riuscirò a perdonare mio padre e a capirlo, non riesco ancora a comprendere mia madre e ho bisogno di risposte. Alec è la mia chiave.

«Fallo accomodare» rispondo a Valérie con tono calmo, rientrando finalmente in possesso delle mie facoltà mentali. Non so cosa mi sia successo prima, ma devo restare salda e forte. Mi siedo alla scrivania e sistemo la mia agenda, depennando l'appuntamento della torta e del fotografo. Parlerò con Antoine il prima possibile, devo sistemare questa cosa prima che degeneri.

«Buongiorno, Elisabetta.» Alec avanza a passo sicuro, seguito a breve distanza dalla mia assistente. Poi, non invitato, si siede sulla poltroncina di fronte alla mia e posa la sua valigetta sulla sedia accanto.

«Buongiorno, Alec.» Se vuole lasciare il nostro rapporto nella pura formalità a me sta bene, anzi devo ammettere che trovo la cosa in qualche modo confortante. «Grazie per essere venuto» aggiungo gentile.

«Aspetta a ringraziare» risponde lui inchiodandomi con i suoi occhi verdissimi. Vedo Valérie defilarsi e farmi un cenno di incoraggiamento con la testa mentre esce.

«Okay, immagino che la nostra conversazione inizierà con una serie di recriminazioni, rimproveri, arrabbiature. Lo capisco» gli dico, ragionevole. In fondo mi merito tutto ciò, ne sono consapevole, quindi lascerò che si arrabbi, che si sfoghi e che mi faccia le sue domande. Gli darò le risposte che cerca e poi lui mi darà la chiave dello scrigno e andremo avanti. Ognuno per conto suo. Non si torna indietro una volta che imbocchi certe strade.

Alec scoppia a ridere e io lo fisso incredula. «Che c'è da ridere?» chiedo.

«Sei rimasta sempre teatrale ed esagerata» risponde scuotendo la testa. Eppure la sua risata è così diversa da quella che ricordavo e che aveva il potere di scaldarmi il cuore. In fin dei conti, forse, in questi anni non sono cambiata solo io. Evito di rispondere a questa evidente provocazione e aspetto le sue domande. Che non arrivano. Alec resta seduto a guardarmi con un mezzo sorriso sul viso che mi mette a disagio.

«Va bene, Alec. Vuoi chiedermi qualcosa?»

«Sì, ovviamente. Ma non ora» risponde guardandosi attorno nel mio ufficio, come se avesse tutto il tempo del mondo. «Tu vuoi chiedermi qualcosa?» aggiunge tornando a inchiodarmi con i suoi occhi. Perché sei a Parigi? Cosa hai fatto in questi anni? Come stai? Ti sono mancata? Chiudo a chiave queste domande nella mia mente.

«Io... be', sì... certo...» balbetto. Perché diavolo sto balbettando? Io non balbetto.

«Prego, allora.» Fa un breve cenno con la mano per incitarmi a parlare. «Non essere timida.»

«Non sono timida...» Non più almeno. Non sono più la piccola Bessy che aveva paura di tutto, eppure qui, con lui, è esattamente così che mi sento, e questa cosa mi fa infuriare. «Hai portato la chiave, Alec?» Mi ero ripromessa di non chiederglielo subito, di lasciare che parlasse lui, ma sento l'aria del mio ufficio rarefarsi attorno a me e voglio solo che questo strano incontro termini il prima possibile.

«Quindi è questo il punto. Ti do la chiave e... poi?» chiede inclinando la testa.

«Andrò a Giovinazzo e aprirò lo scrigno» rispondo subito.

«Il *nostro* scrigno» sottolinea lui.

«Sì, il nostro scrigno, Alec. È ancora lì, vero?» Per un momento temo lo abbia già aperto o spostato o, peggio ancora, distrutto lo scorso agosto, quando non mi sono presentata al nostro appuntamento. Stento ancora a credere che si sia presentato lui, dopo anni di silenzio. Stento ancora a credere che sia *qui*, davanti a me.

«Certo che è ancora lì» risponde stizzito. Alec è così diverso da Antoine, penso. È una specie di canzone rock sparata a tutto volume, di quelle che ti spiazzano e ti stordiscono, mentre Antoine è musica classica, lieve e misurata.

«Allora, mi daresti la chiave?» Allungo la mano in attesa.

«Sì, ti darò la chiave, Elisabetta. Ma non oggi» dice

fissandomi. Alec ha sempre avuto questo modo di fissarmi che mi metteva a disagio. Come se volesse leggermi dentro quando io stessa non ci riuscivo. Era snervante quando ero una ragazzina, è snervante ora.

«Non oggi. Va bene, quando allora?» Sbuffo ritraendo la mano e cominciando a perdere la pazienza. Questo incontro non è come me lo ero aspettato. Nemmeno un po'. Pensavo di incontrare un ragazzino remissivo che mi amava sopra ogni cosa e trovo un uomo distaccato che sembra provare solo disprezzo per me.

«A Giovinazzo. Ti darò la tua maledetta chiave quando saremo a Giovinazzo» annuncia alzandosi. Mi alzo anche io.

«Cosa? Che significa "quando saremo a Giovinazzo"? Perché questo plurale?» protesto, con il cuore che riprende a battere furiosamente.

Alec si ferma e mi guarda. Poi sorride: «Non l'hai capito, piccoletta? Faremo questo viaggio dei ricordi insieme». Si volta di nuovo, ma lo fermo, una mano che blocca il suo braccio. Sento immediatamente che si irrigidisce al mio tocco e mi stacco, indietreggiando d'istinto. Resta fermo, di spalle, ma sento il suo respiro veloce, come il mio.

«Perché? Perché mi fai questo? Vuoi punirmi, Alec?» sussurro.

«Punirti...» Sbuffa voltandosi ed esibendo un sorriso sprezzante che mi ferisce. «Dio solo sa quanto vorrei punirti, Elisabetta.» E i suoi occhi... oh, i suoi occhi! Ho visto dal vivo lo Spartaco dello scultore Vincenzo

Vela, lo scorso anno, in un breve soggiorno di lavoro in Svizzera. Travolgente violenza sotto un'apparente patina di immobilismo, questo mi ricorda Alec in questo momento. «Ma no, non è per questo che torneremo insieme a casa» aggiunge ricomponendosi e raddrizzandosi. Casa. È casa per me Villa Fiorita?, mi domando in un attimo di lucidità. Non lo so.

«Perché, allora? Non capisco, Alec! Dammi quella maledetta chiave e basta» gli dico nervosa. So di non avere alcun diritto di replica, che dovrei lasciare che si sfoghi, ma... sono passati tre anni e noi eravamo solo dei ragazzini, forse è il caso di riportare questa situazione sotto una luce più razionale! Siamo adulti ora, non possiamo farci risucchiare da questa storia! E non posso permettermi alcun coinvolgimento emotivo, non dopo quello che ho saputo quel giorno, nella camera di mia madre, con un portagioie rotto tra le mani e il cuore che si sfilacciava a ogni parola di mio padre.

«Non ti sembra una coincidenza che i genitori del tuo ragazzo americano vivessero proprio là e poi si siano trasferiti qui? Qui, proprio accanto a noi. Che caso, non ti pare? E che lui, mister Reed sia così... paterno con te? Te ne sei accorta?» Le parole di papà vorticano nella mia memoria togliendomi la facoltà di pensare.

«Avrai la tua maledetta chiave, Elisabetta» riprende freddo Alec, riportando i miei pensieri al presente. Resta in silenzio e poi aggiunge con un tono fintamente dolce: «"Devi fidarti di me, Alec. Fallo per me"». E poi, tagliente: «Sono le ultime parole che mi hai detto, Elisabetta. Le ricordi?». E sento l'accusa di averlo tradito, nella sua voce. L'ho fatto, gli ho chiesto di fidarsi di me e sono scappata. Non rispondo, resto a guardarlo cercando qualcosa da dirgli, delle scuse che possano servire, ma so che nulla di ciò che dirò attenuerà il suo essersi sentito tradito. Ingoio il groppo di dolore che sento in gola trattenendo a stento le lacrime. Non piangerò. Non voglio piangere.

«Ora ti chiedo solo di...» Forse stava per dire fidarti, ma si ferma e aggiunge: «Ti manderò istruzioni per il nostro viaggio». Riprende la sua borsa da lavoro ed esce dal mio ufficio come ne era entrato. Silenzioso, con i pensieri racchiusi gelosamente nella sua testa e le emozioni incatenate nel suo cuore. In fondo, non siamo molto diversi. Non lo siamo mai stati. E io mi ritrovo di nuovo qui, al centro del mio ufficio, dopo che il mio fidanzato ha messo in pausa il nostro rapporto e Alec Reed mi ha detto che torneremo insieme a «casa» per aprire lo scrigno. E che mi manderà istruzioni per il nostro viaggio. Tutto questo è folle e mi pento di aver avuto questa assurda idea di voler aprire una scatola che forse avrei solo dovuto dimenticare. Eppure so che aprire quel piccolo scrigno azzurrognolo è l'unico modo che conosco per riprendere le redini della mia vita.

Trascorrono cinque giorni, poi mi arriva una email.

Mittente: Alec Reed
Oggetto: biglietto viaggio e istruzioni

Elisabetta,
ti allego alla presente il biglietto per il nostro viaggio.

Ci vediamo mezz'ora prima della partenza.
Io soggiornerò a casa mia, sei libera di organizzare la tua permanenza come meglio preferisci. Non ho emesso i biglietti di ritorno, se te lo stai chiedendo, ma sta' tranquilla: tornerai alla tua routine dopo che avremo aperto lo scrigno. Anche io devo recuperare una cosa, all'interno di quella cassetta.
Alec

È stringata, fatta di dettagli organizzativi, ma io so ancora leggere tra le righe dei suoi pensieri. Il «ci vediamo mezz'ora prima» mi ricorda tutte le volte in cui mi rinfacciava di non essere puntuale, quando eravamo ragazzini e mi presentavo sempre in ritardo ai nostri appuntamenti. Prenderei come un gesto di gentilezza quella proposta di organizzarmi come meglio preferisco, ma temo sia più un dirmi «arrangiati, non mi importa!». E infine, non ha comprato i biglietti di ritorno. Torneremo insieme da questo viaggio? Immagino che nessuno dei due possa saperlo, però io tornerò a quella vita che ho ritenuto essere più preziosa della sua e del nostro rapporto quando sono andata via. Ma la cosa che più di tutte mi incuriosisce è che anche lui deve recuperare qualcosa all'interno del nostro scrigno. Cosa? Ricordo cosa aveva inserito all'interno: il sassolino di Cecco, simbolo della sua amicizia pura e onesta; qualche altro piccolo gingillo da ragazzino, ora sicuramente insignificante; la scatolina rossa con cui mi ha fatto il controscherzo della *sciapenga* e la lettera al se stesso adulto. Chissà quale di queste cose è, ora, così importante per lui da doversi costringere ad affrontare un viaggio che, ne sono certa, non vuole fare esattamente quanto me. Certe cose è meglio se restano relegate al passato, dove l'immobilità le lascia nel loro lontano alone di ricordi, a volte rassicuranti, altre no. Apro l'allegato con il mio biglietto e lo stampo.

«Ma che diavolo...» esclamo sorpresa quando vedo il biglietto.

«Tutto a posto?» chiede Valérie entrando come al solito senza bussare e facendomi sobbalzare.

«Quando imparerai a bussare prima di entrare ti darò un aumento» le dico, ironica.

«Uh, be', se la metti così!» Valérie indietreggia, bussa a metà tra il corridoio e il mio ufficio ed entra con un gran sorriso.

«Aumento?» domanda.

«Non se ne parla» ribatto.

«Cos'è quello?» Indica il foglio che ho in mano. In uno si intravede il logo delle Ferrovie italiane. «Parti in treno?» chiede sorpresa.

«A quanto pare...» le dico porgendole il foglio.

«Il biglietto per Giovinazzo! Parti tra...» Legge la data in alto a sinistra. «Sei giorni... ma perché in treno? Non sarebbe stato più veloce un aereo per Bari?» Mi restituisce il biglietto, perplessa. Be', perplessa lo sono anche io. Prenderemo il TGV fino a Torino e da lì effettueremo il cambio per Bari.

«Dovresti chiederlo ad Alec. Mi ha inviato questa email» indico il monitor con la sua email ancora aperta «e il biglietto del treno... Sarà un viaggio lunghissimo! Perché non in aereo o in auto ognuno per conto suo? Perché proprio in treno?» mi lamento. Ogni momento passato con lui sarà una tortura per entrambi, non capisco, non sarebbe stato meglio evitarcelo? Valérie si sporge e legge l'email.

«Che formale...» commenta.

«Già. Immagino sia il suo modo di tenermi a distanza, ma se proprio lo vuoi sapere, il modo migliore sarebbe stato viaggiare separati e in aereo!» rispondo sbuffando.

«Gli hai risposto?»

«Non ancora... stavo cercando di calmarmi prima di farlo.»

«E noi sappiamo che Elisabetta Ventura deve avere sempre il pieno controllo di se stessa e non agire mai d'istinto!» mi fa il verso la mia assistente.

«E con questo cosa vorresti dire?»

«Lo sai.»

«No, non lo so. Argomenta!» le chiedo come se stessimo parlando di lavoro.

Valérie sospira e si siede. «Okay... sei troppo rigida, hai tutto sotto controllo, sempre, e questo non è un bene.» Solleva le spalle come per scusarsi di quanto appena detto ma il suo viso non tradisce un reale pentimento.

«Se non avessi avuto tutto sotto controllo in questi anni, la mia azienda sarebbe andata a rotoli» ribatto. La mia *vita* sarebbe andata a rotoli.

Valérie si avvolge un ciuffo di capelli con un dito e mi guarda come se volesse rispondere, ma di fatto resta in silenzio. «Che c'è ancora?» chiedo seccata dalla piega di questa conversazione.

«Antoine...» sussurra.

«Che c'entra Antoine, ora?»

«Hai un fidanzato che è esattamente come te: uno stoccafisso!»

«Prego?» chiedo scioccata per come ha appena definito Antoine e... anche me!

«Siete iper razionali, pianificate ogni singolo dettaglio della vostra vita. Persino quando siete andati in vacanza in Costa Azzurra... avevate la mappa delle stazioni di servizio in cui fermarvi lungo il percorso, santo cielo!» ridacchia come se avesse appena fatto una battuta, mentre io resto seria.

«E allora? Siamo organizzati, che male c'è?»

«A parte il fatto che tu sei giovane e lui un vecchio saccente e petulante?»

«Valérie!»

Lei in tutta risposta ridacchia.

«E poi non è mica vecchio! Ha solo ventotto anni, che c'è di male se è più grande di me o se siamo persone organizzate?»

«Niente, ma... Elisabetta...» Valérie si alza e mi viene vicino, sbirciando il mio video. «Credo che Alec Reed ti farà bene» sentenzia dandomi una leggera pacca sulla spalla.

«Mi hai sentita quando ti ho detto che è arrabbiato

con me, mi ha trattata malissimo, con disprezzo, e ora pretende io faccia questo viaggio con lui addirittura in treno, come se volesse punirmi anche fisicamente?» le riassumo la situazione in poche frasi.

«Guarda! Ti ha inviato un'altra email.» Valérie indica il mio schermo e la posta elettronica che segnala una nuova email in arrivo da parte di Alec Reed, ignorando la mia osservazione precedente.

«Bene, magari si è reso conto che un viaggio in treno sarà una tortura anche per lui e ci ha ripensato!» Apro l'email.

Mittente: Alec Reed
Oggetto: Viaggio

Sii puntuale.

Sento Valérie sogghignare alle mie spalle, ma quando mi giro a osservarla e ammonirla è tornata seria. Sospiro e guardo lo schermo: sarà un viaggio molto lungo.

6

Quando arrivo in stazione, pochissimi minuti prima della partenza, perché in fondo non sono poi così tanto cambiata negli anni, trovo Alec ad attendermi di fronte al treno, con una piccola sacca da viaggio che presagisce un soggiorno breve. Indossa dei jeans, una camicia chiara e una giacca di pelle che mi ricorda l'Alec ragazzino che conoscevo. Anche il mio bagaglio è piccolo, non intendo restare a Giovinazzo più del necessario. Questo viaggio mi intimorisce, ammetto con me stessa, e non mi piace sentirmi così. Valérie ha ragione almeno per una cosa: voglio avere il controllo della mia vita. Alec guarda l'orologio, scuote la testa e sussurra un «andiamo» pieno di rimproveri. Non rispondo, ho deciso che se vorrà continuare con questa guerra al disprezzo, io resterò neutrale. Lascerò che si sfoghi e proseguirò per la mia strada. Aprirò lo scrigno, leggerò la lettera di mia madre che mi darà risposte certe sulla mia vita e tornerò a Parigi, alla mia quotidianità fatta di lavoro, amici e un fidanzato che mi riprenderò. Parlerò con Antoine e chiariremo tutto, ci sposeremo. Nessun imprevisto mi impedirà di attuare questo piano lineare e preciso. «Hai portato la chiave?» chiedo quindi quando ci sediamo nel nostro vagone. La chiave è il primo passo verso la mia meta.

Lui prende una catenina che ha al collo e che sbuca appena sotto la sua camicia e mi mostra la piccola chiave che vi è appesa come ciondolo. Sto per chiedergli se la indossa sempre, ma quando vedo il suo sguardo, freddo, evito di parlare e annuisco semplicemente. Quando ci sediamo, tra di noi piomba un imbarazzato silenzio. Una volta, tanto tempo fa, i silenzi in compagnia di Alec Reed erano piacevoli per entrambi, momenti di condivisione anche senza parole. Immagino che sarà davvero un viaggio lunghissimo, ma per fortuna buona parte del percorso sarà notturno quindi dormirò, o fingerò di farlo, per evitare scomode conversazioni o occhiatacce come quelle che ora mi sta lanciando il mio inaspettato compagno di viaggio seduto di fronte a me.

«Che c'è?» chiedo, incapace di trattenermi.

«Mi hai chiesto della chiave, ma a cosa ti serve?» Il suo sguardo diventa curioso e la sua domanda mi ricorda quella di Valérie di qualche settimana fa.

«Se te lo stai domandando, non romperei mai il lucchetto del nostro scrigno del tempo, Alec. La chiave mi serve per aprirlo senza rotture» puntualizzo con un tono più acido di quello che volevo, ma sinceramente sono stufa di passare per una persona senza cuore. Non è così, anche io ho dei sentimenti, solo che alcuni di essi sono... controllati. O nascosti così in fondo al mio cuore che a volte, quando emergono inaspettati, mi travolgono. Come quando ho rivisto Alec. Come quando ho parlato al telefono con mio padre. Io... non posso permettere che qualcosa emerga dal luogo in cui ho seppellito ogni cosa. Mi distruggerebbe. E distruggerebbe Alec.

«E questo perché lo scrigno ha un valore per te?» domanda inclinando la testa. Il suo tono non è più rude come la prima volta che ci siamo rivisti, ma neutrale. Non so cosa mi dia più fastidio, se essere bersaglio della sua ira o della sua indifferenza, ma immagino di non essere nella posizione per poter replicare a questi toni.

«Certo che ha un valore per me» rispondo, cercando di restare calma. Il treno parte con uno strattone e rumori di rotaie che girano sui binari.

Alec mi guarda per un po', poi scuote la testa come ha fatto poco fa in stazione e prende un libro dalla sua sacca da viaggio. Sono tentata di chiedergli che significa quel movimento della testa ma, di nuovo, decido che è meglio evitare domande cui seguirebbero risposte che non sono certa di volere o sapere gestire. Quindi sospiro e traffico con il mio cellulare. Rispondo a delle email di lavoro e ai messaggini che mi ha mandato Valérie che mi chiede se sono partita e se Alec Reed è sempre affascinante («No» la mia secca risposta). Non ci sono comunicazioni da parte di Antoine, ma non mi aspettavo nulla di diverso: se Antoine ha deciso per una pausa, sarà una pausa vera, senza alcun contatto.

Una certezza, in questa vita fatta di caos e imprevisti. Quando ho finito con le email e i messaggi poso il cellulare e sbircio Alec, davanti a me. Vestito così e a suo agio mentre legge, mi ricorda molto il ragazzino che è stato, senza le asperità dell'uomo che sembra essere diventato. Ha i tratti del viso rilassati e ogni tanto sistema gli occhiali in un gesto meccanico che avrà ripetuto centinaia di volte in questi anni. Lo immagino lasciare la Puglia, diventare un avvocato, realizzarsi nel suo lavoro. E poi con gli amici… oh, sì! Alec Reed è di certo una persona con tanti amici, gente che gli vuole bene e che è affezionata a lui. Fidanzate, anche. Con il suo fascino ne avrà avute a decine. Lo immagino nel suo appartamento, ordinato ma elegante, che prova a cucinare qualcosa. Sorrido al ricordo di quando nonna ha tentato di insegnarci a preparare le braciole al ragù. Fu una catastrofe, finita con lei che ci cacciava dalla sua cucina, imbrattati di sugo.

«Qualcosa di divertente?» chiede Alec sollevando la testa. Non ricordavo questa sua peculiarità: Alec Reed riesce a sapere sempre esattamente cosa sto facendo anche se non mi sta guardando, è sempre stato così.

«Stavo ricordando di quella volta che nonna ci ha insegnato a fare gli involtini …» mi scopro a dirgli istintivamente. Alec posa il libro sulle gambe, chiudendolo, e guarda fuori dal finestrino. Il sole è tramontato e macchie lunghe e indistinte sfrecciano dinanzi ai nostri occhi. «Quando li abbiamo chiusi e messi nel sugo, i nostri si sono miseramente aperti, ricordi?» chiedo.

Non so perché sto insistendo, mi ero ripromessa di restarmene per conto mio, di parlare il meno possibile e sicuramente di non toccare il delicato tasto del nostro passato. Ma con lui qui, davanti a me, in carne e ossa, il ricordo della nonna è sgorgato con una tale dolce naturalezza che non sono riuscita a bloccarlo né ho voluto farlo. Perché ora, per la prima volta dopo anni, un ricordo non ha avuto il potere di piegarmi, ma di farmi sorridere. Lo prendo come un dono prezioso e i doni, si sa, vanno condivisi.

«Ricordo tutto, Elisabetta.» Gira la testa e mi guarda. I suoi occhi hanno, proprio come quando eravamo piccoli, il potere di trascinarmi in un mondo fatto di sicurezza e protezione. Annuisco e distolgo lo sguardo. Restiamo in silenzio e mi addormento a tratti, risvegliandomi ogni volta che il treno si ferma in una qualche stazione.

«Dove siamo?» chiedo in una di queste soste, la voce impastata dal sonno.

«Bologna» risponde Alec, gli occhi vigili. Sembra non abbia riposato. Abbiamo fatto il cambio del treno a Torino e da lì in avanti non abbiamo più conversato.

Mi guardo attorno nel nostro vagone. «Non è salito nessuno» osservo, nonostante in stazione io veda un certo movimento.

«Il compartimento è nostro, l'ho prenotato tutto» risponde. «Quando hai preso il treno, tre anni fa, era affollato?» chiede fissandomi. Non so perché mi faccia proprio questa domanda, tra le tante che avrebbe il diritto di farmi, ma la semplicità di questa conversazione ha il potere di farmi rilassare.

«Ero seduta accanto a una signora che mi ha raccontato la storia della sua vita per tutta la notte. E poi sono salite altre persone, gente che parlava o mangiava. Erano tutti meravigliati che una ragazzina viaggiasse da sola... non ero così piccola, ma ho sempre dimostrato meno della mia età.» Ricordo che la signora si offrì di farmi accompagnare da suo figlio a casa, una volta arrivati a Parigi. Non sapeva che non avevo una casa, lì in quella città enorme e straniera. Sarei diventata io, a tutti gli effetti, la *stranìr*, pensai quella notte.

«Avevi paura?» La domanda di Alec mi scuote dai miei pensieri. Lo guardo e per la prima volta, da quando ci siamo rivisti, nella sua voce non c'è rabbia, non c'è biasimo, non c'è indifferenza, ma una carezza di cui mi scopro desiderosa. Cela immediatamente la sua debolezza dietro uno sguardo freddo, ma io l'ho colta prima che lui la reprimesse.

«No. Ero... non so come spiegarlo... anestetizzata» gli dico. Il treno riparte con un fischio e io guardo fuori dal finestrino per fuggire allo sguardo indagatore del mio compagno di viaggio.

«Spiegami» dice semplicemente. Ma non riesco ancora a pensare alle parole di mio padre senza che un nodo si formi nella mia gola e di certo non posso ancora dirgli quello che lui ha insinuato. Eppure so che ne ha diritto.

«Era come se qualcuno avesse staccato la spina delle mie emozioni, non sentivo paura, dolore o altro. Volevo solo fuggire. Lontano dalla voce di mio padre che mi aveva appena rivelato di non essere sua figlia...» Guardo Alec per scorgere una sua reazione, ma lui resta impassibile.

«Lo sapevi?» chiedo aggrottando le sopracciglia.

Alec annuisce. «Ho tartassato tuo padre per mesi per sapere cosa fosse accaduto quella mattina e dove fossi. Perché di sicuro qualcosa era accaduto. Mi ha detto che ti eri trasferita, lo aveva saputo da Nicola che ci rassicurava che eri al sicuro, e poi mi ha confessato che avevate litigato e che ti aveva dato una lettera di tua madre in cui lei ti diceva che lui non era il tuo vero padre» dice guardandomi, in attesa di una mia reazione. Mi sono sempre chiesta cosa avesse saputo lui della mia fuga e dei motivi che mi avevano spinta a lasciarlo. «Ho capito che era la lettera che mi avevi chiesto di mettere nel nostro scrigno.»

«Che altro?» chiedo. Papà avrà riversato anche su di lui i suoi dubbi in merito al fatto che il dottor Reed è forse mio padre?

«Nient'altro. Si è ostinatamente chiuso nel silenzio. Eravamo tutti preoccupati, ma pochi mesi dopo ha chiesto di potersi disintossicare» commenta. So che lo ha fatto, ha avuto diverse ricadute fino a che, alla fine, ne è uscito. «Che altro avrebbe dovuto dirmi?» aggiunge.

«Nulla» rispondo d'istinto stringendo la mascella. Non gli dirò quella che è la presunta verità di mio padre senza averne prima avuta la certezza, non voglio che passi quello che ho passato io. Anche se sono trascorsi così tanti anni che ormai quella verità potrebbe non ferirlo più. In fondo, è andato avanti con la sua vita e io con la mia.

«Alec, mi dispiace ma devo partire» enuncia con un tono freddo e capisco immediatamente che sta citando, parola per parola, la lettera che gli ho lasciato. «Non cercarmi, non voglio che tu lo faccia. Quello che c'è stato tra noi è stato bellissimo ma è finito. Anche gli alberi cambiano le foglie, a un certo punto, e io sto cambiando le mie. È meglio così. Addio.»

Resta in silenzio a fissarmi con lo sguardo carico di un'emozione che non riesco a decifrare. Ricordo come è stato scrivere quelle parole, mentirgli. Come quell'ultima parola, *addio*, si sia rifiutata per interi minuti di fuoriuscire dalla mia penna. Come sia stato straziante mettere quel punto alla fine. Come piegare la carta e riporla sulla mia scrivania sia stato lacerante.

«Respira, Elisabetta» dice infine facendomi sobbalzare e strappandomi dal buio del mio ricordo.

«Alec...»

«Anche gli alberi cambiano le foglie» ripete e poi... ride. Sgrano gli occhi quando la sua risata invade lo scompartimento.

«Alec, so che...»

«Non sai nulla, Elisabetta» mi ferma lui, la voce così cupa che rabbrividisco. «Cosa ti ha detto tuo padre quel giorno?»

«Ho già risposto a questa domanda...» mento con un istinto di conservazione che ringrazio il cielo di avere ancora.

«Quando menti stringi la mascella come se volessi impedirti di parlare» dice osservandomi. È sempre stato un buon osservatore, Alec Reed. Quando vede che resto ancorata al mio silenzio, si alza. «Come vuoi. Vado in bagno...» Si allontana e io ho il tempo necessario per riprendere fiato e ricompormi. Quando rientra fingo di dormire in modo da evitare altre scomode domande. Non so quanto potrei resistere al fuoco dei suoi interrogativi. Riapro gli occhi quando il sole illumina il nostro scompartimento. Alec è seduto di fronte a me con gli occhi chiusi. Guardo fuori per capire dove ci troviamo, il treno corre lungo una litoranea di mare e sabbia. Immagino siamo dalle parti di San Benedetto del Tronto. Ancora alcune ore e saremo arrivati.

«Buongiorno.» La voce di Alec mi fa sobbalzare. Si toglie gli occhiali e si stropiccia gli occhi, poi torna a mettermi a fuoco.

«Buongiorno» rispondo. «Siamo nelle Marche.»

Alec si alza per sgranchirsi e guarda fuori dal finestrino. Poi si allontana e torna con due brioches e del caffè. Facciamo colazione in silenzio, ognuno assorto nei suoi pensieri.

«Perché in treno?» gli chiedo dopo un po'.

Non finge di non aver capito la mia domanda, sa perfettamente cosa gli stia chiedendo: perché non in aereo, un viaggio breve e indolore? Perché non separati? Perché proprio insieme e in un percorso così lungo che ci obbliga a stare vicini?

«Volevo capire, Elisabetta. Ne ho bisogno.» Dalle

sue ultime parole trapela una fragilità che mi sorprende e mi turba allo stesso tempo. «Volevo capire cosa hai provato a viaggiare in treno, a percorrere questo tratto della tua vita» aggiunge guardandomi.

«Come quando ho bevuto la bottiglia di vino per capire cosa provasse mio padre» commento, ricordando quell'episodio. Alec annuisce.

«Proprio così» sospira, perso nei ricordi e nei suoi pensieri. Il ricordo di quella sera trapela per un momento nella mia corazza ma lo ricaccio indietro.

«Alec, mi dispiace, davvero.»

«Lo so, ma devi capire che nulla di ciò che dirai cancellerà il tuo silenzio degli ultimi anni, la tua fuga, l'idea di averti persa da un giorno all'altro, dopo che avevamo trascorso la serata abbracciati, o il tuo mancato appuntamento dello scorso agosto. Anche io ho bisogno di andare avanti, questo viaggio serve anche a me.» Non c'è rimprovero nella sua voce, nonostante le sue parole, solo una ferita che – lo capisco – non si è ancora rimarginata. Alec ha bisogno di fare questo viaggio esattamente quanto me, anche lui vuole andare avanti ma è bloccato in un passato che sembra volerci inghiottire come sabbie mobili. E anche lui ha bisogno di aprire la nostra cassetta dei ricordi e delle promesse future perché, come me, ha bisogno di ritrovare se stesso, prima di andare avanti.

«Lo comprendo, Alec» rispondo con un filo di voce.

«Dove sei andata appena sei arrivata a Parigi?» chiede guardandomi.

«Avevo con me la carta di credito e dei contanti. Ho trascorso la prima notte in un albergo nei pressi della stazione.» Ricordo la sensazione di smarrimento provata appena entrata in quella camera. Non lo dico ad Alec, ma sono rimasta chiusa in albergo per quattro giorni, mangiando una sola confezione di merendine comprate al piccolo market della stazione e bevendo acqua dal rubinetto. Poi ho chiamato il signor Nicola. Volevo parlare con un amico, qualcuno che mi conoscesse e tenesse a me. Non potevo chiamare Alec e non potevo certamente chiamare mio padre. Nicola mi ha implorato di tornare a casa, ma quando ha capito che non sarebbe accaduto, mi ha indirizzata verso un convento dove aveva delle conoscenze. Ho lavorato giorno e notte, negli anni seguenti, in una piccola stanza di quel monastero, e infine, un passo alla volta, ho portato un po' di Villa Fiorita in Francia. Ed è stato questo obiettivo a darmi la forza di rialzarmi, penso guardando Alec. Ogni volta che pensavo a lui il mio cuore sanguinava finché, un giorno, ho smesso di pensarci e ho focalizzato la mia vita sul lavoro, sui progetti futuri. Eppure ora sono qui, davanti a lui. Restiamo ancora in silenzio, ma questa volta non ci sono imbarazzi. Questa volta il silenzio ci avvolge come una coperta, stretta attorno ai nostri pensieri, alle mie parole, al passato e al presente. Guardo fuori, dopo un po', e il paesaggio è cambiato. Una distesa uniforme e bassa di ulivi sfreccia davanti ai nostri occhi. Mi avvicino al finestrino e sento la mia campagna darmi il benvenuto. Questa è la mia terra: posso starne lontana per anni, ma il suo richiamo scorre nelle mie vene e quando vedo un ulivo non posso che sentire il sangue rimbombare nel corpo e urlarmi la sua appartenenza a questi luoghi. Calde lacrime scorrono sul mio viso, mentre continuo a guardare gli ulivi passare davanti ai miei occhi. Gli stessi ulivi con i quali sono cresciuta, che ho amato, i cui frutti ho raccolto con passione, gli stessi che custodiscono i miei segreti.

«Ehi...» Alec si siede accanto a me e mi passa un braccio attorno al collo, attirandomi contro il suo torace. Resto immobile per qualche secondo, poi respiro il suo profumo familiare e nuovo al tempo stesso e l'argine delle emozioni a lungo trattenute si rompe definitivamente. Piango. Piango sulla sua camicia mentre lui mi stringe a sé. Sono riuscita a mantenere il controllo per anni e poi basta la vista di un ulivo per crollare. Questo viaggio nel passato non sarà privo di ripercussioni sulla mia vita e, se voglio avere il controllo qui, dovrò fare dei grossi sforzi.

«Scusa, è che gli ulivi...» cerco di spiegargli guardando di nuovo il finestrino.

«Sono *casa*. Lo so» commenta posando la mano sulla mia schiena. Lo osservo e capisco che questo posto, la Puglia, è casa anche per lui. Forse Alec non avrà reciso i legami come ho fatto io, ma si è allontanato dalla terra che lo ha accolto negli anni più belli.

Sente quello che prova chi vive lontano da casa: il desiderio prepotente di tornarci. Quando torno a guardarlo il suo sguardo si fa prima sorpreso, come se l'essersi avvicinato a me, avermi toccata o consolata, non rientrasse nei suoi piani e poi di nuovo distante e freddo. Si alza e torna al suo posto, un libro dinanzi al volto a nascondere ogni emozione.

7

Quando scendiamo dal treno propongo ad Alec di prendere il bus che ci porterà nella zona delle nostre abitazioni, ma lui, dopo avermi chiesto se lo avessi preso quel giorno di tre anni fa nel tragitto tra la casa e la stazione («No» la mia risposta), decide di proseguire a piedi. Sospiro e lo seguo, cercando di non lamentarmi e non ribattere nulla. Quando Alec si mette in testa una cosa è testardo come un mulo, questo suo aspetto non è affatto cambiato. Ha deciso di voler fare questo viaggio di ritorno esattamente come lo avevo fatto io all'andata e così sarà, inutile controbattere e perdere tempo. Ci incamminiamo lentamente lungo il viale degli Innamorati, una lunga strada alberata fiancheggiata da case basse, che collega la stazione alla zona periferica. Lui ha la sua sacca in spalla, io trascino il mio trolley che rumoreggia lungo il piccolo marciapiedi. Mi guardo attorno circospetta e abbasso la testa ogni volta che un'auto ci fiancheggia. Non voglio si sappia che sono tornata, il mio rientro deve essere all'insegna della riservatezza. Non voglio incontrare nessuno, non sono qui per un revival del passato con feste e balli. Sono qui per recuperare lo scrigno e poi me ne tornerò alla mia vita. Quando passiamo accanto ai gradini di una vecchia casa gialla lo sguardo di entrambi si posa in basso. Poi ci guardiamo. Non parliamo però, non credo siamo pronti a ricordare a voce alta i baci che ci scambiavamo qui, la sera, chiacchierando sottovoce. Però i ricordi affiorano, prepotenti, eppure così lontani che sembrano appartenere a un'altra vita.

«Non voglio tornare a casa.»

«Allora passiamo la notte sotto Excalibur...»

«Certo, così se papà si accorge che non sono rientrata mi urlerà contro.»

«Voglio portarti via, Bessy.»

«E dove vorresti portarmi, Alec Reed?»

«In un posto dove potrai sentirti sempre a casa.»

«Io mi sento a casa quando sono con te...»

Quando arriviamo al passaggio a livello e lo troviamo chiuso, attendiamo in silenzio, ognuno immerso nei propri pensieri. Non so a cosa stia pensando lui, ma io comincio a sentirmi in ansia. Voglio rivedere zio Cecco, voglio rivedere Villa Fiorita, Excalibur, la casa di Alec, l'orto, e voglio rivedere mio padre. Nonostante tutto quello che è successo mi manca, anche se in me albergano sentimenti contrastanti. Tre anni non sono pochi e forse è davvero arrivato il momento per tutti per andare avanti.

«Alec! Non ci posso credere!» Una ragazza si sporge dal finestrino della sua auto ferma dinanzi alla barriera del passaggio a livello chiuso, facendoci voltare la testa nella sua direzione. «Sei proprio tu?» chiede aprendo lo sportello e uscendo. Alec inclina la testa e poi sorride andandole incontro.

«Francesca!» Si abbracciano con slancio e poi restano a osservarsi. Francesca è stata la sua prima ragazza, ora la riconosco. Quando posa il suo sguardo curioso su di me capisco che lei, invece, non mi ha riconosciuta. Mi avvicino e sorrido.

«Ciao» le dico. La consapevolezza di chi sono compare sul suo viso un attimo dopo.

«Ciao... Elisabetta Ventura?» chiede per averne conferma. Annuisco in imbarazzo. Non sono mai stata a mio agio con gli amici di Alec, soprattutto con le ragazze, poco più grandi di me e con mire sul mio fidanzato.

«Ma che ci fate qui?» chiede guardando prima me e poi Alec. So che vorrebbe chiedere «che ci fate qui *insieme*» perché Alec torna una volta l'anno, ma il fatto che ci sia anche io sarà un evento di cui si parlerà a lungo qui in zona. Immagino che entro stasera tutto il paese avrà saputo del mio arrivo, e addio riservatezza.

«Una piccola vacanza» risponde Alec apparentemente a suo agio. Del resto lui ha sempre saputo come rapportarsi alla gente, nonostante qui fosse lo *stranìr*. Mentre io, che qui ci sono nata, ho sentito sempre un certo disagio nella socializzazione.

«Ah, capisco» ribatte Francesca con un sorriso. Non so cosa abbia capito, ma evito di chiedere. «Non ti vedo da almeno due Natali fa, sono stata un po' presa...» dice indicando la sua auto nella quale, lo vedo ora, un ragazzino con una zazzera di capelli scompigliati ci osserva. Francesca mi guarda con un'espressione strana e poi torna a posare gli occhi su Alec. Non sapevo che avesse avuto un figlio.

«È cresciuto molto» ribatte Alec indicando con la testa il bambino. Stanno urlando, in questo scambio di battute, perché il treno passa mentre parlano e il passaggio a livello emette il familiare suono della campanella che allerta le persone a non oltrepassare la sbarra. Francesca annuisce.

«Ci vediamo, prima che riparti, okay?» risponde lei. Non mi sfugge che non lo abbia chiesto a me, ma solo ad Alec.

«Certo, volentieri.» Ha mantenuto i contatti con il suo gruppo di amici. Quando viene qui, una volta l'anno, li incontra, escono insieme, parlano delle loro vite e del passato. Io invece ho troncato così di netto che mi sento un'estranea a casa mia. Sono io, ora, la *stranìr*, anche qui. Sorrido tra me e me all'idea e Francesca mi guarda pensando stia forse sorridendo a lei.

«Andiamo?» chiede Alec dopo aver salutato Francesca.

«Certo» rispondo. Oltrepassiamo il passaggio a livello e ci incamminiamo verso le nostre abitazioni.

«Non sapevo avesse avuto un figlio...» dico per fare conversazione.

«Lo ha avuto l'ultimo anno delle superiori.»

Resto in silenzio qualche attimo, a riflettere. «Allora è per questo che ha lasciato la scuola proprio all'ultimo! Ricordo che in paese ne parlavano tutti. Deve essere stato difficile per lei...» commento pensando a una ragazza che diventa madre in così giovane età.

«Lo è stato. Anche perché il ragazzo non ha mai riconosciuto il figlio e lei lo ha cresciuto da sola, aiutata dalla madre e dalla sorella» commenta Alec, che sembra essere molto informato.

«Hai mantenuto i rapporti con lei...» Non volevo sembrare gelosa ma, appena finisco di chiedere, mi rendo conto che il mio tono può essere frainteso. Alec si volta a guardarmi.

«Perché è così che si fa quando si è amici. Si cerca di mantenere vivo il rapporto» risponde alludendo evidentemente al fatto che io, invece, ho rotto i ponti con tutti e con lui in particolare. Non rispondo, ormai ho capito che quando usa quel tono così pungente vuole solo provocarmi e non intendo giocare questa partita.

Quando svoltiamo l'angolo vedo la casa di Alec. Il muro di cinta è, come lo ricordavo, basso e coperto di rampicanti. Ce ne sono molti di più di tre anni fa. La casa sporge, visibile oltre il muretto, con il suo intonaco giallo e il tetto spiovente. Davanti al grande cancello in ferro battuto grigio Alec mi invita molto formalmente a entrare, prima di andare a Villa Fiorita, ma declino. Mi accorgo di aver sempre dato per scontato che i suoi fossero ancora qui, ma... non gli ho chiesto nulla.

«I tuoi stanno bene?» indago, quindi.

«Giudicalo tu stessa» risponde indicandoli, mentre si incamminano verso di noi.

«Alec!» La madre esce in giardino e viene verso il cancello seguita dal padre. Sono come me li ricordavo, slanciati, magri, lui ha alcuni capelli bianchi ma è sempre un uomo affascinante. Lei è identica alla donna di tre anni fa, non fosse per gli occhiali, è sempre bellissima, elegante e dai tratti gentili. Abbracciano il figlio con slancio, anche se si sono visti pochi mesi fa. Mi ha sempre incuriosita il loro rapporto: erano molto indipendenti e non molto affettuosi nella gestualità, ma legati da un rapporto di fiducia e stima reciproci. Quando finiscono di stringersi e salutarsi, i genitori di Alec guardano verso di me; sono rimasta fuori dal cancello a fissarli e, di colpo, mi sento come l'adolescente che ho lasciato qui anni fa, timida e impacciata.

«Elisabetta, ciao!» La mamma di Alec mi viene incontro e mi abbraccia. Resto un momento interdetta, poi ricambio il suo saluto affettuoso. Sono andata via di punto in bianco, mollando il figlio dall'oggi al domani, non mi aspettavo un saluto di questo genere.

«Alec ci ha detto che sareste tornati insieme» dice il dottor Reed avvicinandosi e stringendo la mia mano. Restiamo a guardarci per qualche secondo. Come quando sono scappata, cerco nei suoi occhi la verità e forse un po' me. «Vuoi entrare?» chiede, poi.

«No! No, grazie.» Indietreggio a disagio e sento lo sguardo di Alec posarsi, curioso, su di me. «Vorrei andare a casa, ora» spiego prendendo la mia valigia.

«Vuoi che ti accompagni?» Alec posa una mano sulla mia spalla con gentilezza. Forse lo preferivo freddo e arrabbiato, perché qui in questi luoghi familiari ed estranei al tempo stesso, respirando i profumi che conosco così bene, la sua gentilezza mi mette a disagio. Sembra accorgersene perché sorride. Con Alec è sempre tutta una grande partita a scacchi, e sinceramente non so se sono pronta, ora, a giocare. Devo riacquistare padronanza di me prima di intraprendere con lui questo percorso, altrimenti rischio di farmi davvero male.

«No, sono a posto. Ci vediamo dopo» rispondo. Mi incammino verso Villa Fiorita, che si trova poco più in là. Quando passo accanto al podere abbandonato, la vecchia casa tra le nostre, noto che non è più incolto. C'è una villetta dal sapore moderno al centro e il giardino antistante è curato e fiorito. Cerco con lo sguardo Excalibur, che tanti anni fa svettava solitario nel podere, e ne vedo la punta scorgere dietro la villa. Molte cose sono cambiate, noi siamo cambiati, penso girandomi a guardare la casa di Alec. Far incontrare quelli che eravamo con quelli che siamo diventati sarà un'operazione delicata che potrebbe ferire molte persone. Noi per primi. Dobbiamo muoverci con cautela, come se volessimo cogliere un fiore senza reciderne lo stelo. Prendendolo dolcemente dalla radice.

Mi fermo davanti a Villa Fiorita, prendo fiato e spalanco il cancello d'ingresso.

«Bettina, Bettina! È tornata la nostra Bettina!» urla zio Cecco in lontananza.

Se qualcuno ancora non sapeva del mio rientro, penso, ora ne è stato certamente informato. E addio al mio piano di riservatezza.

Trattengo l'istinto di abbracciare Cecco, ricordando che la sua gestualità è diversa da quella di chiunque altro. Quindi mi avvicino e tiro fuori dalla tasca frontale del mio trolley un pacchetto che gli porgo. «Ciao, zio Cecco, è bello vederti!» sorrido in attesa di una sua reazione. Scruta con curiosità i miei abiti, poi la valigia e infine le mie scarpe, mentre io cerco di non mostrare la mia ansia o altro sentimento negativo che potrebbe metterlo in agitazione. Cecco prende il pacchetto e lo scarta con meticolosità, partendo dai laterali. Quando vede un libro del suo autore preferito, Wilbur Smith, se lo stringe al petto e solleva lo sguardo verso l'alto. «Bettina, ho letto i tuoi libri» commenta.

«Grazie, Cecco!» So che segue le mie pubblicazioni, gli spedisco sempre una copia fresca di stampa e lui me ne fa una recensione accurata dopo aver finito la lettura. Quelle telefonate durano ore, ma sono sempre piacevoli. Nonostante Cecco si sia ritirato da scuola a metà delle superiori, mamma ha sempre voluto che continuasse la sua istruzione in casa e lui sembrava aver recuperato la gioia di studiare lontano dall'ambiente scolastico che ancora non lo aveva compreso pienamente. Quando mamma è mancata abbiamo rifornito Cecco di libri e lui ha continuato ad amare la lettura in ogni sua forma, anche se la sua prima passione è la terra. Le sue mani magre e nodose – la fatica del lavoro nei campi pesa sul suo corpo – mi ricordano i tronchi degli ulivi. Zio Cecco ha la tenacia di quell'albero forgiato dal vento e dal sole che chiede per sé solo un po' di acqua utile a sopravvivere. Alle spalle di Cecco vedo mio padre che avanza verso di noi. Mi irrigidisco immediatamente e Cecco si volta.

«Oh, oh» commenta. Non so cosa abbia capito della mia assenza di questi anni né cosa mio padre gli abbia spiegato. Io gli ho raccontato che dovevo far ingrandire la nostra azienda di famiglia e che sono partita per quel motivo.

«Betta, bentornata» sussurra mio padre e mi pare di leggere un'emozione trattenuta nel suo tono. Mi schiarisco la voce prima di parlare e mi prendo qualche istante per ricompormi. Ricomporre la Elisabetta che sono diventata, quella che affronta la vita a testa alta, che è forte e sa come gestire qualunque cosa.

«Ciao, papà» rispondo.

«Ti trovo bene.» Mi indica, impacciato, e io annuisco. Cecco gli mostra il libro che ho portato e lui sorride.

«Vuoi stenderti un po'? Il viaggio sarà stato lungo.» Fa un cenno con la testa verso Villa Fiorita. Il rosa acceso delle buganvillee esplode sulla facciata.

«Grazie, vorrei fare alcune telefonate di lavoro e poi incontrare Nicola. Tra qualche giorno inizia la raccolta delle olive e non avremo modo di interfacciarci.» Prendo il trolley e lo supero. Resta fermo alle mie spalle, mi volto a guardarlo. Mio padre ha la testa bassa e la fronte corrugata. Tutto sommato lo trovo bene. Non vedo segni di trascuratezza sul suo abbigliamento o nel volto. Indossa un paio di jeans e una camicia, è pettinato e ha gli occhiali da vista posati sulla testa, come se un attimo prima stesse leggendo o scrivendo.

«Alberto ha bisogno di una barzelletta!» sentenzia Cecco. Mio padre solleva lo sguardo verso di me. Indietreggio impercettibilmente sotto il peso di quegli occhi che mi parlano, più di quanto abbiano mai fatto in questi anni. Non c'è il solito velo di offuscamento, al contrario una lucidità e una consapevolezza che mi sorprendono.

«Sì, Cecco. Raccontami una barzelletta» risponde mio padre.

Mi volto e mi incammino verso l'ingresso di Villa Fiorita mentre il mio cuore lotta per mantenere il suo battito regolare. Non si cancellano questi anni con una barzelletta, immagino. Ma è certamente un buon inizio.

8

Quando entro in quella che è stata la mia cameretta la trovo esattamente come la ricordavo. Le tende bianche attorno alla grande finestra, il letto a ridosso del muro, l'armadio e il comò in legno scuro. Eccetto che per la tinteggiatura diversa, nuova, è tutto come tre anni fa. Apro il cassettone e trovo i miei vestiti, i diari, le mie cose che sembrano come cristallizzate nel tempo e nello spazio. Accarezzo il portagioie sul comò, quello di mamma che conteneva la lettera. Papà deve averlo riparato e poi lasciato qui. All'interno ci sono i pochi gioielli che lei usava. Sollevo il fondo rosso che ora è vuoto e ripenso a quel giorno. È passato tanto tempo, eppure mi sembra ieri. Chiudo con uno scatto il portagioie e vado in bagno a rinfrescarmi, ma prima mando un messaggio ad Alec: «Ci vediamo tra un'ora sotto Excalibur?».

Voglio chiudere questa storia il prima possibile. Se questa mattina recupero lo scrigno, posso prenotare subito un volo di ritorno e domani, massimo dopodomani, essere già a casa, a Parigi, con le risposte che cercavo. Chiamerò Antoine, usciremo a cena. Mi porterà in quel ristorante tunisino che gli piace e chiacchiereremo dell'assurdità di questo lungo viaggio. Poi lui mi racconterà della sua giornata al lavoro, io gli chiederò di portarmi a fare una passeggiata lungo il fiume e decideremo insieme una nuova data per il nostro matrimonio. Un matrimonio che non rimanderò più. Ci lasceremo tutta questa storia alle spalle in modo rapido e indolore.

Quando torno dal bagno vedo il cellulare che lampeggia, ho ricevuto un messaggio. Guardo l'orologio, mi vestirò in fretta e tra dieci minuti saremo allo scrigno. Dobbiamo solo chiedere ai nuovi vicini il permesso di entrare nella loro proprietà e scavare sotto un albero centenario, ma sono certa capiranno la situazione.

«No» la risposta di Alec. Immagino sia tornato a essere l'arrogante e antipatico ragazzo che ho rivisto qualche giorno fa, ma non mi lascio scoraggiare.

«Che vuoi dire? Alec, siamo qui per questo» gli ricordo, semmai lo avesse dimenticato.

Quando bussano alla mia porta apro velocemente, certa sia zio Cecco che vuole portarmi giù in sala da pranzo a mangiare insieme. Invece è Alec. Lo guardo mostrandogli il mio cellulare. «Come sarebbe a dire "no"?» lo aggredisco stizzita.

«Posso entrare?» chiede ignorando la mia domanda. Sbuffo e gli faccio cenno di sì, chiudendo la porta alle sue spalle. Si è cambiato, ha solo una camicia e i jeans. Al contrario di Parigi, l'autunno in Puglia è mite e piacevole. Ricordo che quando eravamo piccoli in questi tempi riuscivamo a fare gli ultimi bagni al mare. Mi sembra passata una vita. Alec si guarda attorno nella mia camera. Stare con lui in questa stanza non mi piace, ma cerco di restare impassibile per non dargli modo di infierire su di me. «Non è cambiato nulla...» commenta tra sé e sé, ma quando mi guarda capisco che in realtà sta pensando che è cambiato tutto. Che *noi* siamo cambiati, in modi diversi.

«Alec, dobbiamo andare a prendere lo scrigno» dico per interrompere questo amarcord che non porterebbe a nulla. Bisogna essere pratici, ora, e abbandonarsi ai ricordi è quanto di meno pratico vi possa essere. Sarò la bussola emotiva del nostro viaggio, è chiaro che Alec non riesce a essere obiettivo, ancora legato al passato e, da esso, ferito e turbato.

«Ci andremo, Elisabetta. Siamo qui per questo.» Mi guarda intensamente e io indietreggio fino a poggiarmi al comò in legno, le mani ancorate e salde, le gambe che tremano. Non posso mostrare alcuna fragilità, quindi mi raddrizzo e sbuffo.

«Certo che siamo qui per questo. Quindi andiamo e togliamoci questo pensiero» ribatto, decisa.

«Che fretta c'è?» risponde. Avanza verso di me, serio, e mi ricorda molto quelle belve feroci che sembrano calme prima di avventarsi su una preda.

«Non voglio stare qui più del tempo strettamente necessario a prelevare lo scrigno e la lettera. Voglio tornare alla mia vita, Alec.» Una vita senza te è sottinteso, ma sembra comunque rimbombare tra noi e riempire lo spazio che ci separa.

«Ovviamente» risponde avvicinandosi e fermandosi a pochi centimetri da me. Alzo la testa per poterlo guardare negli occhi e deglutisco a disagio. «E cosa ti aspetta in quella vita, dimmi...» Il suo tono è suadente, mi mette i brividi.

«Il mio lavoro, la mia carriera, amici.» Faccio una pausa e aggiungo: «Un fidanzato». Gli mostro l'anello che porto all'anulare e che di certo non ho tolto per una banale pausa. Nel mio elenco soppeso con la voce ogni singola parola, quasi volessi convincerlo a tutti i costi di ogni parte che caratterizza la mia nuova vita. Alec inarca un sopracciglio e indurisce lo sguardo, poi si allontana.

«Cecco ti sta aspettando per il pranzo. Scendi» dice con un tono duro, allontanandosi. Riprendo a respirare in modo quasi normale e lo seguo. Ma non sarei la nuova Elisabetta se tenessi per me quello che mi ribolle dentro. Io dico sempre la verità, a qualunque costo.

«Alec?» Mi fermo alle sue spalle e lui si gira per fronteggiarmi. Inclina la testa e attende che io parli. «Questo viaggio...» sospiro «non so cosa ti aspetti da questa permanenza qui, Alec. Ma so cosa voglio io.»

«E quello che vuoi tu ha sempre la precedenza» risponde rancoroso, interrompendomi.

«Voglio ripartire domani, massimo dopodomani. Voglio recuperare la lettera e tornare a casa» gli spiego, incurante della sua frecciatina. So come farmi scivolare le cose addosso, se vuole combattere con me in questo modo sono prontissima.

Alec scoppia a ridere e io mi incupisco. Odio quando mi prende in giro.

«Qualcosa di divertente?» chiedo inclinando la testa e incrociando le braccia. Il mio piede ticchetta sul pavimento in cotto della camera.

«Oh, non ne hai idea...» risponde dandomi di nuovo le spalle e aprendo la porta, mentre io stringo le labbra per impedirmi di insultarlo come meriterebbe. Poi si gira scuotendo la testa. «Forse non ti è chiara una cosa, Elisabetta.» Sorride, ma il suo tono è duro. «Ho io la chiave e, a meno che tu non voglia scassinare lo scrigno, i tempi li detto io.»

«Che significa? Vuoi avere il controllo della situazione? Potrei davvero scassinare lo scrigno, sai?» ribatto nervosa.

«Sì, potresti. Non so cosa sei diventata, ma riesco a intravederlo e non mi piace. Quindi sì, potresti farlo, ma...» Alza la mano per bloccarmi perché sto per ribattere a questa assurdità. «Ma non lo farai. Non perché abbiamo un patto, ormai so che le promesse sono nulla per te...» dice con disprezzo.

«Alec, davvero vuoi metterla di nuovo su questo piano?» chiedo come se fossi a una riunione di lavoro e volessi risolvere un problema il più in fretta possibile.

«Non lo farai,» continua «perché i nuovi vicini non ti faranno avvicinare al loro giardino senza che vi sia anche io» sorride compiaciuto.

«E perché, scusa?»

«Be', sai... potrei aver detto che non stai tanto bene e che se ti vedessero da sola devono avvisarmi subito» risponde. «Per il tuo bene, ovviamente» aggiunge voltandosi e andando nel corridoio.

«Ma sei impazzito?» Lo raggiungo lungo le scale. «Lo sai che mi hai appena data in pasto a tutto il paese come una squilibrata mentale?»

«E allora? Tra qualche giorno andrai via per non tornare più, che ti importa?» chiede serafico. Mi fermo sulle scale cercando di sbollire la rabbia, mentre lui continua a scendere.

«Va bene, hai vinto, Alec» dico a denti stretti. «Ma vedi di non far durare troppo a lungo questo giochino, non sono davvero in vena.»

Alec si volta di scatto, il suo sguardo è gelido e io resto immobile cercando di sostenerlo. «Questo giochino, Elisabetta, durerà solo il tempo necessario.» Non aggiunge necessario a cosa, immagino si tratti di una rivincita nei miei confronti e capisco ne abbia bisogno per voltare pagina, ma sono stufa. Sono qui solo da due ore e sono già stufa! Sbuffo platealmente e scendo, affiancandolo e poi superandolo. Mi sento tirare per un braccio e, di colpo, me lo ritrovo davanti. Gli occhi incendiati da un sentimento che non comprendo pienamente e le mani che serrano le mie braccia. «Elisabetta.»

Solo il mio nome, una supplica sussurrata che corre sulla mia pelle, facendomi rabbrividire.

Sgrano gli occhi e mi scosto. «Sì, okay, faremo come vuoi, Alec» rispondo velocemente, allontanandomi, perché il suo sguardo mi mette in uno strano stato di agitazione.

Mi incammino verso la sala da pranzo, dove trovo la moglie del signor Nicola e i suoi figli che stanno giocando. C'è un buonissimo profumo nell'aria che mi ricorda la cucina della nonna.

«Elisabetta! Che piacere rivederti, stai benissimo!» mi accoglie Cinzia, la moglie di Nicola. «Mio marito arriverà tra poco, è andato al podere di Trani per preparare la raccolta» aggiunge pulendosi le mani sul grembiule che indossa e abbracciandomi, mentre io cerco di scrollarmi di dosso questo turbamento.

«Lo so, ci siamo sentiti prima al telefono.» Ricambio la sua stretta. I signori Lorusso sono stati un prezioso aiuto in questi anni, hanno portato avanti egregiamente il lavoro della nonna. Conversiamo a lungo, io la seguo in cucina e respiro i profumi di casa. Intravedo Cecco in giardino con Alec, stanno giocando a calcio. Poi sento in lontananza un ticchettio familiare e vado in studio. Possibile che mio padre scriva ancora? Lo trovo alla sua scrivania, ordinatissima rispetto a come la ricordavo, che batte sui tasti della macchina da scrivere. Mio padre non sa cosa sia un computer. L'intera stanza è stata ristrutturata e ora ha un'aria luminosa e leggera.

«Scrivi ancora a macchina?» chiedo, incapace di trattenermi. Lui si volta e sorride, forse felice che l'argomento di conversazione sia su un piano innocuo.

«Sì, ormai sono abituato così!» Si alza e mi viene incontro, restando comunque a una distanza di sicurezza, per permettermi di abituarmi alla sua presenza o forse perché ha paura della mia reazione. «Nicola mi ha prestato il suo portatile per farmi cambiare questa abitudine, ma davvero non riesco...» Ride tra sé e sé e io sgrano gli occhi. Da quanto tempo non lo sentivo ridere? L'ultima volta non gli si formavano delle rughe sulla fronte e ai lati degli occhi, ma il suo sorriso è lo stesso di quando ero bambina: sincero e spontaneo e questo, in qualche modo, mi mette a disagio. So come gestire un padre arrabbiato e alcolizzato, ma non ricordo più come si interagisca con un padre... normale. Mi intristisco al pensiero e mi giro verso la libreria sulla sinistra della sua scrivania. È alta e piena zeppa di volumi. Adoravo trafugarne alcuni quando vivevo qui e divorarli nel silenzio della mia camera o in giardino. Passo le dita sui dorsi dei libri e mi fermo quando leggo un titolo familiare. Lo estraggo e lo guardo: è un volume uscito due anni fa e si vede che è stato sfogliato più volte, la carta è leggermente ingiallita e ci sono delle pieghette in alcune pagine, come se il proprietario avesse voluto sottolineare dei concetti importanti. «Lo hai letto?» mi sorprendo a chiedergli.

«Sì. Scrivi molto bene, Betta.» Sento la sua voce più vicina ma non mi volto. Continuo a sfogliare il libro, poi torno alla prima pagina. Non è il romanzo che ho comprato per zio Cecco perché non ha la dedica che avevo scritto per lui.

«Vorresti autografarmelo?» domanda porgendomi una penna. Annuisco, anche se firmare un libro per mio padre mi sembra una cosa davvero strana.

«Sai che ho utilizzato un tuo manoscritto, vero?» chiedo guardando una parte della sua libreria in cui i suoi manoscritti incompleti sono impilati in ordine.

«Sono felice tu lo abbia fatto» mormora con la voce incrinata. Lo guardo negli occhi e percepisco la sua emozione.

«Non ti ho citato, però» dico, cauta. Per uno scrittore è grave che gli si rubi il lavoro, eppure lui non mi sembra turbato per il furto.

«Hai talmente cambiato quelle prime cento pagine che non ce n'era bisogno. Scrivi meglio di quanto io abbia mai fatto» risponde indicando il libro che gli porgo. Guarda per un momento la mia firma, priva di qualunque dedica, e ripone il volume in libreria, accanto agli altri titoli della serie.

«E tu? Stai scrivendo, quindi...» chiedo impacciata indicando la sua scrivania.

«Sì, il prossimo anno esce il mio nuovo romanzo» dichiara con un sorriso. Papà non pubblica da anni, la notizia mi sorprende.

«Oh, non lo sapevo. Sono contenta» rispondo. Restiamo in silenzio per qualche minuto. Quando i rapporti si sfilacciano, come è successo tra di noi, quando in mezzo ci sono ferite, segreti, paure, anche le conversazioni più banali diventano difficili.

«Betta...» Allunga una mano per sfiorarmi, poi ci ripensa e la abbassa.

«Papà, sono qui solo per la lettera. Poi andrò via. Però voglio che la legga anche tu, meriti anche tu di conoscere la verità e penso che mamma sia stata egoista a non dirci nulla e tenere per sé questo segreto.» Ho pensato a lungo a mia madre in questi anni. Papà aveva ragione quando mi ha urlato che la ritenevamo tutti perfetta. Ma lei non lo era, ha commesso dei gravi errori. Errori che hanno pesato come macigni sulle nostre vite. Se fosse stata completamente sincera con papà e poi con me... forse ora non ci troveremmo qui, impacciati e rancorosi. Mi giro a guardare Alec in cucina che parla con zio Cecco. Forse le cose sarebbero state diverse per tutti. La mancanza della verità è ciò di cui l'accuso, eppure io stessa mi sono macchiata della stessa colpa con Alec.

«Tu e tua madre siete più simili di quello che pensi...» commenta mio padre come se mi avesse letto nel pensiero.

«Che vuoi dire?»

«Voleva parlarti, ma era cocciuta. Aspettava il momento giusto per tutti. Solo che il momento giusto non è mai arrivato» chiarisce. Immagino di essere simile a lei perché sono scappata e non ho aperto subito quella lettera.

«Papà, è una cosa così assurda che non sia stata del tutto sincera neppure con te, che non ti abbia detto il nome...» Non termino la frase perché, nonostante tutto, non riesco a considerare un altro uomo mio padre. «Che non ti abbia detto tutta la verità!» comincio a scaldarmi, ma lui resta impassibile. Una volta la mia rabbia avrebbe acceso la sua come una miccia troppo vicina al fuoco.

«Ci ha provato, diverse volte... ma soffriva ancora molto per quel periodo della sua vita. E poi, io l'amavo davvero... Non mi interessava così tanto la verità, tu sei comunque mia figlia» aggiunge emozionato. Vorrei fargli mille domande: perché soffriva? Cosa le era successo? Ma il rancore che provo ancora emerge e subissa tutto.

«Non mi pareva la pensassi così tre anni fa» ribatto duramente. Papà resta in silenzio qualche istante, la testa china, e io mi sento davvero uno schifo. Questi anni non sono stati facili per lui.

«Ti chiedo perdono per questo... ho sbagliato così tanto con te, Betta» dice con gli occhi lucidi, avvicinandosi. Mi allontano istintivamente, anche se una parte di me cerca il suo abbraccio da tanto tempo. Ma ci sono abbracci persi che non torneranno più e io non riesco ancora a dimenticare il suo abbandono.

«Bettina!» Cecco urla euforico, entrando in studio. Mi ricompongo e sorrido. Ho imparato a sorridere in questi anni, basta inarcare le labbra, fare un bel respiro e dimenticare le cose brutte. Solo che non sempre è facile dimenticare e, a volte, fingiamo con noi stessi di farlo. La verità è che questi sorrisi hanno il sapore amaro della sconfitta, penso guardando Alec che si affianca a Cecco scrutando il mio volto.

«Stai bene, Bettina?» chiede Cecco inclinando la testa.

«Elisabetta sta benissimo» gli dice subito Alec. «È una roccia, la nostra Elisabetta. Lei è impermeabile a tutto.» Mi guarda, in attesa di una mia reazione e, sebbene io voglia uscire da questa stanza, resto catturata dalle sue parole che hanno il potere di scostare in un istante il mio scudo ed espormi al suo sguardo ironico. E no, non sono forte come pensavo di essere.

«Se lo dici tu, ti credo» risponde Cecco, allontanandosi.

Alec resta a guardarmi.

«Non sono impermeabile a tutto» sussurro forse più a me che a lui.

9

Il pranzo è confusionario e allegro, grazie alla famiglia del signor Nicola che, proprio come quando ero una ragazzina, è sempre di compagnia e chiacchierona. I suoi figli sono allegri e pranzano con noi mentre il padre racconta loro della sua giornata di lavoro, il che mi fa pensare che, quando cresceranno, potremmo inglobarli nella nostra attività. Dopo pranzo Nicola mi porta nel suo studio, all'interno del loro alloggio adiacente la nostra villa. Facciamo il punto della situazione estera e riusciamo a stilare dei piani per il mercato spagnolo, nostro prossimo obiettivo. Chiamiamo Valérie, cui diamo disposizioni e programmi. Quando ci salutiamo è ormai buio, il cielo è stellato e la serata piacevole. Ho sempre amato vivere in periferia, potevo godere di un panorama stupendo perché la campagna di sera si popola. Apparentemente è silenziosa ma, se sai ascoltare, grilli, cicale, uccellini, reclamano i loro spazi vitali. E le stelle nel cielo sono visibili più che in paese.

Esco da Villa Fiorita e mi incammino lungo la strada che porta in centro. Quando sono di fronte al vecchio podere non più abbandonato decido di entrare. Non vedo i vicini, le luci sono spente e non c'è nessuna macchina in giardino. In fondo potrei prendere lo scrigno senza aprirlo, portando avanti il mio piano e guadagnando tempo prezioso. Vado verso il muretto di cinta e, dopo essermi guardata intorno con circospezione, decido di scavalcarlo. Non è la prima volta che lo faccio. Però me lo ricordavo più basso questo muretto... o forse sono solo io più vecchia. Scavalcare non fa più per me. Atterro dalla parte opposta barcollando, ma illesa. Sorrido perché, nonostante i muscoli mi urlino il contrario, sento il mio corpo reagire con una propria memoria a questo salto e la cosa è in qualche modo confortante: forse non tutto è poi così diverso in me. Mi guardo attorno e vedo Excalibur dietro l'abitazione. Sorrido come quando si vede un vecchio amico che solletica certe corde del cuore e mi incammino con calma, respirando questa aria piacevolissima. Quando ho superato la villa e manca poco ad arrivare alla mia meta sento un grugnito che mi fa sgranare gli occhi. Ora ricordo di aver visto, sul cancello anteriore, un cartello di ATTENTI AL CANE. Resto immobile trattenendo il fiato, forse se non respiro e non mi muovo il cane non si accorgerà di me... E spero con tutto il cuore che si tratti di un barboncino. Quando vedo due occhi rossi in lontananza che mi puntano, caccio un urlo e comincio a correre verso il muretto. Per un momento sono tentata di correre verso Excalibur, ma non sono mai stata brava ad arrampicarmi sugli alberi e poi i rami di Excalibur potrebbero non sostenermi. Il cane guadagna terreno abbaiando e ora penso che correre sia stata una pessima idea! Mi fermo, tremando, e il cane fa lo stesso dinanzi a me. È un pastore tedesco, massiccio e con il pelo scuro per quello che riesco a vedere grazie alle luci delle abitazioni vicine, la mia a destra e quella dei genitori di Alec a sinistra. Il cane ansima e abbaia nella mia direzione e io mi chiedo che diavolo fare ora, intrappolata qui! Poi sento un rumore alla mia sinistra, tra l'orticello e il prato. Non oso voltarmi perché se è un altro cane sarò spacciata e certe cose è meglio non saperle.

«Poi mi spiegherai...» Sento la voce di Alec accanto a me, cupa. «Thor, piccolo!» Avanza verso il cagnaccio, che smette immediatamente di abbaiare e scodinzola felice, mentre io tiro un grosso sospiro di sollievo e mi poggio al muretto alle mie spalle. Piccolo?, penso mentre cerco di ricompormi. Alec, inginocchiato, gioca con il cane, poi si volta a guardarmi. «Stai bene?» chiede. Non c'è gentilezza nella sua voce e so che mi aspetta l'ennesima litigata. Del resto ora dovrò spiegargli perché sono all'interno di una proprietà privata di sera, al buio, quando lui mi aveva detto che ci saremmo entrati insieme.

«Sì, grazie» rispondo. Quando Thor si allontana Alec mi viene vicino.

«Che diavolo pensavi di fare?» tuona.

«Non è come pensi, Alec. Non volevo aprire lo scrigno, solo prenderlo!» gli dico, giustificandomi. Questo posto mi sta facendo regredire a una ragazzina impacciata.

«Ti avevo detto che ci saremmo venuti insieme.» Si avvicina, torvo. Poi mi prende il braccio e mi strattona. «Potevi cadere da quel muretto! O finire morsa dal cane!» sussurra arrabbiato a pochi centimetri dal mio viso, mentre io non so cosa rispondere e non perché ha ragione – oh, su quello non posso davvero ribattere! – ma perché le sue emozioni in qualche modo contaminano le mie. Non sento la rabbia, non sento il suo rancore legittimo. Sento la sua apprensione. Alec si preoccupa ancora per me. Alec tiene ancora a me, dopo tutti questi anni, dopo tutto quello che è successo. La cosa mi sconvolge profondamente.

«Mi dispiace,» sussurro a mia volta «non volevo farti preoccupare.» Sembra scosso dalle mie scuse e si stacca come se poco prima avesse toccato qualcosa di bollente.

«Non mi sono preoccupato. Ma avevo dato la mia parola a tutti che non avresti fatto follie.» Si guarda attorno. «Ovviamente dovevo ricordare di non poter garantire per te» aggiunge sprezzante. Ma non me la dà a bere. Ho visto il suo sguardo, Alec mi vuole ancora bene. Esattamente come io ne voglio a lui, me ne accorgo ora.

«Grazie, Alec» dico, spiazzandolo di nuovo. Poi mi volta le spalle e si incammina verso l'entrata principale.

«Aspetta! Prendiamo lo scrigno, visto che siamo qui!» Lo raggiungo e lui si ferma di scatto. Si passa una mano tra i capelli e mi guarda, prima di parlare.

«Elisabetta...» Fa una pausa. Non se ne rende conto, ma fa sempre una pausa quando pronuncia il mio nome per intero, come se farlo fosse un atto autoimposto che deve controllare. Sorrido, con il solo risultato di farlo arrabbiare ancora di più. «Forse non ti è chiaro che verremo qui alla luce del giorno, non come due ladri che si aggirano furtivi nelle campagne, fuggendo con il favore delle tenebre» dice. E poi dice a me che sono teatrale, penso cogliendo la sua allusione alla mia fuga. Ma capisco che è inutile ribattere, quando Alec si mette in testa una cosa è testardo come un mulo! Avanzo a passo di marcia verso il cancello. So anche come scavalcare un cancello, da piccola lo facevo sempre con Cecco e quando mamma ci beccava erano guai. *Meno male che ho le scarpe da ginnastica!*

«Andiamocene, allora! Quando fai così sei insopportabile!» Marcio veloce e di nuovo Alec mi ferma, la mano che blocca il mio braccio quando sto per arrampicarmi.

«Che fai? Vuoi scavalcare il cancello rischiando di ammazzarti? Non hai quindici anni, Elisabetta.»

«Esco da questo posto!» ribatto ad alta voce.

Alec scuote la testa ed estrae qualcosa dalla tasca posteriore dei suoi jeans. Dopo un attimo il cancello si apre.

«Come mai hai il telecomando del cancello dei vicini?» chiedo scandendo piano ogni singola parola.

«I "vicini" sono io, Elisabetta. Ho comprato il vecchio podere» risponde.

Cosa? Quando? E perché? Vorrei chiederglielo, ma resto muta a fissarlo cercando di inserire nel puzzle della mia vita questo piccolo tassello apparentemente così insignificante, ma che mi turba profondamente. Alec sospira e si incammina verso quella che ho appena scoperto essere casa sua. «Vieni, ti offro un caffè» propone e io lo seguo fissando l'albero in fondo al podere che è stato il nostro punto di riferimento e custode dei nostri segreti per tanti anni. E che ora appartiene ad Alec.

10

«Tu sogni, Elisabetta?» chiede Alec. Siamo entrati in casa e ora siamo seduti nella sua cucina, rustica ed elegante. Mi guardo attorno ancora spaesata, cercando di metabolizzare che qui prima c'era una specie di casetta diroccata e ora c'è una villetta bellissima, arredata con gusto, in cui vive Alec ogni volta che torna a Giovinazzo.

«Cosa?» domando, mentre prendo la tazzina di caffè. Avvicina lo zucchero e io mi servo, girando meccanicamente.

«A Parigi, non sogno» risponde ignorando la mia replica. «È strano, vero?» chiede.

Questa conversazione non fa altro che aumentare la mia confusione. «Che vuoi dire, Alec?»

Fa spallucce e beve il suo caffè, poi posa la tazzina e mi guarda. «Casa è dove sono piantate le tue radici, dove sei così a tuo agio da riuscire a sognare. Tu sogni a Parigi, Elisabetta?» chiede ancora.

Sospiro e mi passo la mano sugli occhi, non sono pronta per questi discorsi filosofici e intimistici. Ma sono pronta per cose pratiche e concrete. «Se questa è casa tua possiamo prendere lo scrigno quando vogliamo» dico, cauta.

«Possiamo» risponde evasivo, prendendo le tazzine e mettendole nel lavello. «Sai, non capisco...» aggiunge girandosi. Incrocia le braccia e mi guarda, poggiandosi al mobile della cucina alle sue spalle. «Ti dico di aver acquistato questa proprietà e la prima cosa che mi chiedi è se possiamo prendere lo scrigno» commenta osservandomi.

«Vuoi che ti chieda perché hai comprato questo podere, Alec?» dico alzandomi, a disagio. Lo so perché lo ha comprato, Alec è un romantico. È vicino a casa dei suoi e ha un valore affettivo per lui. «Non ho bisogno di porre delle domande, conosco già le risposte.»

«Ah, sì? Le conosci?» Un velo di scetticismo nella sua voce.

«Sei un sentimentale...» Non volevo dirlo, non con questo tono di distacco, ma mi accorgo che è tardi quando vedo lo sguardo di Alec infiammarsi. «Non volevo... non era quello che volevo dire, Alec...»

«Io penso di sì, Elisabetta.» Si avvicina e la cucina mi sembra improvvisamente troppo, troppo piccola. «Vorrei poter dire che intravedo la mia Bessy in te, in qualche atteggiamento, in uno sguardo... ma mentirei. La mia Bessy non c'è più e in fondo ti ringrazio. Mi stai rendendo le cose più facili» dice uscendo dalla stanza.

Resto ferma qualche secondo, poi la sua voce mi richiama dall'ingresso. «Andiamo» dice. Mi sta buttando fuori.

«Ci vediamo domani?» chiedo, insicura. Odio questa sensazione.

«Ti chiamo io» risponde come se fossi una sconosciuta, l'appuntamento di una notte, senza guardarmi negli occhi. Sto uscendo quando mi richiama.

«Sì?» Mi volto a guardarlo.

«Casa è dove sono piantate le tue radici, dove il tuo cuore sogna più che altrove. Il resto sono luoghi» dice fissandomi. Un attimo dopo, la porta della sua nuova casa si chiude e il cancello automatico alle mie spalle si apre. Sospiro e guardo il cielo stellato. In lontananza sento Thor, il cane di Alec, che si muove e abbaia, giocando con qualche insetto nei pressi del suo nascondiglio. I sogni sono per i bambini, penso. Eppure una parte del mio cuore scricchiola a questo pensiero perché ricordo i *miei* sogni da ragazzina, vivevo per poterli realizzare. Non sono più quella ragazzina da tanto tempo, però, e non posso farci nulla. Anzi, una cosa posso farla: vivere la vita che mi sono scelta, senza ripensamenti.

Quando torno a casa mi sento spossata per la giornata, per la conversazione con Alec e semplicemente per il fatto di essere di nuovo qui, perché il carico emotivo di questo viaggio rischia di sommergermi, se non faccio attenzione. Evito di fare rumori per non farmi sentire da papà che lavora in studio, non ho voglia di altre conversazioni imbarazzanti, voglio solo stendermi e dormire. Sento Cecco leggere ad alta voce nella sua camera e mi rifugio nella mia, chiudendo la porta. Una volta dentro tiro un sospiro di sollievo, è stata una lunghissima giornata, devo recuperare le forze per domani. Domani... cosa avverrà domani? Non ho la più pallida idea di cosa fare! Insomma, sono venuta con uno scopo ben preciso e ora Alec mi sta mettendo i bastoni tra le ruote, ritardando a tempo imprecisato l'apertura dello scrigno. Non sono qui per passeggiare o rievocare luoghi ed emozioni del passato, sono qui per chiudere un cerchio rimasto aperto troppo a lungo. Domani chiederò al signor Nicola di portarmi a visitare i nostri poderi e lavorerò come faccio di solito. Il lavoro è sempre stata la mia ancora di salvezza, anche qui posso fare in modo che lo sia. Questa idea mi conforta e mi rilassa, quindi mi stendo a letto e guardo il soffitto per alcuni minuti, prima di chiudere gli occhi.

No, non sogno a Parigi, Alec. Non sogno da anni, ormai, penso quando la mia mente va piano piano alla deriva e le palpebre si appesantiscono.

Mi sveglio di soprassalto quando sento il mio cellulare suonare.

«Pronto?» chiedo assonnata. Da quando non dormivo così profondamente?

«Stai ancora dormendo? Passo da te tra poco.» La voce di Alec arriva squillante. Non ho tempo di replicare che ha già attaccato. Guardo l'orologio del cellulare che segna le dieci e trentasette. Com'è possibile?

Io non dormo mai così tanto! A Parigi alle sei sono già nella mia cucina a bere caffè. Mi lavo e mi vesto velocemente, perché per nulla al mondo voglio che Alec pensi che io sia ancora una ritardataria come un tempo, e scendo di corsa le scale. Chissà, forse, oggi mi porterà allo scrigno!

«La colazione è pronta!» urla mio padre dallo studio vedendomi sfrecciare. Mi fermo e torno indietro.

«Grazie, ma sto uscendo» ribatto guardandomi attorno.

«Cecco è nei campi da diverse ore ormai, sai che è abitudinario in ogni stagione» mi dice capendo che sto cercando mio zio. «Oggi Nicola lo ha portato a Trani, devono ultimare i preparativi per la raccolta.»

Annuisco. «Ah, okay...» Faccio un salto in cucina per prendere almeno il caffè e papà mi raggiunge.

«Betta, dobbiamo parlare.» Sapevo che sarebbe arrivato questo momento, non puoi sparire per tre anni e poi ripresentarti come se nulla fosse pensando di non chiarire le cose. E io sono la prima che vuole parlare, sono qui per questo... ma non ancora.

«Lo so, papà. Parleremo quando avrò la lettera» dico guardandolo e sorseggiando il mio caffè tiepido.

«No... vorrei che parlassimo prima. La lettera per me non ha importanza.» Si avvicina appena e leggo nel suo sguardo tutta la risolutezza delle sue parole. Vorrei dirgli che non è così, che quella lettera conta e in ogni caso farà la differenza, nelle nostre vite. La verità potrebbe assestare un nuovo colpo al nostro rapporto, anche se a quella verità mi sono abituata ormai da anni. In tutto questo tempo l'ho interiorizzata e fatta mia. So cosa c'è scritto, ma voglio leggerlo. *Non sei mia figlia. Il padre del tuo ragazzo potrebbe essere tuo padre! Non ti sembra una strana coincidenza che si siano trasferiti qui proprio da Torino, dove la mamma lavorava? Si conoscevano, lo so.* Le sue parole mi hanno tormentata per anni, fino a quando sono diventate realtà, nei miei pensieri. Sono diventate *vere*. La lettera non farà altro che confermare sospetti e bugie. Sono pronta, non ci saranno scossoni al mio mondo. Allora perché quando ci penso il respiro mi si ferma in gola?

«Sappiamo quello che c'è scritto in quella lettera, papà. Ma io ho bisogno di leggerla attraverso gli occhi di mamma. Poi parleremo.» Mi allontano lasciandolo lì, fermo nella grande cucina di Villa Fiorita, come lui ha fatto tante volte con me. Seminando dubbi e domande che ronzavano nella mia testa per ore e ore, finché qualcuno non aveva il potere di scacciarle con baci e carezze. Perché, alla fine, quello che mi ha salvata in quegli anni è stato l'amore di Alec. Un amore che ho rinnegato e che ha cambiato forma. Alec è mio... fratello, il nostro rapporto sarà sempre intimo, ma di un'intimità diversa.

«E questi cosa sono?» Sul tavolo della cucina ci sono una decina di grossi album dall'aspetto vecchio e vissuto.

«Foto di famiglia» risponde papà. «Era da tanto che volevo sistemarle e incorniciare quelle più belle...»

Apre un album e comincia a sfogliarlo, immerso nei suoi ricordi. «Pensavo di mettere una serie di quadretti lungo le scale, come si usa ora... e poi alcuni in studio e in cucina.»

«È una bella idea.» Mi avvicino per guardare l'album che sta sfogliando.

«Ma... è la nonna da giovane?» Indico una foto in bianco e nero in cui una bellissima ragazza sorride all'obiettivo con sguardo altero. È proprio la nonna: la sua fierezza, la sua forza, il suo portamento sono tutti qui.

«Era bellissima, vero?» Papà accarezza la foto.

«Manca anche a me, papà...» Gli metto una mano sul braccio e lui si gira a guardarmi, come un animale ferito cui è stata concessa una carezza. «Mi mancano i suoi proverbi, sai?» Sorrido per alleggerire la tensione del momento. Papà mette una mano sulla mia.

«Aveva un proverbio per ogni occasione!» ridacchia divertito al ricordo. «Mi faceva ammattire!»

«Una volta le avevo detto che ero triste perché avevo ricevuto un voto appena sufficiente nella versione di greco e lei mi disse: "Betta, *a chiang', alla chjes*!". Betta, se vuoi piangere, vai in chiesa, qui ci tiriamo su le maniche e lavoriamo più di prima!» Ridiamo insieme e poi distogliamo gli occhi in imbarazzo.

«Era davvero così, instancabile e forte. Non si abbatteva mai...» Papà si interrompe pensando che, forse, nonna alcune volte si era abbattuta. Quando lo vedeva bere, per esempio, e consumarsi giorno dopo giorno, senza poter fare nulla per salvare suo figlio.

«Ti amava molto» gli dico. Continuo a sfogliare l'album e trovo ancora foto di nonna con il nonno, al loro matrimonio, nella loro terra. Sembravano così felici che viene voglia di sorridere solo a guardarli. Ho una foto con questo sorriso in compagnia di Antoine?, mi chiedo. Perché l'amore dovrebbe essere così: non razionale, non programmato, ma fatto di questi sorrisi.

«Guarda!» Papà si è seduto al tavolo e mi sta porgendo un album, indicando la foto di due ragazzini dallo sguardo impertinente, uno di fronte all'altro, bagnati fradici e ciascuno con un lungo tubo in mano, che si fanno la linguaccia. Sullo sfondo il rosa acceso delle buganvillee di Villa Fiorita. Scoppio a ridere.

«Ricordo quel giorno!» dico prendendo l'album e fissando la foto.

«Avevamo giocato in giardino con i tubi dell'acqua... Scusate, la porta era aperta» dice Alec entrando e avvicinandosi. Prende la foto dall'album e la osserva.

«Veramente io ricordo che nonna ci aveva detto di innaffiare le buganvillee e poi...» aggiungo soffocando una risata e additando i due ragazzini bagnati fradici che ridevano a crepapelle.

«E poi tu mi hai innaffiato.» Alec sorride e mi restituisce la foto.

«No, caro, *tu* mi hai innaffiata! Hai cominciato tu!»

«Come se fosse possibile... eri sempre tu a mettermi nei guai!»

«Cosa?» sgrano gli occhi ridendo. «Vuoi scherzare!»

«E questa?» Papà ci porge un'altra foto. Siamo ancora noi, più grandi di qualche anno, e abbiamo in mano lo scrigno. Avevamo chiesto a nonna di scattarci la foto per ricordarci per sempre il giorno in cui lo avevamo sotterrato. Io e Alec ci guardiamo senza dire nulla.

«Se vuoi restare qui, noi ci vediamo domani» dice lui facendo un passo indietro.

Guardo prima lui e poi mio padre che sta tirando fuori altre foto dall'album.

«Sì, se non ti dispiace vorrei restare qui, oggi» gli dico. Alec annuisce.

«Alec...»

«Sì?» Si gira, in procinto di andare via.

«Ti va di restare con noi? Papà deve scegliere delle foto da appendere sulle pareti. E sai... se dovessi scegliere io...» Prendo una foto dal mucchio, l'avevo già avvistata prima: è Alec da ragazzino, ma vestito da donna. Reprimo una risata e gliela mostro.

«Non osare!» Mi prende la foto dalle mani e stringe le labbra. «Alcune cose che mi obbligavi a fare da bambini le vorrei dimenticare...» Si siede e mi porge un'altra foto in cui siamo insieme alla nonna che ci stringe, ciascuno per lato, facendoci sentire al sicuro e protetti.

«Incorniciate questa...» mi sussurra. Annuisco e la porgo a papà.

«Mi sembra un'ottima scelta.»

Trascorriamo la restante parte della mattina a scegliere le foto, pranziamo a casa – papà inaugura un barbecue in giardino per la gioia di Cecco – e poi andiamo alla ferramenta del paese per acquistare alcune cornici. La ferramenta è gestita dal figlio del signor Amoruso, il gentile commerciante che ci aveva venduto il lucchetto per il nostro scrigno, ed è identica a come la ricordavo. Quando torniamo, Alec mi aiuta a incorniciare le foto che raccontano la storia della nostra famiglia e parte della nostra preziosa amicizia. A fine giornata ci salutiamo in imbarazzo, non sapendo bene come gestire questa evoluzione del nostro rapporto che ci ha portati a fare un inaspettato salto nel passato.

La mattina dopo, alle dieci in punto, mi manda un messaggio: «Scendi».

Lo trovo fuori dal cancello ad attendermi, i soliti jeans, una nuova camicia e gli occhiali da sole.

«Buongiorno, principessa!» ironizza guardando la mia faccia ancora assonnata.

«Che programmi hai?» chiedo senza salutarlo. Spero risponda che stiamo andando da Excalibur ma non mi illudo, perché lo conosco abbastanza bene da sapere che, qualunque cosa abbia in mente, non ha ancora finito con me.

«Andiamo a fare colazione al porto e facciamo una passeggiata sul lungomare» risponde incamminandosi verso il paese. Sbuffo per la futilità di questo programma, ma non dico nulla per non peggiorare la situazione. In fondo, forse, una mattina di pausa mi farà bene. È tanto che non mi prendo una vacanza, da quando io e Antoine siamo stati a Sharm El Sheikh lo scorso anno.

Camminiamo in silenzio, oltrepassiamo il passaggio a livello e, tagliando per stradine e piccoli corsi, arriviamo nella grande piazza centrale. Quando siamo fermi al semaforo in attesa di attraversare, mi guardo intorno, esaminando i cambiamenti del paese negli anni. La struttura generale è rimasta la stessa: le vie, la piazza, il palazzo del Comune e i palazzi antichi accanto. La grande arcata in pietra che indica l'ingresso al centro storico, il pavimento fatto di lastroni di pietre bianche. Ma è anche cambiato molto, si è modernizzato seguendo il tempo, con le rotonde che dividono la piazza da via Bari, la via che attraversa il paese e porta a nord, e i nuovi negozi, i bar, i pub dal sapore inglese stranamente incastonati nella struttura antica di un borgo incantevole. Il porto ha subito la stessa sorte, incastrato nel tempo nella sua storica bellezza, con il torrione che lo sovrasta e i nuovi locali commerciali che sono sorti tutto intorno. Alec mi porta in un bar di fronte al porticciolo, sediamo fuori per ammirare il paesaggio e respirare l'aria buona.

«Questo locale era una pizzeria, una volta» dico guardando verso il caratteristico interno scavato nella pietra.

«Lo è ancora, ma ha cambiato gestori e valenza diverse volte in questi anni» risponde lui.

«È bellissimo» commento.

Beviamo i nostri caffè in un rassicurante silenzio e poi ci incamminiamo sul lungomare.

«Non è cambiato molto, eppure è cambiato tutto...» dico tra me e me, mentre camminiamo. Se chiudo gli occhi mi sembra di essere ritornata a quando da ragazzini venivamo qui a passeggiare, d'inverno, la domenica mattina, proprio come oggi. Alec mi guarda ma non dice nulla, eppure nei suoi occhi leggo la solita muta accusa che esprime più o meno platealmente da quando ci siamo rivisti: è colpa tua, se tutto è cambiato.

«Thor!» esclama poi d'un tratto quando un cagnolone che riconosco appena gli saltella incontro facendogli le feste. L'altra sera era troppo buio per poterlo notare, ma Thor è un bellissimo pastore tedesco dal pelo fulvo e lo sguardo dolce. Quando non ti abbaia contro credendoti un ladro, ovviamente, ma di questo non posso fargliene una colpa... sono stata io a entrare non invitata nel suo territorio. Quando alzo lo sguardo vedo i genitori di Alec, mano nella mano, che ci vengono incontro.

«Ciao, ragazzi, tutto bene?» chiede la signora Reed, mentre Thor gira intorno tra Alec e loro, come impazzito di gioia. Non deve sembrargli vero di vedere la sua famiglia umana riunita e al completo. Immagino capiti poche volte.

«Bene, grazie» rispondo, formale, guardando il signor Reed. Ho forse i suoi stessi tratti?, mi chiedo d'istinto.

«Stavamo andando a pranzo, volete unirvi a noi o avete altri impegni?» propone Thomas, guardando suo figlio. Sto per rispondere che sì, abbiamo altri impegni, che *io* ho sicuramente altri impegni, ma Alec mi precede sorridendo nella mia direzione: «Volentieri».

Sembra che si diverta a mettermi a disagio e mi chiedo quanto durerà ancora questa forma di punizione distillata goccia dopo goccia cui mi sta sottoponendo. Sorrido in imbarazzo, ma non dico nulla per evitare inutili battibecchi.

Ci incamminiamo a coppie, Alec è davanti con sua madre e io dietro con suo padre.

«Allora, Betty, come stai?» mi chiede il signor Reed. «Come stai *davvero*» precisa fermandosi un momento per guardarmi negli occhi. Resto spiazzata per la sua domanda che solleva, dentro di me, quesiti e tormenti.

«Benissimo, vivo a Parigi da anni...» rispondo giocherellando con un braccialetto.

«Lo so, Alec ce lo aveva detto e spesso abbiamo pensato di venire a trovarti... ma non volevamo forzarti. Sappiamo perché sei andata via...» dice. Questa volta sono io che mi fermo.

«Davvero?» chiedo. Ripenso alla mia ultima sera a Giovinazzo, alle poche parole che ci eravamo scambiati e a come mi era sembrato che loro sapessero tutto.

«Alberto ci ha detto di averti rivelato che non è il tuo vero padre... Ma...» Si ferma e guarda verso Alec e la moglie per essere certo che non ci ascoltino.

«Ma tu lo sapevi già» concludo per lui. Il signor Reed annuisce e quel piccolo movimento della sua testa fa crollare ogni residuo di speranza in me. Mi chiedo come papà possa aver retto per tutti questi anni la vicinanza con l'uomo che è il mio vero genitore biologico. Con l'uomo che mamma ha amato, santo cielo! E la signora Reed? Perché ha accettato così serenamente questa situazione? Pensavo che papà fosse un debole, invece ora credo che io non avrei avuto la sua stessa forza. Sarei fuggita lontano e, in definitiva, è proprio quello che ho fatto appena ho scoperto la verità. C'è sempre un mondo di scelte dietro ogni nostro atteggiamento e per troppo tempo ho fatto finta di non vedere quanto papà stesse soffrendo davvero.

«Hai parlato con papà? Gli hai raccontato tutto?» chiedo dopo una lunga pausa, con il cuore in gola. Papà ha finalmente avuto le sue conferme e questo lo ha portato a toccare il fondo prima di disintossicarsi?

«Non spettava a me farlo! Non potevo dire nulla né a te né a tuo padre, lo avevo promesso a Elena!» È sorpreso per la mia domanda.

«Thomas, ma come puoi rispondere così! Io stavo con tuo figlio!» Mi avvicino e alzo la voce per la rabbia. Alec si volta a guardarci e si ferma. Mi raddrizzo e gli do le spalle. Non voglio che Alec senta questa spiacevole conversazione e non voglio che sappia così la verità, come l'ho saputa io, senza una rete di protezione emozionale sotto i piedi.

«E allora? Era un modo per avervi insieme in famiglia...» risponde turbato Thomas Reed.

«Cosa?» sussurro mentre lui mi guarda corrugando la fronte. È impazzito, forse? «L'incesto sarà normale da voi, ma qui è una cosa orribile e contro la legge! Io non capisco proprio come tu possa dire una cosa del genere, Thomas... davvero, è assurdo!» continuo a sussurrare per non farmi sentire da Alec. Per tutti questi anni ho sempre pensato che Thomas Reed fosse una persona meravigliosa, medico, padre, marito impeccabile e ora invece scopro che è una specie di mostro... Riprendo a camminare per non destare sospetti in Alec. Guardo alla mia destra, ma non vedo il signor Reed, così mi giro e lo trovo diversi metri dietro di me che mi fissa inorridito. Torno indietro preoccupata. «Stai bene?» chiedo.

«Betty, che significa la cosa sull'incesto che hai appena detto?» mi chiede, la voce severa e l'accento inglese che spicca.

«Be', lo sai... se tu...» Non riesco a completare la frase.

«Se io... cosa?» mi incita, gli occhi incastrati ai miei.

«Se tu sei mio padre, Alec è mio fratello biologico!» rispondo stizzita e disgustata da questa verità che mai ho detto così apertamente in questi anni, nonostante ci abbia pensato spesso. «Thomas, stai bene? Sei molto pallido...» aggiungo subito dopo vedendolo diventare bianco sotto i miei occhi. Il signor Reed si regge al muretto in pietra della litoranea e mi fissa. Quando parla la sua voce è solo un flebile lamento, ma io lo sento perfettamente. «Tu pensi che io sia tuo padre?» chiede.

«Be', non era così che volevo svelarti che conosco la verità, ma immagino non ci sia un manuale delle buone maniere per un primo vero incontro padre-figlia...» borbotto. «Aspetta... che significa che io *penso*?» aggiungo.

«Betty...» Pronuncia il mio nome con un lungo sospiro. «Betty, ma io non sono tuo padre...» mormora, guardandomi con gli occhi lucidi. Resto a fissarlo cercando di dare un senso alle sue parole. Me le ripeto in loop per alcuni lunghi momenti, finché acquisiscono un senso, eppure al tempo stesso è un senso sbagliato. Perché, se fosse vero, ho buttato tre anni della mia vita, di quella di Alec e tutto ciò che pensavo di sapere era, di nuovo, un'assurda bugia.

Sento la coda di Thor sfiorare la mia gamba e guardo in basso verso il cane che ci sta girando attorno. Poi mi volto, intontita, come se stessi vivendo in qualche modo un'esperienza extracorporea, e capisco che se Thor è qui, anche…

«Alec…» sussurro quando lo vedo alle mie spalle.

«Sei andata via perché pensavi che mio padre fosse tuo padre e… io tuo fratello?» chiede facendo un passo verso di me. Non c'è rabbia nella sua voce, ma stupore sincero e una nota di dolore che fa eco al mio. Annuisco, incapace di parlare, la gola che mi brucia. Torno a guardare il signor Reed. Vorrei chiedergli se è sicuro di quanto dice, ma mi sembra una domanda così stupida! Come potrebbe non esserne sicuro? Mi appoggio anche io al muretto.

«Bessy, stai bene?» Alec mi sorregge, sollevo la testa per guardarlo e sorrido per un momento quando mi rendo conto che mi ha chiamata con il nomignolo che usava quando eravamo piccoli. Vorrei dirgli tante cose, ma in questo momento mi sembra tutto così confuso e sbagliato e sfocato. E poi buio.

Un buio che mi inghiotte e mi salva.

Una volta la nonna mi ha detto che nessuno può mai davvero capire cosa provi, neppure chi ti è più vicino, perché il dolore è di chi ce l'ha, non di chi guarda e se ne va. «*U' dolor iè d' ci su' sent, no d' ch passe e se ne vè.*» Forse, nonna, se quel dolore lo avessimo condiviso, invece di guardarlo dall'esterno e andare ognuno per la propria strada, non saremmo stati davvero soli. Forse tutto sarebbe stato diverso.

11

«Cosa è successo?» chiedo quando riapro gli occhi.

«Bessy, piano...» Alec è vicino e mi sorregge la testa. Attorno a me i genitori di Alec hanno delle espressioni preoccupate e un infermiere del 118 armeggia con il mio braccio.

«Ha la pressione alta, la portiamo in ospedale per accertamenti?» chiede al suo collega.

«No, non voglio andare in ospedale, sto bene. Mi sono solo agitata, è per questo che sono svenuta.» Mi sollevo, ma Alec mi tira giù.

«È vero,» interviene la mamma di Alec «e noi siamo medici. La portiamo a casa e ce ne occupiamo noi» dice guardandomi. Annuisco, grata per il suo aiuto.

«Mamma...» la rimprovera Alec.

«Tesoro, Elisabetta ha bisogno di noi, ora» risponde lei. Trattengo le lacrime che spingono per uscire e guardo Alec in attesa di una sua risposta. Lo vedo cedere sotto il mio sguardo e rassicurare gli infermieri di quanto hanno detto i suoi genitori. Così torniamo a casa, i signori Reed recuperano l'auto, e mi portano a Villa Fiorita. Quando Cecco ci vede entrare tutti insieme corre a chiamare papà con un'espressione preoccupata.

«Alberto, Alberto! È tornata Bettina con i signori Reed e Alec!» lo sento urlare dall'ingresso. Mio padre, che capisce subito che qualcosa non va, si affaccia velocemente e quando mi vede, pallida e sorretta da Alec, ci viene incontro. Si ferma a pochi passi da me. «Betta, che succede?» chiede visibilmente preoccupato.

«Oh, papà!» Lascio il braccio di Alec e mi rifugio tra le braccia di mio padre. Lui resta spiazzato per un istante, poi sento la sua stretta attorno al mio corpo, come una cintura di sicurezza che mi avvolge e mi protegge. È l'abbraccio che era sospeso tra noi da molto, molto, tempo e riappropriarsene è confortante. Sa di casa. Mio padre lascia che mi adatti alla sua stretta e poi mi allontana per guardarmi in viso.

«Betta, cosa è successo?» chiede commosso, asciugando le mie lacrime.

Tiro su col naso e cerco le parole per liberarlo dal peso che porta da tanti anni. «Papà, perché pensavi che Thomas Reed fosse...» Non riesco a completare la frase perché non voglio ferirlo, nonostante questa conversazione faccia eco a quella che abbiamo avuto anni fa.

«Tuo padre?» dice lui a bassa voce, mentre i signori Reed e Alec sono a pochi passi da noi e comunque ci ascoltano. Annuisco. «Conosceva tua madre, mi ha detto lui stesso che si erano conosciuti a Torino!» risponde, poi guarda Thomas. «E si sono trasferiti qui quando è morta. Ti erano sempre accanto, sono venuti a chiedermi se potevano aiutarmi... Lei» indica la signora Reed «mi aveva detto che eri una figlia per loro» risponde. Comprendo i suoi dubbi, mi sembrano del tutto legittimi. Mi giro anche io verso Thomas e Anna Reed.

«Che significa? Non capisco...» chiede Alec confuso.

Thomas sospira e sua moglie gli prende la mano. Un piccolo gesto di conforto che lo aiuta a parlare. Guarda suo figlio e poi me.

«Anna ha detto il vero, sei sempre stata una figlia per noi, da prima che nascessi... Sediamoci, volete?»

Mandiamo Cecco in camera, per paura di turbarlo, e ci accomodiamo nella grande sala.

«Lavoravo a Torino, all'ospedale delle Molinette» inizia così il suo racconto. «Alec aveva compiuto un anno da poco ed eravamo felici. Avevo conosciuto un collega, appena arrivato in Italia, che era stato il mio mentore. Era diventato un amico. Un giorno mi ha detto di essersi invaghito di una bellissima ragazza del Sud trasferitasi per insegnare.»

«Mia madre...» Guardo papà e gli stringo la mano, accostandomi a lui sul divano.

«Sì, tua madre» risponde il signor Reed, anche se non è necessario. Alec mi osserva intensamente, ma io fingo di non notarlo. Non so cosa stia pensando, ma ora voglio restare concentrata su questa storia che aspetto di conoscere da troppo tempo.

«Era davvero bellissima» continua la signora Reed. «Aveva uno sguardo dolcissimo e la sua parlantina ti ammaliava. Tu le somigli molto.» Sento un nodo in gola alle sue parole e la ringrazio per questo complimento che bevo come fosse acqua fresca.

«Però il mio collega era sposato e dopo aver conosciuto tua madre l'avevamo messa in guardia. Era un bravo medico, ma umanamente... voleva solo divertirsi, diceva che voleva compensare la vita di sacrificio fatta in corsia. Tua madre ci ha risposto che sapeva tutto e che Paolo le aveva promesso che avrebbe divorziato e che l'avrebbe sposata» conclude il signor Reed.

Paolo. Il nome del mio genitore biologico. Sento mio padre accanto a me trattenere il respiro, ma resta in silenzio. Mi giro a guardarlo, sperando che queste parole non lo facciano ripiombare nel buio dal quale è faticosamente uscito.

«Sto bene» mi dice leggendo l'apprensione sul mio viso.

«Stavate insieme, all'epoca?» gli chiedo. Non conosco bene i dettagli della loro storia.

«No, ci conoscevamo da anni, e io ero innamorato di lei dal liceo, ma ci siamo messi insieme quando lei è tornata a vivere a Giovinazzo...» risponde stringendo la mia mano.

«Quando è tornata incinta...» preciso.

«Non ho esitato un attimo, Betta. Per me sei sempre stata *mia* figlia. So che è difficile da credere, considerando come mi sono comportato...» Abbassa la testa imbarazzato.

«Lo so» rispondo, attirando il suo sguardo riconoscente.

«Quando è rimasta incinta si è resa conto che Paolo era inaffidabile e che non l'amava come diceva...» continua il signor Reed. «Lui non ne voleva sapere di un figlio e non voleva lasciare sua moglie. Si è avverato quello che temevo: si sono lasciati e tua madre era disperata. Tornare al paese incinta e senza un marito sembrava essere un'opzione da non prendere in considerazione. Allora...»

Si ferma e guarda sua moglie.

«Allora ci siamo offerti di adottarti» continua la signora Reed. Trattengo il respiro alle sue parole e guardo Alec. In fondo, io e Alec potevamo davvero essere fratello e sorella.

«Mia madre voleva abbandonarmi?» chiedo.

«Era terrorizzata, diceva che i suoi genitori non avrebbero mai capito...» la giustifica la signora Reed.

«E poi? Cos'è successo?» chiedo, ansiosa di unire tutti i pezzi di questo complicato puzzle.

«Poi si è trasferita da noi per due mesi, siamo diventate molto amiche. Sentivo la sua sofferenza all'idea di lasciarti, soprattutto ogni volta che prendeva in braccio Alec...» Guarda suo figlio con un sorriso. Mia madre ha conosciuto Alec!

«Non ricordo nulla...» sussurra lui. «Non sapevo di aver conosciuto tua madre» dice rivolto a me.

«Eri molto piccolo» lo tranquillizzo.

«Ci ha detto di aver parlato con i suoi genitori. Non era andata bene» continua il signor Reed.

«I tuoi nonni» interviene mio padre «erano molto rigidi... avevano interrotto ogni rapporto con lei, anche dopo la tua nascita» precisa.

«L'hanno ripudiata perché non era sposata?» chiedo. Papà annuisce.

«Sì, all'epoca era una sorta di colpa che ti marchiava. Non hanno mai voluto vederti, né rivedere tua madre... Elena è stata da loro quando avevi due mesi perché pensava che conoscerti li avrebbe ammorbiditi, ma sono stati irremovibili. Hanno parlato di colpe e reputazione infangata e lei si è sentita profondamente umiliata e ferita. Sono morti dopo qualche anno e Cecco è venuto a vivere da noi. Elena era molto turbata per non essere riuscita a riavvicinarsi a loro.»

Sgrano gli occhi a questa risposta e ripenso a come era diversa, invece, nonna Lucia, che mi aspettava sempre con un piatto di pasta caldo quando rientravo la sera tardi. Eppure... non ero la sua vera nipote.

«Nonna Lucia lo sapeva?» chiedo.

Papà annuisce. Leggo dell'orgoglio nel suo sguardo, al pensiero di sua madre che accetta una bambina e l'ama come fosse una figlia.

«E poi? Mamma ha deciso di tenermi, nonostante tutto?» chiedo alla signora Reed.

«Sì. Ti amava moltissimo, Elisabetta.» Le sue parole non mi stupiscono, ricordo mia madre e posso ancora sentire il suo amore per me, ma ne traggo comunque un enorme conforto.

«E voi? Vi aveva promesso una figlia... ci sarete rimasti male...»

«Eravamo genitori anche noi e sapevamo che, dopotutto, Elena non sarebbe riuscita a lasciarti» risponde con semplicità. «Ci eravamo offerti di adottarti, ma eravamo certi che Elena non avrebbe acconsentito, alla fine...» Mi accarezza con lo sguardo. «Quando ti abbiamo vista, appena trasferiti qui dopo la sua morte, ti abbiamo amata all'istante, come se fossi stata davvero nostra figlia, Elisabetta» aggiunge. Sorrido, grata per la loro lealtà a mia madre e per l'affetto che hanno provato per me da prima che nascessi.

«Posso proseguire io, ora...» dice mio padre alzandosi e camminando nella grande sala.

«Quando è tornata a Bitonto, dove viveva, i suoi genitori le hanno ribadito che non era benvoluta. Così è venuta a Giovinazzo, cercava un alloggio a basso prezzo, me lo aveva raccontato un giorno, dopo un incontro casuale. Io l'ho detto a mia madre, che si è intenerita molto per la sua situazione e l'ha invitata a stare da noi finché non avesse trovato altro. Alloggiava in quella che ora è la tua camera» mi guarda e sorride.

«E vi siete innamorati?» chiedo, deducendo il resto.

«Io l'amavo già da tutta la vita, ma la convivenza e la brutta esperienza passata hanno fatto scattare qualcosa anche in lei. Le ho chiesto di sposarmi, prima della tua nascita, mancava solo un mese, e le ho detto che ti avrei riconosciuta come mia figlia. Ne è stata molto felice, ovviamente» aggiunge.

«Ci siamo sempre tenute in contatto, in tutti questi anni, e siamo stati felici dell'epilogo di quella storia» commenta la signora Reed. «Poi dopo qualche anno mi ha chiamata e mi ha detto della malattia...» Anna abbassa lo sguardo e si asciuga una lacrima.

Thomas la stringe a sé e continua: «Negli ultimi giorni ci ha chiesto di onorare la promessa che le avevamo fatto anni prima, di prenderci cura di sua figlia, anche se non eravamo diventati i tuoi genitori adottivi...». Io e Alec ci guardiamo, legati da queste parole e dal nostro destino. «Ma era così che ci sentivamo, anche se non eravamo i tuoi veri genitori. Così abbiamo chiesto un trasferimento a Bari e abbiamo acquistato una casa qui vicino. Non potevamo dirti nulla, Alberto, ci spiace, non spettava a noi» aggiunge il signor Reed.

«Lo capisco» commenta mio padre, tornando a camminare nella sala per scaricare il nervosismo. «Se solo si fosse fidata di me al punto da raccontarmi tutto... mi aveva solo detto di essersi innamorata dell'uomo sbagliato.» Si mette una mano sulla faccia e sospira stancamente.

«Aveva paura del tuo giudizio, Alberto. Se i suoi genitori l'avevano ripudiata, pensava, allora nessuno poteva capirla, ma ti amava davvero. E dirti i dettagli di quella storia che voleva dimenticare non era più così necessario...» lo consola Anna.

«Forse. Non lo so. Ma Betta aveva il diritto di sapere...» risponde lui guardandomi.

«Lo sai che voleva parlargliene» interviene Thomas.

Papà annuisce. «Aspettava il momento giusto. Ma nella vita forse non c'è mai un momento giusto.»

«È tutto a posto, papà» rispondo. Ma sappiamo tutti, in questa stanza, che non è vero. Bugie sono state piantate come piccoli semi nel terreno. Ci abbiamo camminato sopra, incuranti di ciò che cresceva, e il tempo le ha accarezzate, ben sapendo che prima o poi sarebbero sbocciate. E così è stato, sono venute a galla, tutte. Solo che, forse, ora è troppo tardi, penso incrociando lo sguardo di Alec.

«Ho bisogno di aria» dico. Mi precipito fuori e cammino, cammino e cammino, finché mi ritrovo sotto Excalibur, dopo aver di nuovo scavalcato il muretto. Questa volta Thor mi ignora, forse perché ha annusato il mio odore e mi considera innocua. Poggio le mani e la fronte al vecchio ulivo e resto così, in silenzio, abbracciata al solido tronco rugoso. Le foglie, le cicale e il mio respiro affannato gli unici rumori in questo silenzio che mi circonda come un abbraccio rassicurante.

Ho commesso un terribile errore.

È la prima cosa che penso. Un pensiero che mi fa fremere di rabbia. Se mi fossi fermata, se non avessi agito d'istinto, scappando via! Se avessi fatto più domande e ottenuto più risposte, forse ora la mia vita sarebbe diversa! Stupida, sono stata una stupida!, mi dico mentre comincio a sbattere la mano contro il rigido tronco di Excalibur. *Stupida, perché sei stata così impulsiva?* Tiro un calcio all'albero e poi di nuovo una manata e di nuovo calci, pugni, in una raffica che mi svuota. Ancora, ancora, ancora. Le mani mi fanno male e una scarpa vola lontano, mentre continuo a colpire il tronco.

«Bessy...» Le sue braccia mi avvolgono, una rete che blocca il mio attacco furioso. Cerco di svincolarmi, più arrabbiata di prima.

«Lasciami, Alec!» urlo, continuando a tirare calci.

Alec rafforza la presa e posa la testa nell'incavo del mio collo. Il suo profumo mi ricorda le nostre estati spensierate e questa cosa mi fa arrabbiare ancora di più. Cerco di fuggire dalla sua stretta, ma lui mi riprende e stringe.

«Lasciami...» piagnucolo accasciandomi, sorretta dal suo corpo, la testa contro Excalibur, il mio scudo in questo mondo, proprio come quando ero una ragazzina.

«Non posso, Bessy» sussurra sulla mia pelle. Rabbrividisco e mi immobilizzo nella sua stretta. «Non ci sono mai riuscito.»

«Ora sono di nuovo Bessy? Non più Elisabetta?» chiedo, le lacrime che rigano il viso.

«Mi dispiace.»

Rido stancamente. «Mi chiedi scusa? Tu a me? Se solo...»

«Bessy, non serve a nulla tormentarti così» mi accarezza la schiena con delicatezza, come si fa con un animale che vuoi ammansire e di cui temi la reazione. «Girati, Bessy. Guardami...»

Gli obbedisco, mi giro e lo guardo. Il sole è ancora alto in cielo e i suoi occhi sono schermati dagli occhiali, eppure lo vedo, quello sguardo che mi riserva ogni volta che ne ho avuto bisogno. Una carezza sulle mie ferite.

«Perché? Perché fai così? Perché non mi odi?» chiedo.

«Non posso odiarti» risponde con voce soffocata.

«Provi pena per me, vero? Non devi, non merito la tua pena. Devi odiarmi, Alec. Devi!»

«Sono stanco di odiarti. Ti ho odiata per tanti anni, ma ora sono stanco.» So cosa vuole dire: l'odio ci porta via così tante energie, ci corrode, ci consuma. Ripenso al mio rapporto con papà e a tutto quel tempo perso a fuggire da noi stessi. Avevo visto papà prosciugarsi fino a scomparire, ma una persona equilibrata come Alec ha presto compreso che non ne valeva la pena. Che è tempo sottratto ad altro. Alla vita, per esempio.

«Non sei stanca anche tu?» chiede, togliendosi gli occhiali. Annuisco con un gesto impercettibile, incapace di dire altro. Non so se mi abbia vista, ma aggiunge: «Allora basta, Bessy. Andiamo avanti».

«Non so come fare, Alec...» dico tirando su col naso come facevo quando eravamo ragazzini e litigavo con papà.

«Troveremo il modo. Lo troviamo sempre.»

Anni fa, per la presentazione di un mio libro, ho incontrato una ragazza che gestisce un blog letterario, Sara. Parlando delle avventure del mio protagonista lei

me. Ho rotto tante cose, ma lo scrigno no, non lo romperò.

«Allora dovremo aspettare che Thor la… evacui.» Soffoca una risata e io lo imito.

«Sembra proprio che tutto ci remi contro, vero?» chiedo sedendomi all'ombra del nostro albero.

«Non direi.» Mi imita e si siede accanto a me.

«Ah, no?» rispondo dubbiosa. Vero è che Alec ha un grande ottimismo, ma qui qualcuno vuole davvero dirmi di non aprire quello scrigno!

«Questo viaggio ci farà bene. Abbiamo bisogno di tempo per guarire.» Mi guarda come se si aspettasse che io gli dica che voglio ripartire subito e lasciarmi tutto alle spalle. Non commetterò lo stesso errore due volte.

«Sì, sono d'accordo.» Restiamo a fissarci, le parole sospese tra noi in attesa di un seguito. Non sappiamo cosa accadrà, né cosa ci riserverà questo percorso, ma siamo qui, insieme. Per ora ci basta. Lo guardo e sorrido.

«Che c'è?» chiede sorridendo anche lui.

«Mi sembra di essere tornati ragazzini, quando io cadevo dalla bici e mi sbucciavo le ginocchia e tu mi rimettevi in sesto.»

«Vorrei tanto che fossimo ancora quei due ragazzini spensierati.» Alec si passa una mano sulla faccia, stancamente.

«Siamo mai stati davvero spensierati?» chiedo.

«Sì, ed è stato bellissimo» risponde guardandomi.

«Come te la passi, Alec?» gli chiedo per la prima volta da quando l'ho rivisto. Sembra stupito dalla mia domanda.

«Tutto sommato bene. Ho il mio lavoro, e la mia vita mi piace» sintetizza senza entrare nei dettagli. Vorrei chiedergli perché ha scelto proprio Parigi per il suo tirocinio, se ha una compagna, se è davvero felice, ma non vorrei fraintendesse le mie domande, che comunque mi sembrano troppo intime da porre a una persona che non vedi da più di tre anni.

«Ne sono contenta. Davvero» sottolineo l'ultima parola con la voce e lui si gira a guardarmi. «Sei sorpreso che io sia contenta della tua felicità?» chiedo.

«No, ma so a cosa stai pensando.»

«A cosa?» chiedo, sperando che i suoi superpoteri di captare le mie emozioni questa volta non funzionino.

«Stai macinando una serie di "se", stai ipotizzando scenari ormai impossibili e stai cercando di capire dove saremmo adesso se le cose fossero andate diversamente... sbaglio?» chiede, gli occhi nei miei.

Sospiro prima di rispondere. E nel tempo di quel sospiro prendo questi pensieri, esattamente quelli che lui ha appena enunciato, li chiudo a chiave nella cassetta mentale del passato e li sotterro come avevamo fatto con la nostra scatola. «Forse, ma ormai siamo qui, ognuno con la propria vita.» Restiamo in silenzio, una leggera brezza scompiglia i miei capelli. Da dove siamo seduti vediamo mio padre che, al primo piano della nostra villa, chiude le imposte della sua camera. Forse sta andando a riposare, questa giornata sarà stata molto stressante per lui.

«Sai, da ragazzina paragonavo spesso mio padre a Ulisse. Anche lui, come l'eroe mitologico, stava percorrendo il suo personale viaggio alla ricerca di qualcosa...» Prendo un filo d'erba e me lo passo tra le dita.

«E cosa cercava?» Alec si gira a guardarmi, curioso.

«Oh, non sarò così arrogante da dire di sapere cosa cercava, i viaggi che ognuno di noi intraprende sono così personali e difficili che è impossibile stabilire con certezza cosa i nostri simili stiano davvero cercando, non credi?» Lo guardo anche io e lui annuisce. «Io pensavo che stesse cercando di superare il suo dolore per la morte di mamma e forse in parte era così. Il punto è che avevo in qualche modo mitizzato il suo viaggio interiore, almeno all'inizio. Lo avevo reso un eroe e, come accade a ogni eroe, le sue cadute suscitano scalpore. Ma ricordo che la professoressa del liceo ci aveva anche detto che il viaggio di Ulisse era un viaggio contro il tempo per cercare se stesso. Ulisse si cercava nella gloria delle battaglie e attraverso la sua straordinaria intelligenza. Ma in fin dei conti era umano e quindi fragile.»

«Lo siamo tutti, anche chi non lo dà a vedere» sussurra Alec e immagino stia pensando a se stesso.

Piangeva, Ulisse. Spesso. E si arrabbiava. Si arrabbiò quando i suoi compagni furono trasformati in animali, e quando Achille ritardò, per anni, la battaglia finale, sfiancando il suo stesso esercito, facendogli perdere motivazioni e volontà di vincere. Pianse quando vide Patroclo giacere immobile tra le braccia del suo eterno compagno o quando tornò in una casa che non era più sua. Pianse e si arrabbiò. Ma si rialzava sempre. Perché è questo che fanno gli esseri umani. Non solo gli eroi. Anzi, forse è quello che fanno proprio le persone semplici. Era quello che aveva fatto papà. Aveva intrapreso un viaggio lunghissimo. Era stato offuscato a lungo da chimere dal sapore alcolico e l'aspetto seducente, e mostri oscuri erano nati e cresciuti in lui e attorno a lui. Avevano divorato tutto, come fameliche ombre nere che assorbivano la luce e, quando di luce non ve n'era più stata, avevano cominciato a implodere. E come Ulisse, anche papà era tornato a casa, dopo esserne stato lontano troppo tempo. L'aveva trovata vuota, quella casa. Nonna non c'era più e io ero scappata. Ma aveva trovato la forza di rimboccarsi le maniche e riconquistare la sua dimora. Giorno dopo giorno.

È così che facciamo. Solleviamo la testa al cielo e andiamo avanti. Come piccoli eroi in terra. In fin dei conti, nonostante tutto, papà è ancora il mio eroe. Gli eroi non sono privi di difetti, del resto.

«E comunque, come sei diventata poetica!» mi prende in giro Alec. Poi aggiunge, inarcando un sopracciglio: «Alexander Redopolis?».

«Non sei tu» mi affretto a sottolineare, a scanso di equivoci.

«Non ho mai detto questo. *Tu* lo hai appena detto...» ride.

«Cosa? No! Piantala, non sei tu.»

«Come vuoi, piccoletta...» risponde. Un'esplosione di gioia nel mio cuore a quel soprannome che una volta odiavo. Come possono cambiare le cose!

«Hai letto i miei libri? Come hai capito che ero io? Pubblico sotto pseudonimo...» Pseudonimo che, è evidente, non è servito a nulla visto che praticamente tutti sanno che Bessy B. sono io!

«Me lo ha detto Cecco al tuo primo libro. Era molto orgoglioso di te. Lo sono anche io» aggiunge.

«Grazie» rispondo in imbarazzo. Mi guardo attorno e prendo un bel respiro. «È arrivato il momento di tornare davvero a casa.» Sollevo la testa al cielo e mi rialzo. Si alza anche lui, prende la mia mano e io gliela stringo. Non so cosa significhi di preciso, ma so che Alec ora è accanto a me, come quando mi sbucciavo le ginocchia cadendo dalla bicicletta. Mi sollevava, mi ripuliva e mi spingeva a pedalare più veloce di prima. E, a volte, questo è più che sufficiente.

13

Trascorriamo i due giorni seguenti in un limbo strano, tra passato e presente. Alec mi porta di nuovo in giro per il paese, mostrandomi tutto ciò che è cambiato, mentre io gli faccio notare quello che è rimasto invariato nel tempo: lo scoglio sul quale ci eravamo nascosti perché io bevessi il vino di papà, il panificio nel quale aveva chiesto il *calasciaun*, perché io gli avevo detto che il suo dolce preferito si chiamava così.

Papà ci prepara la parmigiana di melanzane con la ricetta della nonna e per un momento, mentre siamo a tavola, io, Alec, papà e Cecco restiamo in silenzio a ricordare la forza di nonna Lucia, che pur essendo volata via tanti anni fa è ancora presente in ogni cosa. Dico a papà che la nuova produzione di uva per l'esportazione all'estero prenderà il nome della nonna e lo vedo commuoversi. Sa che ha sprecato tanto tempo, ma sa anche che quello che resta va vissuto pienamente. Questa nuova consapevolezza mi fa capire che papà è davvero tornato. Non mi soffermo sugli anni persi e sul dolore, perché anche io, come lui, voglio guardare avanti.

«Al futuro!» Alec solleva il bicchiere, anche se pieno solo di acqua per rispetto verso papà, e mi guarda. Non abbiamo mai parlato di futuro, ma entrambi sappiamo che stiamo riscoprendo, un passo alla volta, la nostra amicizia. Mi pare un buon punto di partenza. A volte sembra che ci troviamo su un terreno accidentato, ma riusciamo sempre a parlarci schiettamente e ristabilire la pace. Dobbiamo solo continuare così, recuperare il tempo perso e ricostruire il nostro solido legame, senza pretese o aspettative, solo per la gioia di essere di nuovo amici. Questa idea mi riempie di felicità, come quando lo vedevo passare sotto la mia finestra e il cuore mi batteva all'impazzata. Non mi ero mai accorta di come la certezza di averlo nella mia vita, quando ero una ragazzina, mi faceva sentire bene. Riscopro quel benessere e non voglio perderlo. Anche se so che la nostra rimarrà solo un'amicizia. Non può esserci nulla di più, siamo davvero persone diverse ormai e le ferite che ci siamo inferti non possono essere del tutto dimenticate. E poi io sono in procinto di sposarmi. Ho sentito Antoine, ieri, e l'ho invitato a stare qui con me qualche giorno. Mi raggiungerà domani, insieme a Valérie che non si è lasciata sfuggire una simile, ghiotta, occasione, e quando le ho chiesto di prenotare un biglietto aereo per Antoine ne ha preso uno anche per lei, dicendomi che doveva vedere la tenuta per sperimentare appieno il senso di appartenenza alla mia azienda. Ho fatto un po' di storie solo per preservare la facciata del rapporto capo-dipendente, ma sono felice che mi raggiunga qui a casa.

«Al futuro.» Sollevo anche io il bicchiere e Cecco e papà mi imitano.

Quando terminiamo porto Alec con me in camera. È una cosa così normale che non mi accorgo della stranezza finché papà ci guarda e sussurra: «Lasciate la porta aperta, ragazzi». Sgrano gli occhi, mentre Alec ride di gusto.

«Siamo un po' grandi ormai...» commenta Alec, dando a mio padre una pacca sulla spalla.

«E comunque non avremmo fatto nulla! Domani viene Antoine, papà, ti pregherei di evitare queste battute!» lo riprendo. Lo sento ridere mentre io e Alec saliamo in camera. Chiudo la porta solo per fargli un dispetto, come quando ero piccola. Alec mi guarda e commenta: «Certe cose non cambiano mai!».

«Piantala, Alec! Non incoraggiarlo...» gli punto contro un dito. Ieri sera, ho parlato a lungo con papà e alla fine della nostra conversazione mi ha detto di sentirsi molto in colpa per la mia separazione da Alec. L'ho rassicurato dicendogli che sono felice con Antoine e che glielo avrei presentato a breve. Mi ha guardata con scetticismo, ma non ho intenzione di alimentare questo ritorno al mio passato amoroso che, di fatto, non esiste.

«E non devo incoraggiarlo perché domani arriva il tuo fidanzato e non vuoi fare figuracce?» dice con una strana espressione.

«Perché domani arriva Antoine e non voglio pensi cose sbagliate!»

Alec si avvicina ancora. Posso sentire il calore emanato dal suo corpo vicino al mio.

«E cosa sarebbe questa cosa sbagliata che non vuoi che pensi?» chiede con voce bassa, gli occhi nei miei. Resto a fissarlo per un lungo momento nel quale non trovo risposte, il respiro improvvisamente corto. So che mi sta provocando, non so perché lo faccia ma è così.

«Sbagliato è far credere ai nostri cari che potremmo tornare insieme. Sappiamo entrambi che non accadrà mai» dico distogliendo lo sguardo. Quando torno a posarlo su di lui Alec è serio, ma non dice nulla. Si volta semplicemente, dandomi le spalle.

«Cosa volevi mostrarmi?» chiede guardandosi attorno nella mia camera.

«Ah, sì! Guarda qui!» Lo prendo per mano e lo trascino sotto la finestra. «Il tuo cane è un imbroglione!» Addito Thor che è intento a scavare una fossa tra Excalibur e il lato est della sua casa. Mi fa ancora un certo effetto considerare la casa del vecchio podere abbandonato di proprietà di Alec.

«Cosa dovrei guardare?» Alec si sporge e stringe gli occhi.

«Guarda a sinistra della tua casa, tra Excalibur e la cuccia del tuo cagnaccio!» gli dico.

«Quel furfante ha un nascondiglio segreto!» ride poi, quando lo vede intento a sollevare la terra con le zampe.

«Esatto! Anche ieri a quest'ora era lì che trafficava! E sono certa che la nostra chiave sia lì... visto che sei sicuro che non l'abbia evacuata!» Incrocio le braccia e lo fisso.

«Cosa vuoi che facciamo, quindi?»

«Noi, nulla. *Tu* vai a recuperare la nostra chiave!» dico sorridendo. Adoravo impartirgli ordini quando eravamo piccoli e spingermi sempre un po' al limite per vedere fino a che punto avrebbe retto prima di mandarmi a quel paese. Alec Reed aveva davvero una grande pazienza.

Esce dalla mia camera brontolando su quanto io sia rimasta ancora una spina nel fianco. Soffoco una risata e appuro così che la pazienza di Alec non è variata negli anni.

Lo vedo dalla mia finestra, gioca con Thor e poi si inchina a controllare in quella buca. Quando si rialza solleva un braccio e mi saluta. Nella mano sinistra scorgo il luccichio della nostra piccola chiave. Lo raggiungo poco dopo.

«Vuoi aprirlo ora?» mi chiede con uno strano tono di voce.

Resto a guardarlo e poi sospiro. «No. Abbiamo atteso tanti anni, qualche giorno in più non cambia nulla» rispondo. I tratti del suo viso si distendono immediatamente e io sorrido.

In fondo, ho ottenuto la verità. Una verità dal sapore liberatorio che in un certo senso mi ha tolto un peso dal cuore. Alec non è mio fratello. Non mi importa nemmeno aver scoperto il nome di mio padre o il fatto di sapere esattamente dove lavori, non intendo contattarlo. Non mi ha voluta nella sua vita, non lo disturberò di certo. Ma sapere che Alec non è mio fratello riporta il mio respiro alla normalità.

14

«Ma qui è stupendo!» Valérie continua a ripeterlo, incantata dalla facciata di Villa Fiorita e dal panorama circostante. Sorrido compiaciuta perché sì, è vero, qui è stupendo. I fiori hanno quel colore così intenso da sbalordirti, la campagna profuma di erba e salsedine e l'aria è così pulita che mi sorprendo, a volte, a inspirare con forza per assorbirne quanta più posso.

«La tua casa è molto bella» commenta Antoine, più compassato. Antoine è così, sembra freddo e controllato finché non lo conosci, poi scopri una persona semplicemente razionale, che vive secondo i suoi principi morali.

«Grazie.» Gli scocco un bacio sulla guancia mentre vedo Alec girarsi dall'altra parte. Sicuramente sarà rimasto sconvolto dall'enorme flusso di parole che Valérie è in grado di emettere in poco tempo.

«Che ne dite se facciamo una passeggiata in paese, prima di pranzo?» chiedo loro. Si mostrano subito entusiasti e Alec decide di unirsi a noi. Non che abbia avuto scelta, visto che Valérie lo ha preso sottobraccio e trascinato con noi. Gli ha raccontato che sono amici su Facebook e che da oggi in avanti gli scriverà spesso per chiacchierare, perché si conoscono di persona e fare gli amici «di facciata», qualunque cosa significhi, non le sta più bene. Valérie ha una cotta per Alec, è evidente. Non la biasimo, Alec attira ragazze da quando era uno sbarbatello.

«Hai aperto lo scrigno, quindi?» mi chiede Antoine, stringendo la mia mano. Gli ho raccontato che ho saputo la verità sulla mia nascita e deve aver tratto queste conclusioni.

«A dire il vero, no… Thor, il cane di Alec, ha mangiato la chiave. Stiamo aspettando che la evacui per poterlo aprire…» Non so perché dico questa bugia, ma sento lo sguardo di Alec su di me e arrossisco. Racconto loro quello che abbiamo scoperto, tra le esclamazioni di Valérie e i commenti compassati di Antoine che mi riportano alla realtà.

«Sono felice che tu abbia avuto le risposte che cercavi» mi dice. Poi aggiunge sottovoce, avvicinandosi a me: «Ora possiamo andare avanti con la nostra vita, vero?». Il suo tono è fermo, come se non si aspettasse una reale risposta, quindi annuisco perché sì, voglio andare avanti. Non c'è alcun dubbio in merito. Non mi aspettavo accettasse di venire qui, vista la pausa che mi ha imposto, ma quando l'ho invitato è sembrato contento della mia richiesta, come se da tempo attendesse un mio cenno.

Credo di averlo trascurato un po', ultimamente, persa com'ero nei miei pensieri e nel lavoro.

Passeggiamo per il paese, prendiamo un aperitivo in uno dei nuovi bar aperti nel centro storico e ammiriamo questa piccola perla sul mare sgranando gli occhi per la meraviglia. I vicoletti in pietra viva sono incantevoli e mi trascinano indietro al tempo della mia adolescenza, quando ci passeggiavo spensierata con Alec e Cecco.

«Ti sembra una buona idea mentire al tuo fidanzato?» mi chiede Alec quando riesce in qualche modo a staccarsi da Valérie, che gli ha fatto il terzo grado sulla sua vita e la sua professione.

«Tecnicamente non è proprio una bugia... Thor aveva la chiave» sussurro in risposta.

«Se lo dici tu!» Alec sorride guardandomi e io, di nuovo, distolgo lo sguardo.

«Che avete da confabulare voi due?» domanda Valérie osservandoci con aria compiaciuta. Sicuramente si sta facendo il film mentale, anzi il libro che è più particolareggiato, di una qualche tresca tra me e il mio amico.

«Nulla» rispondiamo in coro io e Alec. Reprimo una risata e mi volto. Antoine mi guarda in modo strano, ma non dice nulla. Gli prendo la mano e poso la testa sulla sua spalla.

«Sono contenta che tu sia venuto. Non ero certa avresti accettato il mio invito» gli confesso passeggiando lungo la costa.

«Ero in dubbio, infatti. Ma mi mancavi, Elisabetta, e volevo capire se possiamo ristabilire le cose tra noi» dice fermandosi a guardarmi. Sollevo la testa e penso che il modo in cui pronuncia il mio nome è talmente diverso da come lo pronuncia Alec da farlo sembrare strano. Scuoto la testa per cacciare quel pensiero inopportuno.

«Sì, certo che sì, Antoine. Possiamo» rispondo. «Possiamo» ripeto per convincerlo. E per un momento penso che forse stia cercando di convincere me stessa.

La sera papà insiste per ospitarci a cena. Invita anche i genitori di Alec, il signor Nicola e la sua famiglia. Immagino sia il suo modo per rendere ufficiale il definitivo seppellimento dell'ascia di guerra e per andare avanti. Non lo biasimo, a volte abbiamo bisogno di gesti concreti per voltare pagina. Venire qui, a casa, ha rappresentato questo per me, in fondo.

Mentre attendiamo che papà scoli le orecchiette, spilucchiamo dei taralli e chiacchieriamo. Non so da quanto tempo non mi sentivo così rilassata, immagino sia l'effetto dell'essere circondata dalle persone che amo. Stringo la mano di Antoine sotto il tavolo e gli sorrido. Lui ricambia il mio sorriso, più rilassato di com'era stamane. Credo sia venuto soprattutto per vedermi con Alec e per sapere se c'è qualcosa tra noi. Gli dimostrerò che siamo solo amici e che è lui che voglio sposare. Mentre lo penso mi arriva qualcosa in fronte.

«Ahia!» dico, toccandomi la testa. Sento Cecco alla mia destra ridere, mi volto e lo vedo indicare Alec. «È stato Alec! È stato Alec!» dice. Sposto lo sguardo sul mio amico, che solleva le spalle. So che è stato lui, lo capisco quando trovo il mezzo tarallo sulle mie gambe. Lo faceva sempre quando eravamo bambini, sotto lo sguardo attonito della nonna che poi ci metteva in punizione. Ma non siamo più dei ragazzini, siamo persone adulte e sagge. O almeno dovremmo, penso, quando prendo il tarallo e glielo rilancio, mentre tutti ci guardano sbigottiti.

Finiamo in punizione anche questa volta. Papà ci mette a lavare i piatti a fine cena, ma sospetto che lo avrebbe fatto comunque per farci passare altro tempo insieme.

«Sei un avvocato, non dovresti lanciare taralli in testa alla gente» lo rimprovero passandogli un piatto insaponato.

«Infatti non lancio taralli in testa alla gente, ma solo a te» risponde compiaciuto.

«Ma smettila!» dico ridendo e schizzandogli dell'acqua in faccia con le dita insaponate e bagnate.

Alec fa una faccia sorpresa, poi accenna uno di quei sorrisi che promettono vendetta e socchiude gli occhi.

«Oh, no, non osare, Alec Reed!» sussurro indietreggiando. «Sono tutti in sala... non puoi» aggiungo in fretta.

«Avresti dovuto pensarci prima di bagnarmi, allora...»

Quando papà entra in cucina e la trova allagata prende due strofinacci e, come se fosse la cosa più naturale del mondo, ci dice di ripulire tutto.

15

«Vai via tra qualche giorno?» mi chiede papà. Siamo seduti sul vecchio dondolo sul retro del nostro giardino. C'è ancora la casetta gialla in plastica che aveva montato tanti anni fa e mai smontato. Ora è color avorio e la porticina sul davanti non c'è più.

«Antoine ha il ritorno per dopodomani, pensavo di aggregarmi a lui, se trovo il biglietto aereo.»

«Antoine mi sembra un bravo ragazzo» commenta girandosi a guardarmi. Lo imito.

«Lo è, è affidabile e forte. Posso contare su di lui, è la mia bussola morale...»

«Sembra la descrizione di un bastone da passeggio per anziani, Betta.» Un sorriso gli fa incurvare gli angoli delle labbra e sottili rughe si diramano sul suo viso.

«Papà! Che dici? È il mio ragazzo, non il bastone della mia vecchiaia!»

«Sì, sì, scherzavo, non te la prendere. Sai che ho uno humour nero, a volte...» Leggo sul suo viso che si è pentito della frase, perché ricordiamo entrambi il suo humour, quello con cui mi ha colpita quando ero una ragazzina. Non è facile, ora, ingoiare l'amarezza del passato, ma ho promesso una cosa a me stessa: non rimuginerò ossessivamente su ciò che è accaduto, non piangerò più. È tempo di andare avanti. Gli poso una mano sul braccio e lo sento sussultare.

«In genere il tuo humour è sempre intelligente» rispondo. Mi stringe la mano, commosso.

«Allora, raccontami di te, Betta...» Parlare delle nostre vite attuali è un terreno meno accidentato ed entrambi tiriamo un sospiro di sollievo nel cambiare argomento.

«Cosa vuoi sapere?»

«Torneresti a vivere e lavorare qui?»

«Wow, sei diretto! Avevi il colpo in canna pronto da un po', eh?» Mi sistemo sul dondolo, a disagio. Forse non ci sono ancora argomenti rilassanti da trattare, tra noi. Ma ci saranno. La serenità va conquistata, se c'è una cosa che ho imparato in questi anni è proprio che bisogna guadagnarsi ogni briciolo di felicità.

Papà accenna un sorriso, troppo teso per ribattere. Sospiriamo in sincrono. Ho pensato tante volte che mi sarebbe piaciuto tornare a casa.

«Forse, un giorno. Mi piacerebbe, ma ...»

«Non sei ancora pronta» conclude al mio posto. Annuisco e gli stringo la mano. Sento che stiamo facendo i passi giusti per riavvicinarci, ma quello che ci siamo detti, le ferite che ci siamo inferti, sono profonde. Dobbiamo procedere con cautela per non rovinare tutto.

«E Alec?»

«Alec ha la sua vita e io la mia, papà! Non torneremo insieme» dico con fermezza.

«Veramente volevo solo chiedere quando sarebbe rientrato in Francia» sorride, sornione. Poi si alza e mi guarda: «Non essere così sulla difensiva, Betta».

«Non sono sulla difensiva» rispondo nervosa. Papà mi sorride e io capisco di esserlo, almeno un pochino.

«Non lo hai ancora capito, tesoro?»

«Cosa?»

«Chi è il tuo nemico, chi ti impedisce davvero di essere felice?» mi chiede sospirando.

«Io sono felice!» rispondo d'istinto. Restiamo in silenzio per alcuni minuti, mentre cerco di non fare la domanda che preme per uscire dalle mie labbra.

«Chi? Chi sarebbe il mio nemico?» cedo, alla fine. Lo fisso con il fiato sospeso, come se dovesse svelarmi una grande verità, ma al tempo stesso è una verità che so già di conoscere.

Papà si avvicina e mi sfiora appena la guancia, con delicatezza. Un gesto che mi ricorda la mia infanzia. «Tu, Betta. Solo tu» risponde. «Forse non sono il tuo padre biologico, ma siamo più simili di quanto pensi, tesoro mio.» Si risiede accanto a me e mi fissa, gli occhi lucidi che chiedono il permesso di avvicinarsi, di osare un contatto che ci siamo negati per tanti anni. Mi stringo a lui e lo abbraccio. Papà ha ragione, sotto sotto, siamo molto simili. Testardi, impulsivi, orgogliosi. Rocce su cui poter contare ma, in alcuni momenti, con la friabilità del tufo. Forse è giunto il momento di mostrare l'altra faccia di questa medaglia. Dopo aver passato gli ultimi anni a programmare ogni singolo momento della mia vita per non uscire dai margini che mi ero imposta, perché uscirne significava pensare e pensare era un lusso che non potevo concedermi; dopo aver volato come un'acrobata sul filo della razionalità ossessiva, mi ritrovo ora, alle prime luci del mattino di questo nuovo giorno a desiderare di improvvisare. Basta acrobazie, basta logica asfissiante. Voglio vivere alla giornata senza il peso autoimposto di redigere verbali mentali di cosa fare e cosa non fare. Voglio camminare senza una meta e incontrare persone nuove. Rivedere vecchi volti e ascoltare il suono delle risate di chi amo senza analizzarne il significato. Pensavo che mio padre fosse come Ulisse, un grande stratega, un analista fin nel midollo. Ma io sono stata Penelope per tutto il tempo. Tessevo la tela della mia vita e la scucivo subito dopo, per poi ricomporla di nuovo e di nuovo ancora, in attesa di... qualcosa. Verità? Giustizia? Non so cosa attendessi di preciso, ma nel frattempo mi sono persa anche io in un viaggio pericoloso quanto quello di papà. Non avevo la bottiglia, ma ho saputo comunque creare un'isola nella quale rifugiarmi in un'ostinata solitudine, allontanando chi voleva solo avvicinarsi.

«Tu come hai fatto?» chiedo a papà. Non c'è bisogno che gli dica che alludo alle catene che lo appesantivano e di cui, per fortuna, è riuscito a liberarsi, sebbene ci sia voluto troppo tempo.

«Grazie a te...» Mi allontana per guardarmi negli occhi.

«A... me?» sussurro, la voce incrinata.

Annuisce e si schiarisce la voce, anche lui emozionato per questo momento in cui, dopo anni, stiamo finalmente aprendo i nostri cuori, l'uno all'altra. «Volevo essere un buon padre e volevo che tu mi perdonassi... e no, non dire nulla.» Mette un dito sulle mie labbra prima che io possa parlare. «Il perdono ha bisogno di tempo e di gesti concreti. Aspetterò. Del resto tu mi hai aspettato per tanto tempo...» Posa una mano sulle mie gambe e io gliela stringo.

«Papà... io non so cosa fare...» gli dico dopo un po', mentre entrambi guardiamo il cielo stellato, in quel silenzio che è tipico della campagna, mai del tutto sopito, ma abitato da migliaia di piccoli esseri. Quando ero piccola immaginavo i nostri terreni abitati da folletti e fatine ed esseri magici che sussurravano per non farsi ascoltare da noi umani.

«A che proposito?» mi chiede.

«A proposito di tutto!» Mi metto le mani sulla faccia, come se così facendo potessi scacciare via questa stanchezza. «È come se fossi tornata indietro nel tempo, a quella notte di tre anni fa, ma...»

«Ma quello che hai lasciato si è trasformato» conclude lui per me. Forse anche lui ha la stessa sensazione.

«Sì... tutto è cambiato. *Noi* siamo cambiati» dico pensando a me e Alec.

«Sai, hai presente quando Alexander Redopolis affronta quei due mostri, sull'isola di Cipro?» mi chiede con un sorriso. Inarco le sopracciglia, innanzitutto perché non sapevo avesse letto proprio tutti i miei libri e poi perché non vedo cosa c'entri questa cosa con quello che gli ho appena detto.

«Sì... e allora?» chiedo.

«Quei mostri... com'è che li hai chiamati?»

«Metaniòn e Typsi Syneidiseos» rispondo, dubbiosa della strada che ha intrapreso la nostra conversazione.

«Oh, sì! Metaniòn, che se non erro in greco vuol dire rimpianto, e Typsi Syneidiseos che significa invece rimorso» sorride e inclina la testa. «Bene, Alexander ha dovuto affrontare molte prove, ma finché non ha ucciso Rimorso e poi affrontato Rimpianto non è riuscito a tornare a casa... Be', forse è ora che anche tu intraprenda quel viaggio, Betta, e che incontri quei mostri e li affronti.» Sospiro e ripenso al mio amato Alexander e alla prova cui sta alludendo mio padre. Alexander fuggiva dal suo passato, dalla morte prematura della sua sorellina, a causa di un incidente dipeso, sfortunatamente, proprio da lui. Il mio protagonista non si è mai perdonato, ha vagato nel mondo alla ricerca della sua personale forma di espiazione ma, avventura dopo avventura, quello che trovava era solo adrenalina, premi e donne. Si è circondato di gloria, dimenticando il motivo del suo viaggio e concentrandosi su cose insignificanti.

Ma a Cipro è costretto ad affrontare un mostro che ha due facce, Rimorso e Rimpianto, e capisce che l'unico modo per sopravvivere a quello scontro è uccidere solo una delle due orribili creature. Ma quale? Rimorso, che affonda i suoi artigli nella carne e la lacera velocemente, o Rimpianto, che sembra accarezzarla, ma è ugualmente letale? Alexander si rende conto che Rimpianto può mutare, ma Rimorso è statico. Fisso nel tempo, eterno, e finché non lo eliminerà non potrà proseguire il suo viaggio. Quando lo uccide, quando guarda in faccia il suo passato, la morte di sua sorella e, finalmente, si perdona davvero, allora e solo allora il mostro si trasforma in una statua. Rimpianto lo guarda con nostalgia e si allontana e Alexander comprende che tutti i *suoi* rimpianti possono trasformarsi in altro, se solo avrà il coraggio di tornare a casa e cambiare la sua vita. Perché anche se il mio eroe è un avventuriero, non è stato davvero libero finché non ha capito di volerlo essere. Capisco cosa vuole dirmi papà.

E ora… ora *io* voglio essere libera, libera davvero, dalle costrizioni che mi sono costruita addosso come un'impalcatura pesante e scricchiolante. Forse pensavo che questa fosse l'armatura migliore per affrontare il dolore e la perdita e per vivere al meglio con quello che mi era capitato, ma mi sono solo appesantita. E ora che l'ho capito voglio sotterrare ogni rimorso e affrontare i miei rimpianti, anche a costo di sbagliare o di soffrire. Nuda di fronte al mondo, anche a costo di farmi male. È tempo di fare scelte difficili. È tempo di tornare a vivere, perché il mio rimpianto ha un sapore ben preciso sulle labbra. Quello di Alec Reed.

Non posso portare indietro il tempo a quel giorno, durante il raccolto delle olive, quando eravamo felici e innamorati, ma posso provare a recuperare la parte migliore della mia vita: la sua amicizia. Rivoglio Alec Reed nella mia vita.

16

Quella stessa sera chiacchiero sotto il portico e poi in camera mia con Antoine. Ha ricevuto una telefonata di lavoro e vorrebbe agganciare un nuovo cliente a Bari, visto che si trova qui. Quindi ha deciso che trascorrerà il giorno seguente in città, per un rendez-vouz di lavoro, e poi partirà alle prime luci del giorno dopo, senza tornare qui a Villa Fiorita. Valérie lo raggiungerà in aeroporto e rientreranno insieme. Passo la notte a chiacchierare con la mia amica di tutto quello che è successo da quando sono qui e lei mi promette di non tartassare Alec di domande, ma di lasciarlo in pace.

Io ho deciso che resterò ancora qualche giorno. E trascorro il mio tempo con Cecco e papà, con le mani nella terra o a leggere e rileggere libri della nostra biblioteca. Troviamo un manoscritto incompleto che giudico perfetto per un lavoro a quattro mani e lo dico a mio padre. Decidiamo di presentare un progetto alla nostra agente per valutare insieme a lei la fattibilità di questa cosa. La sera, Alec e i suoi ci raggiungono e ceniamo insieme, a casa nostra, insieme al signor Nicola e la sua famiglia. C'è un'aria di festa, ogni volta che siamo riuniti a tavola, con i profumi del cibo della nostra terra e il brusio in sottofondo. La gamba di Alec è sempre poggiata accanto alla mia quando ceniamo, e il suo calore è qualcosa che mi scalda così in profondità da farmi arrossire ogni volta che lo guardo, come se fossi un'adolescente.

Una sera, quando siamo seduti sotto Excalibur, gli chiedo: «Alec Reed, vorresti essere il mio migliore amico?». Resto a fissarlo con gli occhi sgranati finché lui sorride e risponde, proprio come quando eravamo ragazzini: «Sei cieca? Noi siamo già migliori amici... smettila di dare un nome a ogni cosa e vivi la vita». Sorrido e poggio la testa sulla sua spalla e so che qualcosa sta tornando al suo posto. Lo sento da come batte il mio cuore e dall'aria attorno a noi, elettrica e frizzante, e dalla sua mano che si posa sulla mia gamba e resta lì, ferma, come se volesse proteggermi, ma lasciandomi sempre la mia libertà. Poi mi alzo e lo invito a fare lo stesso. «Alec... che ne dici se...» Guardo in basso, poggiando una mano sul tronco nodoso di Excalibur. Guarda anche lui in basso e annuisce. Si allontana per prendere una pala e nel silenzio della campagna che ci circonda facciamo quello che avremmo dovuto fare il sedici agosto dello scorso anno, dissotterriamo i nostri sogni e li riprendiamo in mano. Solo che non siamo più i ragazzini che eravamo un tempo, siamo persone adulte le cui vite corrono parallele ma non si intersecano più da anni. Non so se riusciremo a convergere ancora, a tornare amici anche quando saremo a Parigi, con le nostre vite così diverse, a riappropriarci di quella parte di noi che abbiamo sepolto qui anni fa, ma io farò di tutto perché accada.

Quando la pala colpisce qualcosa di solido nel terreno, Alec inizia a scavare con le mani e io mi inginocchio accanto a lui. Troviamo un lembo di stoffa, preleviamo lo scrigno e lo liberiamo dalla terra e dal telo. Forse, in fin dei conti, Excalibur oggi potrebbe restituirci un pezzo della nostra vita rimasto cristallizzato nel tempo. Tutto intorno a noi le cose sono cambiate: strade, palazzi, negozi, persino le persone. Ma se chiudo gli occhi in questo momento, noi due siamo ancora quei ragazzini che sognavano un futuro migliore e che volevano solo essere felici. Alec mi sfiora la mano e riapro gli occhi.

«Sei pronta?» chiede girando il mio palmo e depositandovi dentro la chiave dello scrigno.

«Sì. Sono pronta» rispondo. È giunto il momento di andare avanti.

Clic.

Un semplice gesto e lo scrigno si apre. Non so cosa mi aspettassi di preciso da questo momento, ma quando guardo il contenuto della nostra scatola una forte emozione mi travolge. Sollevo la testa e vedo Alec emozionato quanto me. Mi sorride debolmente e fa segno verso il posto dove ci sedevamo sempre a chiacchierare tanti anni fa. Ci mettiamo lì e in un silenzio che ha qualcosa di religioso osserviamo con attenzione l'interno dello scrigno, senza che nessuno dei due abbia il coraggio di muovere un dito o prelevare un oggetto. La lettera di mia madre è piegata, ancora imbustata e occupa metà dello spazio. Dall'altra metà emerge il rosso della scatolina di Alec, quella che conterrebbe la *sciapenga*, e accanto c'è il mio sassolino di vetro. Prendo quest'ultimo, apparentemente l'oggetto più innocuo tra tutti, e lo sollevo per esaminarlo controluce.

Era il mio simbolo di ottimismo, quel sassolino. Per me significava che il tempo poteva guarire le mie ferite e rendermi una bella persona, se solo mi fossi prestata al suo logorio paziente.

«Alla fine sei cambiata, come il sassolino di vetro» dice Alec, accanto a me. Non c'è rimprovero nella sua voce, ma quando lo guardo vedo un dolore che mi colpisce, come fosse un pugno nello stomaco.

«Non era così che immaginavo di cambiare» dico più a me che a lui. Ed è vero, penso rigirando il sassolino liscio tra le dita. Volevo crescere ed essere indipendente, ma volevo essere... felice. Lo sono? Non ne sono più tanto sicura, non ora che Alec è accanto a me eppure così lontano.

«Sei diventata la donna indipendente che volevi essere» osserva, prendendo dalla mia mano il sassolino. «Ma anche le cose apparentemente perfette presentano delle crepe.» Indica una piccola fessura sulla pietra e io la scruto come se fossi davanti a uno specchio. La crepa sembra una piccola cicatrice di cristallo. «E sono quelle crepe a renderle bellissime.» Assimilo le sue parole incapace di rispondere.

Poi Alec prende il suo sassolino, quello che gli aveva regalato Cecco una sera di tanti anni fa, dopo che ci aveva difesi da tre bulletti. Mi guarda e sorride.

«Eri il mio eroe» gli confesso. Smette di sorridere all'istante, come se lo avessi offeso.

«Volevo solo essere il tuo ragazzo. Non un eroe.» Non aggiunge che non gliene ho dato modo, ma non ce n'è bisogno, ogni cosa mi ricorda i miei errori, il tempo perso, il bivio da cui è impossibile tornare indietro. È il tempo che non lo permette, anche se lo volessimo. Certe tele ormai composte non le puoi disfare e ricreare come faceva Penelope. Certe decisioni sono troppo nette per permetterti di tornare indietro e riprovarci.

Troviamo i nostri braccialetti, li accarezziamo con devozione, come se fossero le reliquie di un'amicizia che non c'è più. E poi ci sono le nostre lettere, quelle nelle quali avevamo riversato i nostri sogni futuri.

Prendo la mia e la leggo ad alta voce: «Cara me del futuro...». Mi giro a guardare Alec e sorridiamo entrambi.

«Sei sempre stata teatrale...» commenta scuotendo la testa. Gli tiro una gomitata e lui ride. Resto intrappolata nel suono della sua risata per qualche secondo prima di ridestarmi e continuare a leggere.

«"Cara me del futuro, chissà come sarai diventata! Sarai vecchia ormai, spero ti sarai mantenuta bene, almeno!"» Guardo Alec e commento: «Sì, ero sicuramente teatrale...».

«Vai avanti, vecchia...» risponde soffocando una risata.

«"Spero proprio che avrai realizzato tutti i tuoi sogni. Non ho dubbi su dove sarai ora: sotto Excalibur a leggere questa lettera, è ovvio... Vivrai qui, a Giovinazzo, nella casa che è dei Ventura da sei generazioni e porterai avanti il lavoro della famiglia con impegno e passione, ne sono sicura."» La mia voce si incrina appena, mentre leggo la fiducia nel futuro dei miei diciassette anni, quando pensavo che certe cose sarebbero rimaste immutate per sempre, come il luogo al quale appartenevo e l'amore che provavo per Alec, e altre sarebbero cambiate, come la mia indipendenza. Alec posa una mano sul mio braccio in un segno di conforto che non merito.

«"Sarai sposata? Fidanzata, almeno? Chissà! Io spero solo che tu sia felice. Sai...» continuo «io penso di averlo trovato un pezzetto di felicità, in questi anni difficili da quando mamma è morta... E questo pezzetto di felicità ha un nome, come ben sai. Alec Reed."» Mi giro a guardare Alec e lo vedo sorpreso per le mie parole.

«Continua a leggere,» sussurra «ti prego.»

«"La sua preziosa amicizia è un dono di cui non ringrazierò mai abbastanza il destino. È entrato nella mia vita esattamente quando ne avevo più bisogno e con i suoi piccoli gesti quotidiani, i suoi sorrisi rassicuranti, i suoi progetti assurdi, mi ha donato una cosa che spero che tu, la me ventunenne che legge questa lettera, abbia custodito gelosamente: la speranza."» Ora so che non è stato un caso che sia entrato nella mia vita quando ne avevo più bisogno, ma si è trattato di un dono di mia madre, in un certo senso. Quando ha chiesto ai suoi amici di vegliare su di me aveva immaginato che loro si sarebbero trasferiti qui e che io e Alec avremmo legato così tanto? Io voglio pensare di sì, che questo sia stato il suo ultimo regalo per me. Mi schiarisco la voce e continuo a leggere. «"La speranza è una cosa strana, vero? Pensavo di averne esaurito ogni scorta, dopo il funerale di mamma, quando mi sono chiusa in camera per giorni e giorni, e poi quando papà si è rifugiato nel suo mondo. Ma Alec ha fatto una magia, ha risvegliato quel piccolo seme e lo ha fatto germogliare nel mio cuore. È la speranza che mi fa sorridere, giorno dopo giorno, per cui, cara Betty, mi auguro proprio che tu l'abbia custodita nel tuo cuore e fatta crescere proprio come la nonna fa crescere le rose davanti a Villa Fiorita. Non ti perdonerei mai, non mi perdonerei mai, se avessi sprecato quel dono prezioso!"» Mi fermo, a poche righe dal finale di questa lettera e poggio la testa all'albero. L'ho fatto? Ho sprecato la speranza che si annidava nel mio cuore di ragazzina? Cerco in me i semi lontani di quel dono, ma non ne trovo che poche tracce.

«Sei qui, sei tornata a casa. Significa che non tutto è perduto.» E la speranza sboccia, improvvisa come un temporale estivo nel mio cuore, come se fosse rimasta sopita per tutto questo tempo in attesa di acqua e che quell'acqua, ora, fossero le parole del mio amico di sempre, pronunciate come una carezza. Mi giro a guardarlo.

«Non merito le tue parole, Alec, ma te ne sono così grata!» E lo penso davvero. Ho fatto un tale casino della mia vita e della sua...

Alec sospira, ovviamente non è pronto a dimenticare e, come mi ha detto in treno, certe ferite sono troppo profonde per risanarsi con le parole. Eppure nel suo volto vedo le tracce di un combattimento in atto, una lotta tra il perdono e un vecchio rancore che consuma ogni cosa, che si è annidato nel cuore trovando uno spazio tutto suo. Lo conosco bene quel rancore, è annidato anche nel mio cuore, eppure... Eppure dopo la confessione dei genitori di Alec, dopo questa lettera, qualcosa è cambiato. La *speranza*. Una piccola scintilla che può accendere grandi fuochi, la conosco bene.

«"Betty, proponiamo un nuovo progetto ad Alec?"» continuo a leggere e sorrido nel vedere il mio amico che alza gli occhi al cielo divertito. «"Ci rivediamo qui tra quindici anni? Vedi, Alec, come sono diventata paziente? Quindici anni! Dai, non dirmi di no! In fondo lo sappiamo entrambi che non riesci a dirmi di no..."» Rido per la mia ultima frase e guardo Alec che, invece, è tornato serio.

«È vero, non sono mai riuscito a dirti di no, Bessy...» risponde avvicinandosi impercettibilmente. Restiamo a fissarci per un tempo infinito, poi lui allunga la mano, lentamente, così lentamente che posso contare quattro battiti del mio cuore. Non battiti regolari, non il *tum tum tum tum* che mi aveva accompagnata in tutto il mio viaggio da casa a Torino e poi a Parigi, ma un battito che non riconosco. Veloce, come il vento che solleva le onde facendole sbattere contro la costa. Chiudo gli occhi quando è così vicino alle mie labbra che sento il suo respiro sulla pelle.

«Apri la lettera di tua madre» dice Alec, allontanandosi e interrompendo i miei pensieri. Apro gli occhi e lo fisso. È serio, mi porge la lettera e ha lo sguardo puntato su quel foglio ormai ingiallito che ha decretato la nostra separazione.

«Alec...» Vorrei dirgli che dobbiamo parlare, chiarirci...

«Apri questa maledetta lettera, Bessy» dice, secco. E nei suoi occhi la scorgo, quella opzione che non avevo preso in considerazione, troppo codarda per accettarne l'esistenza: il rancore che tutto subissa, come l'onda mossa dal vento di maestrale che si infrange sulla costa, d'inverno.

E tu, piccola e fragile, non puoi fare altro che attendere che il maestrale cambi, si quieti, perché non avresti davvero alcuna speranza di contrastarlo.

Prendo la lettera e la apro, lentamente, sotto lo sguardo di Alec. Sono turbata, per il nostro mancato bacio, per le rivelazioni dei suoi genitori, per il mio passato, e so che questa lettera non potrà aggiungere davvero nulla a quanto so già e a quello che è accaduto.

Ma mi sbaglio. Perché mia madre mi riserva l'ultima

delle sue lezioni. La più difficile, eppure la più bella. Lo capisco subito, fin dalle sue prime parole, scritte ordinatamente con inchiostro blu, su una carta che ora è ingiallita e fragile come il mio cuore.

Bettina, mia carissima Bettina,
ho sempre pensato che l'amore fosse una grande medicina: sana i cuori feriti con carezze e baci. Vorrei tanto poter sanare il tuo cuore, ora, perché so che se stai leggendo questa lettera io non ci sarò più. La mia unica certezza è che hai accanto persone che ti amano e che si prenderanno cura di te. E so che anche tu ti prenderai cura di loro. Questo amore è un dono che non va sprecato, mia dolce piccola Betta. Immagazzinalo con cura nel tuo cuore e quando ne avrai bisogno, quando sentirai che la speranza ti abbandona, tiralo fuori come fosse una riserva di energie. È quello che ho fatto io per tutta la vita, ogni volta che ne ho avuto bisogno.
Come quando ho saputo che tu eri dentro di me, piccolo germoglio che cresceva forte mentre io ero così debole! Tutto mi sembrava così strano, così complicato… Come potevo essere madre, prendere decisioni giuste, insegnarti qualcosa, se io stessa per prima commettevo grandi errori e imboccavo strade sbagliate? Ma poi l'ho capito… non dovevo essere una mamma perfetta o una persona perfetta. Dovevo essere solo una mamma, con il mio carico di imperfezioni, e lasciare che tu scoprissi quelle inadeguatezze

e mi amassi anche per quelle. Forse l'ho capito tardi, ma l'ho capito. Sono imperfetta, ho commesso tanti errori, ma ho amato. Ho amato così tanto, Bettina, da sentirmi pienamente felice! E non importa come sono giunta qui, a Giovinazzo, tra le braccia di tuo padre, non importa il percorso accidentato che ho intrapreso, gli errori commessi e le cadute! Importa solo che tu e Alberto siete le persone più importanti della mia vita. E che Alberto è tuo padre in tutto e per tutto, anche se non avete lo stesso sangue. Mia cara Bettina, so che questa notizia ti turberà, ma nel profondo so che capirai che ho commesso tanti errori, ma tu non sei tra questi. E che se potessi, rifarei le stesse scelte, a patto che mi portino di nuovo da te. So che avrai tante domande, ma risponderò solo a una di esse: chi siamo, gli uni per gli altri, noi tre? Siamo una famiglia e lo siamo sempre stati. Tu, io e Alberto. Davvero le altre domande sono così importanti? Non c'è alcun legame tra me e il tuo padre biologico, non ti rivelerò nomi, indirizzi, ricordi persi nel tempo, perché quello che conta lo sai già. Ci siamo persi tutti, almeno una volta nella nostra vita, io ho imparato a essere indulgente con me stessa e a perdonarmi. Spero mi perdonerai anche tu.

Quando finisco di leggere le mie mani tremano e Alec prende la lettera perché non si rovini.

«"Ci siamo persi tutti, almeno una volta nella nostra vita, io ho imparato a essere indulgente con me stessa e a perdonarmi. Spero mi perdonerai anche tu."» Alec legge le ultime frasi della lettera a voce alta, poi si gira a guardarmi. «Ci siamo persi anche noi. È vero?» chiede in un sussurro.

«Non lo so, Alec. Io, forse, ma tu no.» Ricambio il suo sguardo. «Tu sei sempre il solito Alec, incrollabile e forte.»

«Non forte come pensi.»

«Mi dispiace.»

«Smettila di dirlo, Bessy.» Torna ad aprire il nostro scrigno, frugando all'interno con delicatezza.

«Come posso smettere di dirlo? Lo so che sono passati tanti anni e che eravamo solo dei ragazzini... ormai tu hai la tua vita...»

«E tu la tua» sottolinea.

«E io la mia. Ma non posso non essere dispiaciuta per averti ferito» gli dico. Alec prende la scatolina della *sciapenga* e resta a fissarla. Il velluto è scolorito in modo disomogeneo.

«Pensi questo, Bessy? Che eravamo solo dei ragazzini e quello che provavamo non conta niente?» Non mi guarda, ma non mi sfugge che mi chiami di nuovo con il mio diminutivo. Questo la dice lunga sul suo stato emotivo. E poi, può sembrare scontroso, ma in fondo mi ha capita. Forse non mi ha ancora del tutto perdonata, ma so che ha capito le mie motivazioni.

«Non ho detto che non conta niente, Alec. Solo che...» Cerco le parole giuste per non ferirlo ancora. Non voglio ferirlo mai più.

«Solo che…?» Si ostina a non guardarmi, ma a fissare la scatolina.

«Solo che non siamo più quei ragazzini, siamo cresciuti e le cose cambiano» dico, poi prendo la scatolina dalle sue mani. «Vediamo cos'era questa *sciapenga…*» Sorrido e apro la scatola, mentre lui prova a sottrarmela mormorando un «prepotente».

«E questo?» chiedo indicando il sassolino nella scatola.

«Un suggerimento di tua nonna…» solleva le spalle.

«Non ci credo! Sei andato da nonna, quel giorno! Ti avevo detto che non valeva chiedere il suo aiuto per capire cosa fosse la *sciapenga*!» ridacchio divertita.

«Certo che ci sono andato, sapevo che mi stavi prendendo in giro!»

«Bugiardo! Non potevi saperlo!»

«Be', no, ma mi avevi mandato dal fornaio a chiedere un dolce inesistente e avevo dei sospetti, quindi sono andato a chiedere conferme.»

«E lei?» chiedo ridendo.

«E lei mi ha portato in giardino, ha preso questo sassolino e ha detto: "*L'megghie chmpagn, le megghie pèt!*".»

Rido perché è davvero strano sentire Alec parlare in dialetto!

«Eh?» chiedo confusa.

«Te lo ricordi il proverbio che ci diceva sempre quando bisticciavamo, a tavola, e ci lanciavamo il cibo?» chiede sorridendo.

«E come potrei dimenticarlo?» rispondo. Non ho dimenticato nulla, ma questo non glielo dico.

I migliori amici si lanciano le migliori pietre. «Ma che significa?» aggiungo guardando la scatolina e il sassolino.

«Gliel'ho chiesto e lei mi ha risposto: questa è la vostra *sciapenga*! E io lì ho capito una cosa fondamentale della tua famiglia...» Mi guarda come se stesse per rivelarmi un altro grande segreto. Oddio, sono stanca dei segreti della mia famiglia...

«Cosa hai capito?» chiedo, quindi, cauta.

«Che voi Ventura date una grande importanza ai sassi» risponde serio.

Ci fissiamo per qualche secondo e poi scoppiamo a ridere.

«In effetti nel nostro scrigno ci sono parecchi sassolini...» commento indicando le pietre «ma ognuno ha il suo significato. Il sasso di Cecco è il simbolo dell'amicizia pura e disinteressata. Il sasso vetrato rappresenta il cambiamento, la smussatura che il tempo produce in ognuno di noi. Il sasso della nonna rappresenta la nostra amicizia. Possiamo litigare, tirarci sassate, non parlarci per anni, ma poi ci ritroviamo qui, insieme, sotto il nostro albero a ridere e chiacchierare come quando eravamo ragazzini. Questo non cambierà mai, vero?» chiedo ad Alec.

«È già cambiato, Bessy.» Mi guarda con tristezza.

«Non *tutto* è cambiato» lo correggo in uno slancio di ottimismo.

«No, non tutto» mi concede. Ma lo sappiamo entrambi che siamo due estranei che cercano di ritrovarsi unendo i lembi di un passato che non può essere completamente ricostruito. Alec non ha perso la sua allegria, quel suo modo di affrontare il mondo col sorriso e un incrollabile ottimismo. Io invece... sono diventata molto razionale, incasello tutto e se non ci riesco passo oltre. Mi manca la ragazzina che correva a perdifiato incurante delle punizioni. Forse posso uccidere il mostro dei rimorsi, ma i rimpianti resteranno sempre lì, sospesi tra noi come lenzuola stese ad asciugare al sole.

«Ricordi la prima volta che sono venuto a casa tua? Tua nonna mi chiese: "Ragazzino, a chi appartieni?".» Alec interrompe il corso dei miei pensieri.

«Sì» scoppio a ridere. «E tu le rispondesti serio: "Signora, io appartengo a me stesso!".» Imito la sua voce sicura e compiaciuta di ragazzo.

«Sì...» Alec mi guarda e mi prende le mani. «Ma ho mentito. Io appartenevo a te, dal primo momento, dalla prima volta che ti ho vista, dietro quella finestra. Mi sei entrata sottopelle e non ne sei mai uscita, Bessy.»

«Alec...»

«È così e lo sai. Perché pensi che sia venuto a Parigi? Non sopportavo neppure l'idea di starti lontano, anche se tu...»

Mi libero dalla morsa delle sue mani e mi alzo dandogli le spalle.

«Vorresti riprendere da dove abbiamo interrotto? È questo che vuoi, Alec?» chiedo senza guardarlo.

«E se così fosse?» Non ha mai smesso di rispondere alle mie domande con altre domande.

«Lo sai che non è possibile. Per quanto entrambi lo vorremmo, non è possibile perché siamo cresciuti e...»

«E stai per sposarti» conclude lui. Mi volto a guardarlo e annuisco.

«Anche. Stavo per dire che non voglio perderti di nuovo e se qualcosa andasse storto tra noi non avremmo un'ennesima possibilità, Alec.» La nostra amicizia è troppo preziosa, ha resistito al tempo, alle ferite della vita, agli abbandoni. Non possiamo rischiare di perderla, non più.

«E perché dovrebbe andare storto?» replica avvicinandosi.

Perché va sempre tutto storto, perché la vita è così, vorrei rispondere, ma resto in silenzio a guardarlo.

«Non ti riconosco più. Dov'è la ragazzina che non aveva paura delle punizioni e che voleva tuffarsi anche quando il cielo era nero e il mare gonfio?» Mi accarezza il viso e io, automaticamente, inclino la testa sulla sua mano. «Che ti è successo, Bessy?»

«Ho protetto il mio cuore, Alec, ecco cosa mi è successo. Era l'unico modo per sopravvivere.» Penso a quei quattro giorni in quella squallida camera dell'albergo di Parigi, appena sono arrivata. Sono stati i giorni più brutti della mia vita. Sono crollata e poi, non so come, mi sono rialzata. Ho preso quello che restava di me e ho ricostruito una nuova Elisabetta. Più dura forse, ma sicuramente viva.

«Da cosa lo hai protetto? Da chi? Dalle persone che tengono a te?» mi chiede.

«Dalla vita! Dalle ferite! Perché anche chi ti ama sa ferirti!» Mi allontano di un passo e sbatto contro Excalibur.

Alec corruga le sopracciglia e mi studia. «Fa parte del gioco» risponde dopo un po'. Sembra arrabbiato.

«Allora questo gioco non mi piace!» rispondo di rimando.

«Certe ferite sono rinascita, accidenti!» dice a denti stretti. «Se le rendi tali!» aggiunge adirato.

«O possono distruggerti!» rispondo a mia volta arrabbiata.

«Se fossi venuta a parlarne con me...» Stringe i pugni ma non termina la frase.

«Cosa? Dillo!» urlo avvicinandomi. Dillo che è colpa mia, penso.

«Avremmo risolto tutto in pochi minuti, accidenti!» urla a sua volta. Deglutisco senza riuscire a rispondere. So che ha ragione, maledizione, lo so!

«Ero poco più di una bambina! E mio padre mi ha vomitato addosso di non essere il mio vero padre e che tu...»

«E che io ero tuo fratello?» È furioso, il labbro superiore gli trema e gli occhi sono socchiusi.

«Sì!»

«E invece che parlarne con me sei fuggita a migliaia di chilometri di distanza senza una cazzo di spiegazione? Sei una vigliacca, allora e anche oggi!»

Trattengo il respiro e lo guardo. Finalmente lo ha detto, quello che è rimasto sospeso tra noi in questi anni. Restiamo in silenzio a fissarci per un tempo infinito, come se con lo sguardo stessimo continuando la nostra conversazione.

Di cosa hai paura?, dicono i suoi occhi.

Di perderti per sempre. Non posso permettere accada di nuovo, non lo reggerei. Questa volta non sopravvivrei.

Non accadrà.

Non puoi saperlo.

«Ti conforta questa illusione di avere il controllo, è così?» chiede poi ad alta voce.

«Non è un'illusione e sì, mi conforta» rispondo sollevando la testa per guardarlo. «Alec, non c'è nulla tra noi, se non una bellissima amicizia che io vorrei...» Non finisco la frase.

Mi bacia. Le labbra premute sulle mie, un calore improvviso che sale dalla pancia e mi infiamma ogni singola terminazione nervosa. Le dita dei piedi che si arricciano e le farfalle che si agitano nello stomaco. Le sue mani impigliate tra i miei capelli. E il suo bacio è esattamente come quelle onde che sfidavo da ragazzina, nelle giornate nere col mare gonfio. Mi travolge.

Ci sono cose che conservano lo stesso identico aspetto anche a distanza di anni. Un albero imponente e secolare, la casa nella quale sei cresciuta, il ragazzo il cui ricordo è rimasto nel tuo cuore, sepolto sotto strati di negazioni, paure, rifiuti. E poi, basta un bacio perché tutto si riallinei, quasi magicamente. Tutto torna al suo posto. Solo che quel posto è cambiato, perché *tu* sei cambiata. Quando Alec si allontana da me, ho le labbra umide e gli occhi chiusi. Ho troppa paura di aprirli, di vedere la sua espressione. Cosa mi diranno i suoi occhi? Sei stata una codarda, hai buttato alle ortiche le nostre vite? Oppure, siamo qui ora, c'è tempo per recuperare, non esistono ferite che non possano essere curate? E, soprattutto, io cosa spero tra queste possibilità? Perché io so di meritare la sua rabbia e la desidero per espiare questo maledetto peccato!

«Ripetilo, ora» dice, il tono cupo. Quando riapro gli occhi lo fisso senza parlare.

No, non posso ripeterlo. Mentirei. E io non mento mai. Alec si allontana come una furia.

Raccolgo lo scrigno e torno a casa. Quando lo riapro, a notte fonda, stesa sul mio letto, mi accorgo che manca la lettera di Alec. Deve averla presa quando lo abbiamo aperto. Era per quella lettera che voleva lo scrigno? E cosa aveva scritto l'Alec ragazzino di così prezioso per l'Alec adulto? Mi piacerebbe chiederglielo, ma non ci siamo lasciati bene. Poso le dita sulle mie labbra e chiudo gli occhi ricordando il suo bacio. Io sono ancora innamorata di Alec Reed, non posso più negarlo. Non ho mai smesso di amarlo, neppure per un momento. Neppure quando avevo il terrore che lui fosse mio fratello. Domani parlerò con lui, ci chiariremo, sistemeremo tutto, mi dico mentre gli occhi si fanno pesanti. Sistemeremo tutto, insieme. Come sempre.

17

Quando riapro gli occhi la luce invade la mia stanza e il cellulare segna le undici del mattino. Non riesco a credere di essere diventata una tale dormigliona, proprio io che mi sveglio sempre all'alba e arrivo in ufficio prima di tutti gli altri. In cucina trovo Cecco e papà che battibeccano per qualcosa.

«Che succede?» chiedo versandomi il caffè.

«Niente» risponde mio padre.

«Alec è andato via!» dice in contemporanea Cecco. Poso la tazzina molto lentamente.

«Cecco, ti ho già detto che certe cose vanno dette con delicatezza!» lo ammonisce papà. Cecco mi guarda di sbieco, come se non riuscisse a comprendere la mia reazione e, di fatto, non la comprende. Deglutisco e chiedo: «Che significa che se ne è andato?». Mi avvicino alla finestra da cui si vede la casa di Alec, ma non noto nulla di strano. Thor è in giardino che gioca a rincorrere una farfalla. Cecco si sarà sbagliato.

«È vero, Betta» risponde poi mio padre avvicinandosi. «Qualche ora fa è passato a salutarci, pregandoci di non svegliarti.»

«Perché?» chiedo più a me stessa che a lui.

«Era arrabbiato. Era arrabbiato. Era arrabbiato» risponde Cecco, che non ama essere a contatto con emozioni negative.

«Ha detto solo che avete litigato e che era meglio per tutti se tornava alla sua vita» aggiunge papà. Stringo la mascella per non urlare. Poi mi incammino verso la porta d'ingresso.

«Betta, sei in pigiama!» sento urlare alle mie spalle.

«Bettina è senza scarpe!» aggiunge Cecco ridacchiando, ma non mi importa, sono già al cancello, con il dito schiacciato sul tasto di apertura per uscirne. Dopo qualche minuto aggiro il cancello e scavalco il muretto laterale. Non mi importa se Alec mi ha fatto promettere di non farlo mai più, non mi importa nulla! Thor mi viene incontro scodinzolando, lo accarezzo e avanzo verso la casa. Busso più volte e poi lo chiamo, ma c'è solo un silenzio che mi mette in agitazione. Corro a piedi scalzi fin sotto Excalibur. Non so cosa mi aspettassi di trovarci, forse un biglietto, qualcosa che spieghi perché è andato via così. Il vecchio ulivo è lì, la terra smossa ai suoi piedi, dove ieri sera abbiamo tirato fuori lo scrigno. Dovevamo sotterrare un nuovo scrigno per aprirlo tra altri quindici anni! Scavalco di nuovo il muretto ed entro nel giardino dei genitori di Alec. Quando la mamma apre il grande portone mi guarda con un'espressione strana. Ho il pigiama, sono scalza e sporca di terra, immagino che non debba essere un bello spettacolo, ma non mi interessa.

«Dov'è Alec?» chiedo. E spero, spero con tutto il cuore, che mi dica che è nella sua cucina che sta facendo colazione o sta chiacchierando con suo padre, ma capisco dal rammarico dipinto sul suo volto che non sono queste le parole che pronuncerà.

«Se n'è andato, Elisabetta» risponde, accarezzandomi il braccio.

Se ne è andato esattamente come ho fatto io tre anni fa. Nel cuore della notte, ferito e senza salutare. E anche questa volta è colpa mia. L'ho rifiutato per la seconda volta e mi ha lasciata. In fondo, quante volte un cuore può sopportare l'abbandono? Poso una mano al centro del mio petto e ripeto la stessa domanda a me stessa.

18

Sono passati tre giorni da quando Alec è partito. Ho provato a chiamarlo, ma non risponde. Così gli ho scritto un messaggio: «Mi hai detto che non si fugge davanti a un problema, ma poi lo fai tu?».

In verità volevo scrivergli un messaggio più conciliante, farlo ragionare per poter parlare. Ma tre giorni a rimuginare sulla sua partenza, dieci chiamate rifiutate e la sua segretaria che, di nuovo, mi risponde – questa volta sgarbatamente – che l'avvocato Reed non vuole parlare con me né ora né mai, non mi hanno messa propriamente di buon umore.

«È finita, Elisabetta. Andiamo avanti, siamo grandi ormai. Basta giochi» la sua risposta che mi toglie il respiro e mi spezza. Ironico che io non volessi perdere la sua amicizia e poi è esattamente quello che è successo. Mi verrebbe pure da ridere per il fatto che abbia ripreso a chiamarmi Elisabetta, se non fosse che le mie labbra non ne vogliono sapere di incurvarsi in un sorriso.

Ed è per questo che sono qui, sul divano della grande sala di Villa Fiorita, a fingere di ascoltare Cecco che mi racconta l'ennesima barzelletta della giornata.

«Salvami!» mimo a mio padre, che mi porge un bicchiere d'acqua. Papà sorride e chiede a Cecco di andare a innaffiare le buganvillee della facciata, l'unica attività che potrebbe farlo allontanare da me, ora. Cecco adora innaffiare la facciata con il tubo. Alla fine rientrerà bagnato fradicio ma felice.

«Grazie» dico a mio padre, quando mio zio esce di casa.

«Ti vuole bene, desidera solo esserti di conforto» lo giustifica lui.

«Lo so, ed è tanto caro!» rispondo sentendomi in colpa.

«Ti va di parlare?» mi chiede poi, spostando le mie gambe dal divano per potersi sedere. No, non mi va, voglio solo restare ancora qualche giorno qui a commiserarmi e poi rialzarmi come faccio sempre. Ho chiesto a Valérie di sostituirmi ancora per un po', non me la sono sentita di rientrare subito e lei si è dimostrata una grande amica e un'ottima dipendente. Ha preso in mano la situazione con impegno e professionalità, dandomi il tempo di riprendermi prima di tornare.

«D'accordo, cosa vuoi sapere?» domando a mio padre che continua a fissarmi.

«Cosa è successo, perché hai litigato con Alec? Da ragazzini litigavate di continuo, ma facevate la pace in un baleno» mi ricorda. È vero, la nonna mi diceva sempre di tenermi stretto il mio amico, perché uno così incline al perdono rispetto alla mia cocciutaggine non lo avrei più trovato facilmente. Aveva ragione, ma forse Alec si è davvero stufato della mia ostinazione.

«Non siamo più quei ragazzi, papà...» mugugno a disagio. «Vuoi sapere cosa è successo? L'ho respinto! Di nuovo. Lui mi ha aperto il suo cuore, mi ha detto che avrebbe voluto ricominciare da dove avevamo lasciato e io l'ho respinto perché... perché...» Mi metto le mani in faccia e stringo gli occhi.

«Betta...»

«Lo so! Sono una stupida e sono stata insensibile e...»

«Stavo solo per dirti che in questa equazione del tuo cuore non hai nominato il tuo fidanzato. Eppure lui dovrebbe avere un ruolo in tutta la storia, non credi?» Avevo dimenticato che papà analizza tutto nei dettagli e parla sempre come se stesse scrivendo un romanzo.

«Papà, io non stavo pensando ad Antoine quando gli ho detto che non potevamo che essere amici...» Sospiro e continuo: «Antoine è definitivamente fuori da questa equazione. Ci siamo lasciati... L'ho chiamato ieri e abbiamo parlato per tutta la notte. E, insomma, inutile prenderci in giro, tra noi era finita da un po', solo che io mi ostinavo a tenere in piedi quel rapporto perché mi dava conforto sapere di avere lui nella mia vita, come...».

«Il bastone della tua vecchiaia?» ironizza lui.

Sorrido. «Penso tu avessi ragione, volevo che Antoine fosse un punto fermo nella mia vita, qualcosa che non poteva spostarsi mai. Ma poi, dopo la lite con Alec, ho capito una cosa...»

«Cosa?» mi chiede incuriosito.

Mi raddrizzo sul divano. «Ho capito che sono *io* il punto fermo della mia vita. Devo solo volermi più bene, perdonarmi e accettarmi. Accettare gli errori che faccio, impegnandomi per non farli di nuovo. Sai, me lo ha insegnato la mamma...»

«Davvero, tesoro?» Si avvicina e mi scruta, intimorito di chiedere di più.

«Sì. Nella lettera che mi ha lasciato ha parlato proprio di questo.» Prendo il libro sul tavolino che ho davanti e lo apro. Prelevo la lettera della mamma dalle pagine interne e la porgo a papà.

«Betta, questa è...» Si schiarisce la voce. «Questa è la sua lettera?» La prende con mani tremanti.

Annuisco. «Voglio che tu la legga. Avevo timore di dartela, so che stai ancora combattendo per il tuo equilibrio e forse lo farai per sempre, ma penso che leggere le parole di mamma farà bene anche a te.»

Papà porta la lettera al cuore e si alza, immagino sia impaziente di stare da solo.

«Betta?» chiede poi girandosi.

«Sì, papà?»

«Hai detto che non stavi pensando ad Antoine quando hai respinto Alec. A cosa stavi pensando?» mi chiede.

«Io...» Sospiro e rispondo: «Avevo paura di perderlo se qualcosa fosse andato storto...».

«Siamo proprio bravi, io e te, a far avverare le nostre paure, vero? Diventano così reali, nella nostra mente, che poi il peggio accade...» commenta con un sorriso amaro.

Forse Alberto non è il mio vero padre, ma ha ragione, siamo uguali: facciamo avverare le nostre paure perché le invochiamo e le attuiamo noi stessi, in modo autodistruttivo.

«Forse è arrivato il momento di interrompere questo circolo vizioso, allora» rispondo con un sorriso.

19

Dopo la chiacchierata con papà prenoto il volo di ritorno. È arrivato il momento di ricominciare, di nuovo. Ma questa volta non scapperò, al contrario, affronterò questa situazione. Ho intenzione di andare da Alec per parlargli. Starà a lui, poi, decidere se perdonarmi o meno, ma non lascerò nulla di intentato questa volta. Gli aprirò il mio cuore e spero che vorrà, di nuovo, perdonare la mia cocciutaggine. Sorrido alzando la testa verso il cielo limpido. L'aria è fresca e la brezza del mare mi accarezza con delicatezza. Sto facendo una passeggiata sul lungomare e, in definitiva, sto salutando i luoghi della mia infanzia prendendomi, questa volta, tutto il tempo necessario. Mi piacerebbe tornare a vivere a Giovinazzo, un giorno, ma ora il mio posto è a Parigi. Devo sistemare le cose con Alec, poi si vedrà. Quando suona il cellulare e vedo una videochiamata di Cecco in arrivo mi chiedo cosa possa volere. Gli ho promesso di passare il pomeriggio con lui a leggere insieme e sono un po' in ritardo, in effetti... Cecco adora che io gli legga i miei romanzi con le intonazioni giuste, resta incantato e in religioso silenzio finché non sono esausta e lo prego di fare una pausa.

«Cecco, sto rientrando...» rispondo, ma smetto di sorridere quando lo vedo. Ha il cellulare poggiato sul tavolo, vedo l'alto soffitto bianco della casa, parte del suo volto e le mani che si agitano in movimenti ritmici e veloci. Stereotipie, penso subito: lo fa quando è molto agitato. Movimenti ripetitivi che lo calmano, ma lo isolano mentalmente da tutti.

«Cecco, che succede?» chiedo raddrizzando la schiena. Ma so che non risponderà. Agita le mani sempre più velocemente e si lamenta. Cerco di calmarmi e comincio a correre verso casa.

«Cecco, perché non prendi il cellulare e lo porti da Alberto?» gli chiedo con un tono dolce.

I suoi lamenti aumentano e io sento una morsa che mi stritola il cuore. *Ti prego, prendi il cellulare, portalo da papà!* Cosa può essere successo? Forse è solo agitato perché sono in ritardo e per lui questa è una cosa gravissima, tento di convincermi, ma qualcosa mi dice che non è così, che c'è qualcosa che non va.

«Sto arrivando, Cecco! Nel frattempo, ti prego, porta il cellulare da Alberto...» Mi rendo conto del mio tono lamentoso, ma non riesco a trattenermi. Non so cosa lo smuova, ma vedo che Cecco prende il telefono. L'inquadratura si muove a scatti, vedo il soffitto perlopiù e subito dopo le sue scarpe in un movimento alternato e sento la litania nervosa del suo pianto che mi distrugge. Mi immobilizzo per capire cosa sto guardando. Cecco si è fermato e ha puntato il cellulare su qualcosa, una massa scura, ma poiché muove la mano ritmicamente non riesco a mettere a fuoco. Poi all'improvviso si ferma e lo vedo.

Mio padre, riverso in terra in modo scomposto, la faccia rivolta al pavimento.

«Cecco, resta lì, chiamo aiuto» è tutto quello che riesco a dire.

Per fortuna il signor Reed era in casa. Nell'agitazione del momento chiamo casa dei signori Reed e mi risponde Thomas, che corre a soccorrere papà. Quando arrivo, Cecco è in un angolo, seduto sulla poltrona che si dondola avanti e indietro e papà è sulla barella, attorniato da due infermieri e dal signor Reed.

«Cosa è successo?» gli chiedo, dando un'occhiata veloce a Cecco. Mi occuperò di lui tra un momento, prima devo capire come sta papà.

«Ha avuto un infarto, Elisabetta.» Thomas risponde a voce bassa per non farsi ascoltare da mio zio. «Lo portiamo al Policlinico per stabilizzarlo.» Annuisco intontita e guardo papà, gli occhi chiusi, disteso sulla barella, con una maschera per l'ossigeno sul viso.

«Ma è incosciente? Si riprenderà?» supplico nel panico.

«Vado con loro in ospedale e ti tengo aggiornata» mormora senza rispondere alla mia domanda.

«Vengo anche io!» Ma mi volto a guardare Cecco e

capisco di non poterlo lasciare. «Chiamo Vittoria, l'infermiera che lo assiste, e poi vi raggiungo.» Il papà di Alec annuisce e io mi avvicino a mio padre, stringendo la sua mano. «Resisti, papà» sussurro. Poi mi avvicino a Cecco e mi inginocchio davanti a lui.

«Ehi...» Provo a sorridere, ma mi esce una smorfia che credo abbia davvero poco di confortante. Esteriormente sembra un uomo adulto, ma dentro è solo un ragazzino che ha bisogno di conforto. Chi non ne ha bisogno, del resto? Evito di poggiare le mani sulle sue gambe e mi abbasso fino a che possa guardarmi negli occhi. Mi fissa per un istante e poi distoglie lo sguardo, continuando a dondolarsi.

«Cecco, andrà tutto bene. Il signor Reed ha detto che gli hai salvato la vita, chiamandomi subito» gli dico. Cecco emette un lamento che mi spezza il cuore e io immagino stia rivivendo la caduta di papà e la sensazione di paura dinanzi al suo corpo immobile. Stringo gli occhi per cacciare dalla mia mente quella immagine.

«Ho paura anche io» sussurro senza smettere di guardarlo. «E ho bisogno di te, Cecco» gli dico, la voce che si incrina sulle ultime parole. Cecco si ferma così di colpo che sussulto. Guarda in alto, gli occhioni spalancati e il viso serio.

«Posso raccontarti una barzelletta, Cecco?» gli chiedo con un mezzo sorriso.

Resta immobile per così tanto tempo, senza dire nulla, che penso che non risponderà e che non riuscirò a tirarlo fuori dalla sua caverna, questa volta. Poi scuote la testa.

«Bettina non sa raccontare le barzellette» dice. Sorrido e scuoto la testa anche io.

«Non è vero, qualcuna la conosco!» ribatto.

«No, Alec Reed dice sempre che Bettina non sa raccontare le barzellette bene come le racconto io!» risponde.

Caccio indietro il nodo che mi si blocca in gola, schiarisco la voce e rispondo: «Hai ragione, Cecco. Tu le racconti decisamente meglio di me. Alec ha ragione».

Quando arriva Vittoria, poco dopo, Cecco è più tranquillo e io mi faccio accompagnare dal signor Nicola a Bari. Per tutto il tempo del tragitto prego perché mio padre stia bene. Poi scrivo un messaggio.

«Alec, papà ha avuto un infarto. Sto andando in ospedale.»

Non so se mi risponderà o se abbia deciso di tagliarmi completamente fuori dalla sua vita, ma volevo che sapesse di papà da me e non dai suoi genitori.

Mi chiama quando sono in ospedale, in attesa di ricevere notizie.

«Elisabetta, scusa, ho letto solo ora il messaggio, ero in tribunale! Come sta tuo padre?» chiede senza salutare, il tono della voce teso e preoccupato.

«Non lo so, sono in sala d'attesa con Nicola da due ore e nessuno mi dice niente!»

«Mio padre?»

«Non lo vedo da casa… era con papà sull'ambulanza, però.» La cosa mi conforta molto. So che Thomas se ne prenderà cura.

«Chiamo mia madre, vedo se può informarsi.» Alec aggancia prima che io risponda. Resto in attesa ancora per un tempo infinito, ma l'aver sentito la voce di Alec e sapere che si sta informando per me mi dona un conforto inaspettato. Quando vedo la mamma di Alec venirci incontro con il camice bianco mi alzo di scatto in preda alla paura.

«Tutto bene, cara!» dice lei guardandomi. «Alec mi ha chiesto di informarti. Papà è in sala operatoria ora, ha avuto un infarto. Thomas era reperibile, quindi ha chiesto di poterlo operare personalmente. Per ora tutto bene, dovrebbero terminare tra una ventina di minuti.»

Annuisco e la ringrazio, il signor Nicola chiama sua moglie per informarla e io scrivo ad Alec: «Grazie».

«Andrà tutto bene» risponde. Non so se ha ragione, ma quando me lo dice lui sembra davvero che possa essere così.

Riportiamo a casa papà dopo una settimana. Gli hanno messo un bypass coronarico, dovrà fare controlli frequenti, prendere farmaci, seguire una dieta rigida e agitarsi il meno possibile. Tutto sommato sta bene, lo guardo steso sul divano della sala grande di Villa Fiorita mentre legge un libro, la copertina sulle gambe e gli occhiali sul naso. Ho chiamato Valérie e ridimensionato il mio lavoro. Ho annullato il mio viaggio di ritorno e le ho detto che non avevo idea di quando sarei potuta rientrare. Dopodiché sono andata in un centro commerciale e ho acquistato un nuovo guardaroba, perché non posso restare qui a tempo indeterminato con una piccola valigia e pochi cambi. Alla fine pare che io stia davvero considerando seriamente l'idea di trasferirmi qui per lavoro. Ne ho parlato con Nicola, che è entusiasta. Una sera a cena ci è anche venuta l'idea di espandere la nostra produzione con generi alimentari tipici. Erano anni che Nicola voleva inserire tra i nostri prodotti pomodori e melanzane sott'olio, forse è arrivato il momento di parlare seriamente della cosa, ma per farlo mi è sembrato giusto fargli prima firmare delle carte.

«Stai dicendo che vuoi che io sia il tuo socio?» chiede stupefatto, guardando prima me poi Cinzia. I figli ridacchiano guardandoci dalla loro postazione di gioco. È davvero una bella famiglia.

«Certo,» faccio spallucce «gestisci l'attività da anni, ormai, e la nonna ti aveva scelto per aiutarci. Sei uno di famiglia, Nicola.» I suoi occhi si inumidiscono alle mie parole e sua moglie gli posa una mano sulla schiena. «Ora è arrivato il momento di fare un passo in avanti, non credi? Vorrei che il nostro marchio, da oggi, diventi Ventura e Lorusso... se sei d'accordo, naturalmente!» Nicola mi ha aiutata così tanto in questi anni, personalmente e professionalmente, che non potrei proprio immaginare la nostra attività senza il suo supporto. Se non fosse stato per lui chissà cosa mi sarebbe successo! Quando sono arrivata a Parigi è riuscito a farmi rigare dritto anche a distanza. Mi chiamava anche dieci volte al giorno per appurare che io stessi bene. E quando abbiamo avviato la distribuzione in Francia mi ha incoraggiata in ogni modo. No, non ce l'avrei fatta senza di lui, è ora di ricambiare il favore.

«Io... non so che dire...» risponde commosso.

«Di' di sì!»

«Sì!» ride e io gli allungo la mano. «Sì!» ripete, felice. Si alza, scansa la mia mano e mi stringe in un vigoroso abbraccio.

«Pensi di trasferirti qui definitivamente?» mi chiede poi Cinzia.

«Sì. Aspetto che papà si stabilizzi, poi vorrei tornare a Parigi a sistemare il lavoro, la casa, prendere le mie cose e parlare con Valérie. Vorrei metterla a capo della sede parigina, conosce il lavoro alla perfezione, visto che abbiamo lavorato fianco a fianco... cosa ne pensi?» chiedo a Nicola.

«Mi sembra una buona idea e sono contento che tu torni a casa! Ne hai già parlato con tuo padre? Ne sarà felice...»

«Non ancora. Preferisco prima sistemare tutto...»

«Bettina torna a casa! Bettina torna a casa! Bettina torna a casa!» cantilena Cecco che stava ascoltando la nostra conversazione.

«Immagino che l'effetto sorpresa sia sfumato!» dico ridendo e guardando Nicola.

Prendo un grosso respiro e mi guardo intorno. Dalla finestra vedo Excalibur che svetta oltre la casa di Alec. Non sono più stata sotto l'ulivo da quando è andato via. Tornare là senza di lui non mi sembra giusto. E poi non ho le chiavi della sua casa e scavalcare il muretto non è così divertente come potrebbe sembrare. Forse lo era a quindici anni, ma ora no.

Devo sistemare la mia vita e poi... si torna a casa, definitivamente. In questo periodo Alec mi ha scritto diverse volte, per chiedermi come sta papà...

«E tu come stai?» mi ha chiesto qualche giorno fa. Avrei voluto dirgli che mi mancava, che avevo bisogno di lui, ma gli ho risposto che sto meglio ora che papà si sta stabilizzando. I nostri dialoghi sono diventati così formali che mi intristisco ogni volta che leggo i suoi messaggi. Ho bisogno di parlargli di persona, ma ancora non so quando questo potrà avvenire.

Dopo il primo controllo, a distanza di due settimane dall'intervento, le notizie sono positive e decido di tornare a Parigi per sistemare alcune cose prima del mio trasferimento definitivo in Puglia. Mando un messaggio ad Alec per informarlo del mio ritorno e chiedergli se possiamo vederci.

«Tuo padre sta bene?» chiede ignorando la mia domanda.

«Sì, molto meglio. Alec, resterò a Parigi cinque giorni, poi ritorno a casa. Se vuoi, sai dove trovarmi.»

Sono stata da lui in ufficio ma Amélie, la sua amabile segretaria, mi ha detto che Alec era in udienza. Non so se sia vero. Non voglio insistere, ma spero di vederlo entrare in ufficio e di poter parlare con lui. Non accade e capisco che Alec sta facendo esattamente quello che avevo fatto io: si sta proteggendo. L'idea che voglia difendersi da me mi ferisce, ma non posso biasimarlo. Gli darò tutto il tempo di cui ha bisogno: come gli ho detto, sa dove trovarmi, sia a Parigi che a Giovinazzo. Ma non si presenta in ufficio e io torno in Puglia, a casa.

I mesi trascorrono veloci. Ingrandiamo l'ufficio di Nicola e lavoriamo notte e giorno alle nuove idee. La nostra linea potrebbe partire tra due anni, se tutto va bene. Abbiamo acquistato un nuovo appezzamento a Bari, che era già avviato in produzione di verdure e ortaggi. E stiamo ristrutturando la linea, aggiungendo il necessario per questi nuovi prodotti. Inoltre, ho visto una palazzina qui in paese che potrebbe fare al caso nostro, vorrei mantenere i nostri uffici in zona, ma abbiamo bisogno di nuovo spazio e personale. Nel frattempo coordiniamo gli uffici di Parigi, Valérie è bravissima e si occupa brillantemente del mercato estero. Alla fine si è davvero meritata il suo aumento! La invito a trascorrere il Natale da noi, con la scusa di riunirci per lavoro. Ovviamente accetta con il suo solito contagioso entusiasmo.

«Era da tanto che non festeggiavamo il Natale qui a casa...» commenta mio padre, guardando le decorazioni e il grande albero nella sala.

«Ti dà fastidio?» chiedo.

«No, al contrario! Anzi... vorrei festeggiare anche il tuo compleanno, anche se è stato ad agosto...» dice a disagio. Stiamo entrambi ricordando il Natale del mio diciottesimo compleanno, quando mi fece quella orribile scenata davanti a tutti.

«Mi piacerebbe, papà!» dico sorridendo. «Ehi, Cecco! Ti va di festeggiare il mio compleanno e il Natale insieme?» chiedo a mio zio, per alleggerire la tensione.

«Due feste, due regali, più cibo» risponde con logica matematica.

Rido. «Guarda che i regali sono per il *mio* compleanno» preciso. Mette il broncio e decidiamo che comunque quest'anno riceverà due regali, visto che ha salvato papà, cosa che racconta a tutti definendosi un eroe. Lo è davvero, è il nostro eroe dal cuore grande e puro.

Come il Natale di tanti anni fa, la nostra festa è anche una sorta di evento di rappresentanza: invitiamo i ristoratori e i maggiori commercianti alimentari della zona, cominciando a parlare con loro della nuova linea che vedrà la luce tra non molto. Presentiamo i primi vasetti di prodotti, con l'etichetta «Le delizie di Nonna Lucia». Ci era sembrato giusto omaggiare la nonna e la sua tradizione, che vorremmo perdurasse nel tempo. Si dimostrano tutti entusiasti, c'è un'aria festosa e gioiosa, il cibo non mi è mai sembrato così buono e le risate così allegre. Valérie mi racconta gli ultimi aneddoti del nostro ufficio e stiamo ridendo quando vedo entrare Alec.

A braccetto di una bellissima ragazza.

20

La riconosco subito, appena incrocia il mio sguardo e mi lancia un'occhiata velenosa e carica di sottintesi. Si avvicinano insieme, Alec sembra teso e io vorrei poter uscire da questa sala senza farmi vedere, ma a quanto pare è troppo tardi.

«Ciao, Elisabetta, ti trovo bene» mi saluta Alec. Alzo gli occhi al cielo non appena pronuncia il mio nome per intero e lui mi guarda aggrottando le sopracciglia.

«Ciao, Alec, sei tornato a casa per Natale?» chiedo. Odio questa formalità tra noi, mi sembra tutto così forzatamente falso che ne sono infastidita. Sto per chiedergli come mai sia alla nostra festa, ma ricordo che papà mi ha detto di aver invitato i suoi genitori e Alec qualche settimana fa, solo che ero convinta che lui non venisse.

«Sì, come ogni anno. Non so se conosci Amélie» aggiunge guardando la sua segretaria.

«Sì, ci siamo conosciute» risponde lei allegramente.

So che sta recitando nel momento stesso in cui mi rivolge un sorriso. «La tua casa è bellissima!»

«Grazie.» Restiamo in silenzio per un po', finché Valérie si avvicina e ci travolge con la sua parlantina. Quando i due piccioncini si allontanano la mia amica mi prende sottobraccio.

«Grazie per avermi salvata» le dico, riconoscente.

«Figurati. La tizia mi è stata antipatica a pelle, non capisco cosa ci trovi Alec in lei!» risponde. Non commento, perché sto cercando di non pensare alle implicazioni di Alec insieme a quella donna. Nel frattempo i genitori di Alec si avvicinano per salutarci. Quando la mamma mi dà un bacio sulla guancia, sussurra al mio orecchio: «Non arrenderti con lui, Elisabetta. Ha sofferto così tanto...». Mi allontano e la guardo, gli occhi lucidi, sta trattenendo l'emozione.

«Non voglio che soffra ancora» le dico.

«Lo so.» Sorride e si allontana con Thomas, che mi fa l'occhiolino. Alec assomiglierà a lui quando invecchierà, elegante e affascinante, penso.

«Eli?» mi sollecita dopo un po' Valérie.

«Mmm...» mugugno intenta a sistemare la tavola imbandita.

«Perché non vai a parlarci?»

«Cosa? Parlare con chi?»

Valérie sbuffa e mi guarda socchiudendo gli occhi.

«Non se ne parla. Ha fatto la sua scelta, cosa vuoi che gli dica? Che lo implori di ripensarci?» chiedo nervosa. Sbatto un vasetto sul tavolo e poi mi guardo intorno sperando che nessuno abbia notato questo scambio di battute e la mia crescente tensione.

«Anche, se servisse! Siete così orgogliosi, voi due! Elisabetta, devi fermare questo treno se non vuoi esserne travolta!» sussurra accanto a me.

«Valérie, aiutami a sistemare la tavola» rispondo ignorando la sua filippica. Di contro, lei si allontana sbuffando. Non la biasimo, abbiamo passato intere serate ad analizzare il mio rapporto con Alec, prima quando ero a Parigi e poi al telefono. E so che desidera il mio bene, ma credo che non possa capire fino in fondo la situazione. A volte non la capisco neppure io!

Quando sento un braccio nudo accanto al mio immagino sia tornata indietro per aiutarmi con la preparazione dei dolci.

«Aiutami solo a patto di non pronunciare più il nome di chi sai tu» le dico.

«Gli hai spezzato il cuore» dice invece la voce accanto a me. Mi giro così di scatto che il vassoio che ho in mano, pieno di pasticcini, traballa per un momento prima che riesca a stabilizzarlo. Contrariamente al suo tono, secco e adirato, Amélie ha una espressione gioiosa.

«Cosa?» le domando quindi, pensando di non aver sentito bene.

Amélie continua a sorridere. «Gli hai spezzato il cuore, più di una volta. Ora è arrivato il momento che tu ti faccia da parte e lasci che Alec sia felice. Non credi che se lo meriti?» chiede. Poi, senza aspettare che io risponda, aggiunge: «O sei davvero così egoista da pensare solo a te stessa?». Mi guarda con disgusto, come fossi una criminale, e per un attimo mi sento esattamente in questo modo. Resto a fissarla, incapace di rispondere per qualche secondo.

«Gli voglio bene, non voglio che soffra» le dico poi, mentre cerco di controllare il respiro e la mia voce.

«Allora sai cosa devi fare, no?» Sorride di nuovo quando si allontana, soddisfatta della logica del suo ragionamento, e io resto a fissarla e a ripensare alle sue parole pungenti.

«Che voleva?» chiede Valérie un attimo dopo.

«Che mi tenga alla larga da Alec» rispondo pensierosa.

«Col cavolo!»

«Valérie...» la ammonisco perché ha alzato la voce, attirando qualche sguardo curioso.

«Dimmi che non sei così codarda da tirarti indietro!» Valérie mi guarda in faccia con determinazione. A volte penso che mi abbia idealizzata, crede che io sia forte, coraggiosa e intrepida come il mio protagonista, Alexander Redopolis, ma la verità è che io non sono un'eroina, sono solo un fragile essere umano che cerca di stare a galla quando il mare si agita. E non è sempre facile. Quando legge la risposta nel mio sguardo si allontana in silenzio. So di averla delusa, ma so anche che Amélie ha ragione: ho spezzato il cuore di Alec troppe volte, è ora che io faccia un passo indietro e lo lasci vivere. Forse non siamo destinati a stare insieme, del resto sono anni che gli eventi ci ostacolano, è arrivato il momento di mettere la parola fine a questo capitolo.

«Festa riuscita» mi dice Alec dopo qualche ora. «L'idea delle conserve dedicata a tua nonna è bellissima.»

«Grazie, Alec» rispondo sorridendo.

«Il tuo fidanzato?» mi chiede guardandosi attorno. La sala è gremita di ospiti, papà è vicino all'albero di Natale con Cecco, Nicola e Cinzia.

«Non è potuto venire,» mento «aveva un'importante cena di lavoro a Parigi.» Alec annuisce ma non aggiunge altro. Amélie torna ad affiancare Alec e mi guarda di traverso.

«Vorrei proporre un brindisi!» urla mio padre con un bicchiere vuoto in mano, alzando la voce per farsi sentire. Per un momento torno indietro nel tempo, a una festa di tanti Natali fa, quando lui si avvicinò ubriaco e mi disse che ero *carn d' nu alt*, figlia di un altro. Rabbrividisco, nonostante in casa la temperatura sia alta e io indossi un tubino nero e un giacchino. Mio padre deve aver ricordato la stessa cosa perché il suo sorriso si spegne all'improvviso. Poi aggiunge, serio e commosso: «Vorrei brindare a mia figlia, Elisabetta Ventura, che porta avanti il nome della nostra famiglia rendendomi un padre orgoglioso». La sua voce si incrina e i miei occhi si inumidiscono. «Grazie» mimo con le labbra, andandogli incontro. Ci abbracciamo e capisco che anche se stasera ho perso molto, non ho perso tutto. Ho la mia famiglia, la mia terra e un'eredità che mi rende quella che sono.

Quando la festa finisce vedo Alec e Amélie uscire abbracciati e li seguo con lo sguardo.

«Tutto bene?» mi chiede Valérie affiancandomi.

«Sì» rispondo.

«Vuoi una mano a sistemare?»

«No, ci penserò domani. Però ho una cosa da chiederti...» le dico prendendola per mano e portandola in camera mia. Quando siamo là cerco il mio cellulare, apro l'app che stavo cercando e glielo porgo.

«Non ci credo! Ti sei iscritta a Facebook!» dice ridendo.

«Sì, ma non ti esaltare. Vorrei che cancellassi la mia iscrizione, come si fa?» Mi ero iscritta per... va bene, non ne vado fiera, ma volevo spiare Alec. Non gli ho chiesto l'amicizia, ma la sua pagina è pubblica e ho capito di poter vedere i suoi dati e le foto che posta senza svelarmi troppo...

«Ma perché?» chiede Valérie sbuffando.

«È un social inutile, non mi serve!»

Valérie traffica con il mio cellulare. «Sei andata a guardare la bacheca di Alec!» ridacchia. «Poi davi a me della stalker!»

«Cancellami» le dico ignorando la sua osservazione. Voglio mettere un punto a questa situazione oggi stesso.

«Oh...»

«Oh, cosa?»

«Ho fatto una cavolata... non ti arrabbiare» dice con il tono che usa di solito quando ha fatto ben più di una cavolata. Mi avvicino in allerta.

«Che hai fatto, Valérie?» chiedo sedendomi accanto a lei sul mio letto.

Mi porge il cellulare su cui campeggia uno scatto di Alec con Amélie. Dall'angolazione capisco che è lei che ha scattato la fotografia. Sono felici, sorridenti e soddisfatti, appena usciti da Villa Fiorita, le buganvillee sullo sfondo fiocamente illuminate dalle luci esterne. Sorridono, entrambi, ma negli occhi di Alec si muove qualcosa di diverso. Rimpianti, ricordi, amarezza, non saprei dirlo.

«E quindi? Si sono scattati una foto insieme e l'hanno postata...» commento. Poi guardo il mio nome sotto il post. Perché c'è il mio nome sotto quella foto?

«Eli... istintivamente ho messo l'emoticon infuriata come commento alla foto...» indica il faccino rosso e arrabbiato sotto lo scatto.

«Tu, cosa?» chiedo, retorica. «Toglilo!» Le lancio il cellulare come se scottasse e lei lo prende al volo. Si siede sul mio letto e guarda lo schermo.

«Anche se lo togliessi, lui lo vedrebbe comunque... vedrebbe che prima lo hai messo e poi rimosso... credo!» risponde facendo spallucce. Scommetto che lo ha fatto apposta!

«Oddio, ora penserà che... che potrebbe pensare?» chiedo.

«Non lo so... che non vuoi che stia con quella cretina?» risponde con tono pungente.

«Dobbiamo fare qualcosa! Maledetti social! Devo parlargli...» Riprendo il telefono, ma Valérie me lo toglie di mano.

«Sono le due e mezzo del mattino, non puoi chiamarlo, magari sta dormendo...» Il «con lei» è un sottinteso che non mi sfugge.

«Sì, hai ragione... Okay, so cosa fare!» Mi alzo, prendo un giacchino e glielo lancio. Poi cerco le scarpe da ginnastica e gliele indico.

«Cambia le scarpe» le intimo.

«Perché?» chiede lei, cauta. La fulmino con lo sguardo perché mi ha cacciata davvero in un guaio enorme. Mi infilo un maglioncino sul tubino e metto anche io le scarpe da ginnastica.

«Quando eravamo piccoli e uno di noi non riusciva a dormire, ci lanciavamo sassolini sulla finestra. Se l'altro la apriva allora significava che era sveglio e ci vedevamo sotto Excalibur per chiacchierare un po', altrimenti niente» le spiego.

«Quindi andiamo a lanciare pietre alla finestra di Alec?» chiede Valérie ridendo.

«Esatto» rispondo seria. Devo chiarire con Alec prima che si faccia idee sbagliate.

21

Scavalcare il muretto del vecchio podere abbandonato, ora casa di Alec, sta diventando un'abitudine che non mi piace per nulla. Tuttavia, devo risolvere questa cosa prima che si trasformi e si ingigantisca. Trascino Valérie con me perché dovrà spiegare ad Alec che per errore, prendendo il mio telefono, ha cliccato su quella maledetta emoticon. E fine della storia.

Aiuto Valérie a scavalcare perché mi confessa che non lo ha mai fatto. Quando atterra mi guarda come se io fossi l'origine di ogni male. Ignoro il suo sguardo e le faccio cenno verso la casa. C'è una sola luce che illumina l'esterno, mentre le finestre sono tutte al buio.

«Eli, sei proprio sicura?» sussurra Valérie. Non rispondo, prendo un sassolino e lo lancio verso la finestra che immagino sia la camera di Alec. Colpisco per errore la facciata.

«Bella mira!» mi prende in giro Valérie. Fingo di

non averla sentita e ci riprovo ma, di nuovo, colpisco la facciata, almeno a tre metri di distanza dalla finestra.

Thor, in lontananza, comincia ad abbaiare e avvicinarsi.

«Non ti preoccupare,» sussurro a Valérie «il cane mi conosce, è innocuo.» O almeno spero che al buio mi riconosca e sia innocuo anche se noi potremmo avere un'aria vagamente sospetta.

«Sei sicura?» risponde lei avvicinandosi a me, con lo sguardo puntato sulla bestia che, di corsa, ci sta venendo incontro. Per un momento resto ferma, pensando che al buio Thor non mi riconoscerà e ci salterà addosso come fossimo due ladre. Poi, grazie al cielo, il cane rallenta e mi viene vicino scodinzolando. Sto per lanciare di nuovo un sassolino quando una voce, alla nostra destra, ci fa letteralmente saltare.

«Che diavolo stai facendo?»

Valérie caccia un urlo che avrà sentito persino papà nella nostra villa e io... be', non è facile lanciare un sassolino quando si è sotto pressione, quindi per un puro gesto istintivo lancio la pietra nella direzione della voce.

«Ahi! Maledizione, Bessy, sei la mia rovina!» urla Alec piegandosi e dicendo quello che, in fin dei conti, mi dice da quando ci conosciamo.

«Oddio, hai colpito Alec Reed...» sussurra Valérie facendo diversi passi indietro.

«Alec, stai bene?» Mi avvicino e scosto le sue mani dal viso. Lui mi guarda torvo e mi mostra gli occhiali che ha in mano. Una lente è scheggiata, ma lui sta bene.

«No, non sto bene! Volevi uccidermi?» esclama, il tono secco.

«Certo che no! Ma che cavolo dici?!» Niente da fare, quando lui si arrabbia, io mi arrabbio. Sempre è stato così, sempre sarà così.

«E allora perché mi hai colpito? E che ci fai qui?»

«Volevo parlarti...» Ora la mia scusa sembra davvero un alibi molto scarso, mi rendo conto.

«A quest'ora? Con dei sassi in mano? Allora è vero che voi Ventura avete un'insana passione per le pietre...» bofonchia. Io reprimo una risata che dissimulo con un colpo di tosse quando Alec punta il suo sguardo freddo su di me. Si rimette gli occhiali, ma poi li toglie subito quando si accorge di non vederci bene dalla lente scheggiata.

«Ma che succede?» Amélie si è affacciata alla finestra. Non mi sfugge che sia in vestaglia e che guardi nella nostra direzione con sospetto.

«Stavi puntando alla finestra sbagliata, lo sapevo!» sussurra Valérie indicando Amélie che, in effetti, si è affacciata da una finestra diversa da quella cui stavo mirando. Sotto sotto spero che stiano solo dormendo in stanze separate, ma non mi illudo circa questa supposizione.

«Nulla, arrivo tra poco» risponde Alec.

«Okay, scusate, ne parliamo con calma domani.» O mai, penso, indietreggiando e pentendomi di essere venuta qui.

«Non così in fretta, Bessy.» Alec mi prende per un gomito e io mi immobilizzo. «Parla.»

Sospiro. «Okay, stavo cercando di chiamarti lanciando un sassolino alla tua finestra...» ammetto, e mi svincolo dalla sua stretta.

«Pessima mira» dice mostrandomi gli occhiali. «E inoltre ora hai il cellulare.»

«Scusa, te li ricompro... sicuro di stare bene?»

«Sto bene» sospira anche lui. «Che volevi?» Nel frattempo Amélie è sempre alla finestra che cerca di ascoltare, la cosa mi mette in imbarazzo. Non avevo programmato di parlargli così.

«Due cose» rispondo velocemente. «Una osservazione e una domanda» enumero sulle dita di una mano.

Alec inclina la testa: «Sentiamo».

«Stasera hai postato una foto, uscito dalla festa. Per errore la mia assistente ha cliccato su quella foto dal mio cellulare.» Mi volto verso Valérie e le faccio cenno di avanzare.

«Colpa mia, Alec!» dice avvicinandosi. «Mi è partito il dito e ho inserito una emoticon, scusa.»

«Che foto, che reazione, di che stai parlando?» chiede scontroso. Quando una volta era lui a svegliarmi nel cuore della notte non era così scorbutico.

«Non hai ancora visto? Hai il tuo cellulare con te?» chiedo.

Alec si indica: ha i pantaloni del pigiama e una maglia a mezze maniche. No, non ha il cellulare, è ovvio.

«Okay... certo...» dico «comunque quando vedrai quella emoticon, sappi che non sono stata io e, anzi, io sono felicissima per te!»

Alec inarca un sopracciglio, poco convinto della mia risposta, ma non dice niente. Sento Valérie bofonchiare un «sì, come no» alle mie spalle che spero che Alec non abbia colto.

«E sei venuta qui per questo? Per dirmi che non hai cliccato su una foto?» mi chiede Alec. Poi corruga le sopracciglia e ci guarda con attenzione. Prima me, poi i piedi di Valérie.

«Hai scavalcato il muretto?» Sgrana gli occhi e non mi dà tempo di rispondere: «Dannazione, Bessy, piantala, ti ammazzerai!».

Sorrido, perché sentirlo preoccuparsi per me è una cosa che mi fa piacere. Smetto nel momento in cui lui alza gli occhi al cielo.

«La domanda?» aggiunge poi, scocciato.

«Cosa?»

«Sei venuta qui per una osservazione e una domanda...» mi ricorda.

«Ah, sì...» Sollevo lo sguardo verso la finestra. Amélie ha le braccia conserte e, anche se non la vedo, immagino stia battendo un piede in terra per il nervosismo.

«Bessy?»

«Nulla di importante, lascia stare.» Mi giro, ma di nuovo Alec mi blocca. La sua mano stringe il braccio e i suoi occhi sono incatenati ai miei, sento il calore del suo corpo vicino al mio e mi vengono i brividi.

«Sei felice, Alec?» sussurro guardandolo. In fondo, sta tutta lì la risposta alla nostra situazione. Sei felice?

Non c'è molto altro da sapere. Alec resta immobile per così tanto che penso non abbia sentito la mia domanda. Poi mi lascia, fa un passo indietro e risponde: «Sì, sono felice, Elisabetta».

Di nuovo a dividerci un muro di cinque sillabe.

«Va bene... io... voglio che tu sia felice, Alec.»

Lo vedo stringere la mascella. «Grazie» risponde freddo. Immagino non vi sia più nulla da aggiungere. Mi giro e prendo Valérie sotto braccio per andare via.

«Bessy?»

Mi volto velocemente, come se un elastico mi avesse strattonata. «Sì, Alec?»

Lo vedo sollevare un braccio e pigiare un dito sul telecomando. «Esci dal cancello» sibila.

«Il cancello, ma certo...» Tiro Valérie dalla parte opposta.

«Grazie al cielo» la sento dire.

Quando passo davanti ad Alec lui mi fissa, ma non dice nulla.

Camminiamo in silenzio fino a Villa Fiorita. «Stai bene?» mi chiede Valérie. Le guardo le gambe: le calze si sono rotte in più punti, eppure sembra allegra.

«Dovrei essere io a chiederlo a te, scusami...»

«Stai scherzando? Mi sono divertita da matti!» ride stringendo il mio braccio. «E poi non ho mai visto una Elisabetta così... libera! Sei sempre così controllata, in genere! Invece qui, a casa tua, sei diversa...» Mi osserva con curiosità, come se volesse capire chi sono diventata. Lo vorrei anche io.

«Dici?» chiedo.

«Hai appena scavalcato un muretto alle due del mattino e lanciato sassi alla finestra del tuo ex ragazzo!» commenta allargando le braccia per sottolineare l'evidenza della cosa.

«Ho anche rotto gli occhiali del mio ex ragazzo e per poco non rompevo lui...» aggiungo.

«Hai visto la sua faccia quando ha capito che avevi scavalcato il muretto?» Valérie sgrana gli occhi sorridendo.

«Sì. Era proprio arrabbiato...» rispondo mortificata.

«Non era solo arrabbiato, era preoccupato!» So dove vuole arrivare la mia amica, ma Alec stasera è stato più che esplicito: si è presentato alla festa con un'altra donna e mi ha detto che è felice. Devo rispettare le sue scelte, come lui ha sempre rispettato le mie. Il fatto che si preoccupi per me, per quanto mi faccia piacere, non significa nulla.

«È un bravo ragazzo e siamo amici, in modo un po' diverso da quando eravamo piccoli, per cui è normale che si preoccupi per me.»

«Se lo dici tu...» commenta Valérie.

Il giorno dopo ci ritroviamo a pulire la casa dai resti della nostra festa. Cinzia, la moglie di Nicola, si aggiunge a noi mentre i due figli ci giocano attorno e mi ricordo di quando scorrazzavano sotto le nostre scale mentre c'era la raccolta delle olive. È passato così tanto tempo, eppure mi sembra ieri.

Valérie si avvicina mentre sto parlando con Cinzia. E indica Alec, in piedi sulla soglia della sala, con un borsone ai suoi piedi.

«Ciao, Alec, stai già partendo? Sei stato qui solo un giorno...» chiedo avvicinandomi.

«Passiamo tre giorni a Bari, ho un incontro di lavoro e poi torno a casa» risponde fissandomi.

«Ah, okay.» Davvero le nostre conversazioni saranno sempre così, d'ora in avanti, nonostante quello che siamo stati l'una per l'altro?

«Ho un regalo per te...» dice poi, a disagio.

«Per me?» ripeto stupita.

«Per Natale, ieri non ho avuto modo di dartelo...»

«Oh... no, non era necessario Alec, lo sai!» Si abbassa, apre la cerniera del suo borsone e tira fuori una scatola che mi porge. È una piccola scatola in legno grezzo, più o meno delle stesse dimensioni del nostro scrigno.

«Cos'è?» chiedo.

«Il tuo nuovo scrigno dei ricordi. Volevi sotterrarne uno nuovo...» Mi guarda intensamente come se volesse aggiungere altro.

«Volevo sotterrarne uno nuovo *con te*.» Volevo tante cose, penso guardandolo.

«Ti lascio anche queste» aggiunge ignorando il mio commento. Allunga la mano e fa cadere nella mia un mazzo di chiavi.

«Cosa sono?» Ma comincio a immaginarlo.

«Le chiavi di casa mia, se ti viene voglia di andare da Excalibur o sotterrare il tuo nuovo scrigno. Così eviti di romperti l'osso del collo scavalcando...» I suoi occhi mi rimproverano, ma sta reprimendo un sorriso.

«Grazie, non so cosa dire, Alec...»

«Non devi dire nulla, solo non combinare danni e fai la brava.» Sorride, e per un momento torno indietro nel tempo a quando i suoi sorrisi spalancavano il mio cuore.

«Ci proverò» rispondo. Valérie ha ragione, essere tornata a casa mi ha cambiata, sono tornata a essere la ragazzina che amava sorridere nonostante tutto e che trovava il bello ovunque, che sapeva scavalcare un muretto e non aveva paura di nulla.

«Devo andare...» Si china a raccogliere il suo borsone.

«Alec?»

Solleva gli occhi e mi guarda. «Sì?»

Alec, non partire. Alec, resta con me. Alec, corriamo sotto Excalibur. Alec, stringimi la mano. Alec, baciami. Alec, sei parte di me.

«Alec, andiamo?» Amélie si affaccia e mi guarda di traverso.

«Buon viaggio» gli dico. Lo osservo uscire da Villa Fiorita e poi guardo lo scrigno e le chiavi di casa sua.

«Sei ancora in tempo per fermarlo» dice mio padre, al mio fianco.

«Per dirgli cosa? È andato avanti, papà...»

«Non è vero,» aggiunge Valérie alla mia destra «ti chiama Bessy quando è sopraffatto dalle emozioni, mentre quando vuole fare il sostenuto cerca di tenerti a distanza.»

Non rispondo. Mi sono accorta di questi dettagli, ma Alec ha il diritto di decidere della sua vita senza forzature. Ho già deciso io per lui una volta, non mi imporrò ancora.

«Ti ha lasciato le chiavi di casa sua...» osserva ancora Valérie.

«La nonna diceva sempre che dovevo imparare ad aprire le porte con le chiavi e non a spallate» rispondo guardando il mazzo che mi ha lasciato Alec. «Forse ho imparato.» Chiudo il pugno e continuo a pulire Villa Fiorita.

Ma se davvero sto facendo la cosa giusta, allora perché fa così male?

22

Sono passati nove mesi dalla festa di Natale. La nostra attività procede molto bene e, grazie al lavoro che abbiamo svolto, riusciremo ad anticipare i tempi della messa in commercio della linea delle Delizie di Nonna Lucia. Seguire le cose da qui ha velocizzato molto il processo di produzione e commercializzazione. Non ho riposato un solo giorno, motivo per cui papà e Nicola mi hanno obbligata a prendermi una settimana di pausa. Dopo qualche iniziale rimostranza ho ceduto e mi sto godendo il sole e il mare che in questo periodo sono meravigliosi. I turisti sono ormai andati via, la gente ha ripreso le normali attività e la spiaggia è deserta. Mi godo il silenzio e la pace prima di ritornare al lavoro. Ci attende un anno di nuovi progetti, devo essere in forma. Tra pochi giorni inizierà la raccolta delle olive e quest'anno ci sarò personalmente, ne sono elettrizzata. Erano anni che non mi sentivo così appagata e in pace con me stessa! Sono stata nella proprietà di Alec qualche settimana fa, mi sono seduta sotto Excalibur e sono rimasta lì per ore. Era la prima volta che ci tornavo, senza Alec. Mi è sembrato strano. Non ho seppellito il mio scrigno perché non sapevo cosa metterci dentro. Sogni per il futuro? Li sto realizzando. Legami con il passato? Li sto vivendo. E poi mi mancava Alec, non avrei mai potuto seppellire il nuovo scrigno senza di lui. Stavo quasi per mandargli un messaggio: «Avevi promesso che saremmo rimasti amici per sempre». Ma l'ho cancellato, troppo patetico.

Avevo le chiavi di casa sua in mano e, insomma… se mi ha lasciato anche le chiavi forse voleva che io entrassi in casa, no? Sono entrata e ho curiosato. Mi sono sentita connessa con lui, finché non sono andata in camera sua e ho guardato la parete a destra del grande letto.

C'era un quadro, a distanza sembrava che avesse incorniciato una pagina di un diario antico, la carta era giallina e attorniata da piccoli oggetti. Quando mi sono avvicinata ho capito che si trattava del contenuto del nostro scrigno. Alec aveva incorniciato la sua lettera e, accanto, il sassolino di Cecco e la piccola chiave del lucchetto. Non sapevo se avevo il diritto di leggere quella lettera, ma perché avrebbe dovuto darmi le chiavi di casa sua se non voleva che la vedessi? Mi conosce, sapeva che sarei entrata! Ero sempre più convinta che Alec mi volesse lì, che volesse io leggessi quella lettera. Così l'ho letta.

Caro me del futuro,
non ho molto da desiderare. La mia vita mi piace: i miei genitori mi amano e il mare sembra essere la mia seconda casa! E poi c'è Bessy. È la migliore amica che potessi

desiderare e spero che un giorno capirà quanto è speciale. È forte, come nessuno che io conosca. È intelligente e spiritosa, mi fa ridere e mi caccia nei guai di continuo e io la adoro per questo! La vita non sarebbe la stessa senza di lei. È bellissima. Il mio desiderio per il futuro? Voglio che Elisabetta Ventura resti per sempre nella mia vita. Sarò fortunato se questo accadrà. Un giorno, quando avrò un lavoro e una casa mia (voglio comprare per noi il podere abbandonato!), quando saremo più grandi, le chiederò di sposarmi. E lei accetterà. Smetterò di chiamarla piccoletta o Bessy e la chiamerò Elisabetta ogni volta che il mio sguardo incrocerà il suo. Perché in quelle sillabe riverserò tutto quello che provo per lei. E lei capirà.

Sono rimasta a fissare il quadro per ore. Ho letto e riletto quella lettera e ho capito: nessuna donna entrata in quella stanza avrebbe mai potuto pensare di rivaleggiare con me o non sentirsi un'intrusa. Quel quadro è un'ode al suo amore per me, in una sorta di eterno promemoria. E il suo modo di chiamarmi, scandendo le sillabe del mio nome…

Il mio nome di battesimo non era un muro composto da cinque, lunghe, sillabe.

Un muro alto e invalicabile.

È lo scandire preciso del suo amore per me.

E

Li

Sa

Bet

Ta

Accarezzo il quadretto alla parete. Non ho capito davvero nulla, Alec Reed è un meraviglioso mistero da scoprire giorno per giorno.

Il mio primo impulso, una volta uscita da quella camera, è stato di chiamarlo o prendere un aereo e precipitarmi da lui, ma non l'ho fatto.

Gli ho scritto solo un messaggio: «Tra qualche settimana c'è la raccolta delle olive. Vieni, Alec. Ti prego».

Non mi ha risposto, anche se ha letto il messaggio. Forse è andato avanti con la sua vita? Sono sommersa dai dubbi e vorrei poter parlare con lui per chiarire, ma non posso allontanarmi ora da Giovinazzo: papà ha frequenti controlli per il cuore, Cecco fa molto affidamento su di me ormai e poi c'è il lavoro, il lancio della nuova linea e tra poco la raccolta. Questa volta voglio esserci: lo devo a me stessa e alla mia terra. Dopo la raccolta, però, una volta sistemate tutte le visite di papà, andrò a Parigi, e non mi importa un accidente della sua segretaria. Entrerò nel suo ufficio e parleremo apertamente. Se non prova più nulla per me, dovrà dirmelo. Io, invece, gli dirò che lo amo, che l'ho sempre amato e che sempre lo amerò. Non mi importano le conseguenze, le implicazioni, le paure o le ansie. Gli dirò la verità e si vedrà.

Sorrido, stesa al sole di questo settembre caldo e piacevole. In questi mesi ho ricostruito me stessa, mattone dopo mattone, e ora sono pronta. Qualunque cosa accadrà sono pronta.

Il sole si è appena adombrato. Sollevo lo sguardo verso la persona che lo sta oscurando, ma non riesco a scorgerne i tratti finché non socchiudo gli occhi e lo vedo.

Alec Reed, in pantaloncini e camicia bianca di lino, di fronte a me.

«Alec! Che ci fai qui?» Mi alzo e lo guardo. È bellissimo, i capelli scompigliati, i tratti del viso distesi e un sorriso che mi sconvolge. Toglie gli occhiali da sole e mi mostra i suoi occhi verdissimi. Quando ero piccola adoravo mettere abiti di quel colore, perché mi ricordavano gli occhi di Alec.

«Sono arrivato poco fa, tuo padre mi ha detto che eri qui...» Sofferma lo sguardo su di me e io arrossisco. Poi mi raddrizzo.

«Dobbiamo parlare, Alec,» dico decisa «non mi importa se sei con la tua segretaria, puoi anche essere con una supermodella, ma noi dobbiamo...» Mi avvicina bruscamente a sé e mi bacia.

«Sta' zitta, Bessy» ordina, staccandosi appena.

Gli obbedisco senza replicare. Le sue mani forti e salde mi attirano contro il suo corpo e io mi aggrappo alle sue spalle. Mi perdo nel suo sapore e un calore intenso si propaga in tutto il mio corpo.

«*Ora* possiamo parlare» dice poi, allontanandosi, baciando l'angolo delle mie labbra e sorridendo.

«Da quando sei diventato così autoritario?» chiedo, gli occhi ancora socchiusi. Quando li apro Alec mi sta guardando intensamente.

«Da quando ho capito che se non avessi preso in mano la situazione sarei invecchiato da solo...» risponde.

Rido. Le mie mani sono ancora sulle sue spalle e le sue sul mio bacino, non riusciamo ad allontanarci né a smettere di toccarci.

«Alec, ti amo.» E quando lo dico, finalmente tutto il mio mondo si raddrizza, come se prima avessi camminato perennemente su un piano inclinato e ora, *clic*, tutto è al suo posto.

«Ce ne hai messo di tempo per capirlo.»

«In realtà no. L'ho sempre saputo... ma mi sono persa...» Poso la testa sulla sua spalla.

«E io mi sono sentito perso da quel giorno, Elisabetta.»

So che si riferisce al giorno in cui sono fuggita, e questa volta non mi infastidisce che mi abbia chiamata con il mio nome per intero. Ho letto la sua lettera, so che cosa significa per lui pronunciarlo. Non è un modo per allontanarmi, come pensavo! È una preghiera, un canto al nostro amore, un promemoria di ciò che vuole per la sua vita: me. Non rinnegherò mai più quello che provo per questo ragazzo.

«Il viaggio che abbiamo fatto lo scorso anno, in treno... pensavo di voler capire, per superare quello che ancora provavo per te. Volevo superarlo, mi odiavo per la mia debolezza. *Tu* eri la mia debolezza, lo sei sempre stata, Bessy...»

«Alec...»

«Fammi finire...» risponde brusco. «Quando ho capito perché sei andata via, ho pensato che avremmo potuto riprendere da dove avevamo lasciato... ma tu non eri pronta.» Mi accarezza il viso con dolcezza e nel suo tocco leggo solo amore. Nessun dubbio.

«Sono stata una stupida.»

«Non è vero, eri solo frastornata e impaurita, non avrei dovuto metterti fretta. Aprire lo scrigno mi ha fatto riflettere però…»

«Parli della lettera che avevi scritto per il te stesso adulto?»

«L'hai letta?» sorride inclinando la testa.

«Sì… scusami, sono entrata in casa e …»

«*Volevo* che la leggessi» mi interrompe. «Volevo che capissi quello che io stesso avevo capito, grazie al me stesso ragazzino: ti avrei aspettata. Ti aspetterò sempre, Bessy» dice avvicinandosi.

«Lo so» rispondo sicura. «E io aspetterò sempre te, Alec.»

Forse, finalmente, ho capito cosa intendeva la nonna quando mi diceva di aprire le porte con le giuste chiavi. Non esiste altro modo per aprire certe porte se non con il *cuore*, è l'unica chiave che valga la pena di usare.

«Bessy…» mi dice dopo un po'. Siamo stesi in spiaggia, abbracciati, ci prendiamo tutto il tempo che vogliamo. «Voglio passare la notte sotto Excalibur.»

«È un'idea bellissima… ma forse staremmo più comodi in un letto. Magari nel tuo, così papà o Cecco non ci sentono.»

Alec sorride compiaciuto. «Avremo tempo per il letto. Voglio fare l'amore con te sotto Excalibur, come la prima volta. E poi…»

«Cosa?» sussurro commossa per la sua richiesta.

«Ho un nuovo progetto.» Sento il sorriso nella sua voce e mi sollevo a guardarlo. Resto intrappolata nel suo sguardo che sa di casa e sole. Alec prende il suo zaino e ne estrae uno scrigno. «Ti va di partecipare?» chiede. «Ci servirà un lucchetto nuovo...»

Sgrano gli occhi e sorrido, nelle vene tutta l'eccitazione di quando eravamo ragazzini. «Avevo già uno scrigno, me l'hai dato a Natale...»

«Questo è diverso» risponde porgendomelo. «Questo è *nostro*» aggiunge.

«Posso proporre una variazione al tuo progetto?»

«Le tue variazioni mi faranno ammattire! Sei la mia rovina!» ride. «Tu mi farai ammattire, Elisabetta» dice serio prendendo tra le mani il mio volto.

«Ed è un male?» chiedo.

«No, non lo è. È un maledetto bene, spero vorrai farmi ammattire per tutta la nostra vita, piccoletta.»

«Sei sicuro? È una minaccia importante...» rispondo seria.

«Credo di non essere mai stato più sicuro in vita mia.»

«Allora che ne dici di andare subito sotto Excalibur? Non credo di poter resistere fino a sera.»

Alec sorride.

Quando eravamo ragazzini, a volte, avevo la sensazione che l'amore per Alec mi fagocitasse.

Che avesse lo strano potere di erodere il mio strato superficiale per portare alla luce la *vera* Elisabetta.

Questa cosa mi spaventava e mi eccitava al tempo stesso.

Ma, ora, ho capito che l'amore fa proprio questo: porta alla luce la parte migliore di te, erodendo la superficie. Come il vento che spinge la salsedine del mare ed erode un piccolo pezzo di vetro, trasformandolo in un sassolino meraviglioso.

Epilogo

Quindici anni dopo

«Ragazzi, smettetela!» urlo per farmi ascoltare, ma so che non mi degneranno di risposta né smetteranno di infastidirsi a vicenda. Quei due hanno inesauribili energie.

Alec accanto a me fischia e i nostri figli, Alberto Thomas e Anna Lucia, gemelli di ormai dieci anni, smettono di rincorrersi per venire sotto Excalibur. La sera, prima che si addormentino dopo aver scorrazzato per Villa Fiorita, dopo essersi innaffiati con i tubi per bagnare le buganvillee, gli raccontiamo del nostro amore, di come ci siamo incontrati, delle nostre avventure da bambini, del valore del nostro grande ulivo e dello scrigno che abbiamo seppellito non una ma *due* volte qua sotto. È un modo per tramandare questa tradizione e il nostro amore.

Alec prende la pala e comincia a scavare.

«Non ci credo!» esclama Anna Lucia. «È arrivato il giorno? *Quel* giorno?» chiede euforica. Alec ride e i miei ragazzi si guardano saltellando per la felicità. L'idea di aprire uno scrigno sepolto quindici anni fa li elettrizza come fosse una caccia al tesoro.

Alec si ferma e si abbassa per smuovere la terra con le mani e i gemelli lo imitano e lo aiutano, elettrizzati. Mi inginocchio anche io. Quando troviamo il nostro scrigno io e Alec ci guardiamo sorridendo.

«Oh, no, guarda!» Alberto dà una gomitata ad Anna Lucia. «Fanno quella faccia da coccole...»

«Non davanti a noi, pietà!» dice mia figlia. Rido e prendo la cassetta dalle mani di mio marito.

«Dovreste essere contenti di avere dei genitori che si amano» commento.

«E lo siamo, ma potreste amarvi di nascosto?» chiede Alberto con espressione disgustata.

«Assolutamente no!» ribatte Alec, facendomi l'occhiolino.

«Hai la chiave, tesoro?» gli chiedo. Alec prende la catenina che ha al collo e mi porge la piccola chiave.

«Vuoi aprirla tu?»

Annuisco e apro il nostro scrigno dei ricordi.

E nello scrigno c'è tutto: nonna Lucia, papà, i suoi genitori, la mamma, Cecco, la nostra terra. Il nostro passato e il nostro futuro racchiusi in un unico piccolo oggetto.

«E questa cos'è?» chiede Anna Lucia avvicinandosi.

«Questa, ragazzi miei,» dice Alec «è la *sciapenga* che

vostra nonna Lucia mi aveva donato più di trent'anni fa...» Prende il sassolino in mano e lo solleva.

«Scia... cosa?» chiede Alberto.

«*Sciapenga*» rispondo io cercando di restare seria.

«A me sembra solo una pietra.» Anna Lucia prende il sasso dalle mani del padre e lo esamina.

«Non lo è. È molto di più...» risponde Alec guardandomi. È la promessa della nostra eterna amicizia, il desiderio di tenere vivo il nostro amore, è l'affetto di nonna Lucia e i suoi mille proverbi che si adattano a ogni situazione, è la giocosità di Cecco e il suo magico mondo interiore, è terra della mia terra. Forse *sciapenga* è una parola che non esiste davvero, inventata da nonna Lucia per prendere in giro prima papà e poi me e Alec, ma per me significa molto.

È casa.

Quel giorno abbiamo sotterrato un nuovo scrigno, ormai è la nostra tradizione.

Sul mio comò, ora, ce ne sono cinque, aperti, con all'interno gli oggetti che vi avevamo inserito nel corso della nostra vita insieme.

Quest'anno sarà la prima volta che andrò sotto Excalibur e preleverò lo scrigno senza di lui, sto aspettando i miei figli per farlo. Pensano che io non possa farcela da sola e forse hanno ragione.

«Mamma, sei sicura?» chiede Anna Lucia, tenendomi per un braccio mentre Alberto sta scavando.

«Certo che sono sicura. I ricordi sono dolci, non mi

faranno soffrire...» Accarezzo la sua mano. Mi sembra ieri che io e Alec li prendevamo in braccio e ora eccoli qui, due adulti che si preoccupano della loro mamma anziana. Sento i loro bambini, i due gemellini di Alberto e la piccola Elena gridare e ridere da Villa Fiorita. Staranno innaffiando le buganvillee, è un'attività che ha fatto divertire tutti i bambini della nostra famiglia. Diversi anni fa i ragazzi hanno fatto di Villa Fiorita un agriturismo rinomato in tutta la Puglia. Anna Lucia si occupa della produzione dei vini e dell'olio, insieme ai giovani Lorusso, i figli di Cinzia e Nicola. Alberto si dedica all'agriturismo e alla produzione delle Delizie di Nonna Lucia. Ci hanno messo un po' a trovare la loro strada, ma poi anche loro hanno sentito il richiamo della nostra terra.

Alberto solleva lo scrigno. «Eccolo» sussurra, perché Excalibur e lo scrigno fanno questo effetto, rendono sacro questo luogo.

Porgo a mio figlio la chiave che ho al collo e lui lo apre. Mi mostra la cassetta corrugando la fronte in una muta domanda e poi lo mostra a sua sorella. Sorrido.

Alec sta davvero vegliando su di me, non c'è dubbio. Mi avvicino a Excalibur e chiudo gli occhi. «Un'altra raccolta, è questa la mia preghiera. Concedimi un'ultima raccolta delle olive e poi ti raggiungerò, amore mio. Tu prepara Cecco e papà e nonna Lucia. Presto saremo di nuovo insieme» dico accarezzando il tronco nodoso. Ora le mie mani gli somigliano.

«Oh, mamma!» Anna Lucia singhiozza alle mie spalle.

Mi giro lentamente. «No, tesoro, non devi essere triste. Ho avuto una vita meravigliosa e ho avuto voi. Non potevo desiderare di meglio.»

I miei ragazzi si avvicinano e mi abbracciano. Stringo la chiave dello scrigno e so che la apporrò nel quadro che Alec ha fatto per noi tanti anni fa. Un quadro nel quale sono incastonate tutte le chiavi dei piccoli scrigni del tempo che abbiamo sotterrato insieme. Rappresentano le attese, fatte di amore e vita. Rappresentano quello che siamo stati e saremo: anime tenaci strette l'una all'altra.

«Cosa c'è nello scrigno, mamma?» mi chiede Alberto, distogliendomi dai miei pensieri. Si sono tenuti a distanza quando ci ho guardato dentro, sanno che il contenuto della mia cassetta dei ricordi è un dono prezioso che va rispettato.

«Due cose. Un sassolino di vetro...» rispondo mostrando loro la pietra verde chiaro. Un sassolino bellissimo e con una piccola crepa. È *perfetto.*

«E poi?» sollecita Anna Lucia.

«E poi questa...» Apro un fazzoletto di stoffa con le iniziali di Alec. Dentro ci sono due piccole foglie di Excalibur.

Due.

«Che significa, mamma?» Alberto si sporge a guardare il contenuto del fazzoletto.

Sorrido. «Una foglia da sola è solo una foglia, ma insieme alle altre è... magia.» Sospiro e guardo il nostro grande albero, Excalibur. Le sue foglie cantano una melodia dolcissima, proprio sulle nostre teste.

Cadendo ci raccontano la loro storia, ogni giorno. Sollevo la foglia ormai traslucida per il tempo che, a poco a poco, l'ha consumata. Ha delle piccole crepe, sembrano cicatrici di cristallo come quelle dei sassi in riva al mare.

Ogni venatura è unica e imperfetta al tempo stesso, piccole cicatrici simili a quelle dei nostri cuori. E la terra che le accoglie ha il potere di farle rinascere insieme, perché c'è sempre una nuova stagione che ci attende.

È una promessa, ogni fine porta a un nuovo inizio, ogni ferita può essere guarita. Ma solo se restiamo *insieme*.

«Siamo come foglie, figli miei. Siamo come foglie.»

Playlist del romanzo

Runaway, Sophie and the Giants
Glicine, Noemi
La notte, Arisa
We All Fall In Love Sometimes, Coldplay
Ora che non ho più te, Cesare Cremonini
Per due come noi, Olly e Angelina Mango
Wish You The Best, Lewis Capaldi
Tetris, Pinguini Tattici Nucleari
Due vite, Marco Mengoni
The Loneliest, Måneskin
Neve al sole, Ultimo
Human, Rag'n'Bone Man
Jaded, Miley Cyrus
Stuck, Thirty Seconds to Mars

Ringraziamenti

Cicatrici di cristallo è un romanzo dedicato a tutti quelli che cercano la felicità e, nel percorso, cadono. Ma poi si rialzano, perché è quello che facciamo, in fondo: ci rialziamo sempre, si spera più forti di prima. E a volte, pur con le ginocchia sbucciate, riusciamo anche a capire due o tre cose importanti. E, dopo, a guardare a noi stessi e al mondo con occhi diversi.

Tra le pagine di questa storia e in ognuno dei personaggi ho lasciato una parte di me: nella fragile Bessy che diventa una donna forte e consapevole, nella tenacia di Alec Reed, nelle cadute di Alberto, nella forza di nonna Lucia, nella dolcezza di Cecco, c'è un pezzetto del mio cuore che, spero, sia arrivato a te, caro lettore. Ognuno di questi personaggi ha affrontato il suo viaggio e alla fine si sono ritrovati tutti sotto lo stesso cielo e sotto lo stesso albero con una consapevolezza in più: la vera forza sta nella connessione, nel saper *scegliere* di vivere camminando insieme, fianco a fianco, ma anche nell'imparare ad amare se stessi. Nell'amare *anche* le proprie imperfezioni. Perché sono le nostre debolezze che ci rendono davvero perfetti. Dovremmo imparare a vederle non come segni di fragilità ma di autenticità! Io ci provo tutti i giorni.

Come ogni percorso di scrittura, anche questo è stato un viaggio solitario ma, al contempo, costellato da importanti presenze. Vorrei quindi ringraziare Silvia, Marina e Franco per avermi aiutato con il dialetto pugliese. Il dialetto usato nel testo è un misto tra manfredoniano e giovinazzese.

Ringrazio le beta reader che con entusiasmo e dolcezza si sono appassionate alla storia di Alec e Bessy: Raffaella e Federica; e le mie amiche e colleghe Angela, Emily, Anna e Mia per il supporto.

Ringrazio Sara Marrano per essere stata la prima a mettere mano al mio testo e a migliorarlo, prima ancora che decidessi di volerlo pubblicare.

Grazie a mio marito per il costante sostegno. E grazie, Marty: so che ti ho fatta impazzire sottoponendoti continui sondaggi sui titoli, ma alla fine abbiamo scelto quello giusto! Prometto che userò con più parsimonia i sondaggi di WhatsApp (forse!).

Grazie ad Alessandra Bazardi, la mia fantastica Agente. Percorriamo insieme questa strada da quasi dieci anni, grazie per la tua pazienza e il tuo supporto. Sei preziosa. Grazie a *Te* che hai letto la storia di Elisabetta e Alec.

Se vuoi contattarmi o essere aggiornato sulle prossime pubblicazioni questi sono i miei canali social nei quali potrai trovare anche card e approfondimenti su *Cicatrici di cristallo*:

Facebook: Grazia Cioce
Instagram: grazia_cioce
Tik Tok: grazia cioce

Questo libro è stampato fabbricato da Grafica Veneta S.p.A.
con un processo di stampa e rilegatura certificato 100% carbon neutral
in accordo con PAS 2060 BSI

Finito di stampare nel mese di settembre 2025
per conto di RCS MediaGroup S.p.A.,
da Grafica Veneta S.p.A., via Malcanton 2, Trebaseleghe (Padova)
Printed in Italy